# 定家『明月記』の物語

書き留められた中世

稲村榮一著

ミネルヴァ書房

# はしがき

『明月記』は鎌倉時代、すなわち「動乱の中世初期」を生きた藤原定家の日記である。そこに書き留められたのは、貴族や僧侶、また武士や庶民が、まことに生き難い世を懸命に生きている具体相である。生きるためには自分の持つ力、権力や武力を是も非もなく用いる世相である。すなわち、平安王朝を慕う貴族も、時代を乗っ取る武士も、利欲に走る僧侶も、貧困にあえぐ庶民も、定家卿の言葉を借りれば「言語道断の世」を生きている。横領・強盗・詐術も憚らない、修羅場を生きる人たちである。

その一方では罪業の自覚が深く、浄土往生を願うのもまた中世人である。正反対にみえながらこれほど宗教的な時代が他にあっただろうか。

同じ時代を記した『方丈記』は、多く無常の自覚を世人に勧め、自らは一丈四方の世界に閉じこもる。また『平家物語』は無常感に彩られながらも「名こそ惜しけれ」と奮闘する武士の躍動感や滅び行く平家の悲劇を美学的に語ってみせる。

それに比べて『明月記』は視野が広い。定家は時代の全体を見聞き出来る好位置にいたからであろう。後鳥羽院に近侍し、九条家に臣従し、有力女院には多くの姉妹が出仕している。僧侶や武士を知人に持ち、自分は文界の中枢に立っている。そこからは多くの見聞録が生まれる。その上、乱世を生きるには正確な情報が欲しかろうから、知人間の情報交換を推測させる門外不出の伝聞記事も多い。それを詳細に書き留めておく筆まめさは尋常ではない。

面白いのは、それらの是非善悪を明快に断じながら描いて見せる事であろう。後鳥羽院であれ、九条家であれ、舌鋒はひるまない。

私はかつて『明月記』の訓読・注釈を試みたが、日記を書く本旨である有職故実の記録は面白いものではなかった。でもその無味感想に耐えられたのはその間に散見する「中世」の面白さであった。そこで数千ページに及ぶ日記中に散在する「躍動する中世の姿」を、類を以てまとめたのが本書である。

参考までに、年月順に通読できるよう巻末に「明月記抄」を添えた。

定家『明月記』の物語——書き留められた「中世」

目次

はしがき

# 序　『明月記』転変八百年

## 明月記

『明月記』は藤原定家が平安末から鎌倉初期の五十六年間に記した漢文の日記である。相当量は切断されたりして流出したものの、定家自筆本の一部が八百年を経た今も残っており、転変した経歴を持つ日記である。

『明月記』は他の日記同様、年中行事等の際守るべき故実・作法を記録しておくのが主たる目的で、自分も常に読み返し、子孫にも残す備忘録であった。平安時代以来の有職故実・典礼を記した日記類が借用できれば、それも労を惜しまず懸命に書写して蓄え、旧儀を誤らないよう努めた事は驚くほどである。作法を間違えると「田夫野人のごとし」と嘲笑された時代だったからである。

しかし日記の大部分を占める典礼・作法は、今や無味乾燥に思える記録であろうが、合わせて書き留められた身辺の事や世事の伝聞記事が時代を語る面白さは、現代においても興味を誘って止まないものがある。

## 自筆流出

以下は想像を交えて書くのだが、『明月記』は定家の流れを継ぐ冷泉家《れいぜいけ》の貴重な相伝書であったはずだが、時代が変わって「故実」の実用性が薄らぐと共に思いがけぬ時代が訪れた。茶の湯の盛行と、それに伴う定家筆跡の異常なまでの需要である。

見渡せば花も紅葉もなかりけり　浦の苫屋《とまや》の秋の夕暮　（新古今和歌集）

王朝美を代表する花も紅葉も見当たらない事を嘆じたものの、それにしても秋の夕暮に静まりかえる浦の漁師のかやぶき屋の、この閑寂の美しさは……、と気づいた歌であろう。中世的な美の発見と言えようか。この歌が、茶の湯の極意である「わび・さび」を示すとして、紹鷗《じょうおう》やその弟子千利休に称揚されたこともあって、定家の筆跡を求める人々が増え、『明月記』は茶掛け大に切断されて流出し始めた。自筆本は巻子本《かんすぼん》と呼ぶ巻物仕立てだから途中を任意に切り出し易いとも言えよう。茶人大名たちが千金を投じたとされるのを象徴するように、濃淡の異なる同一の断簡さえ今に残るのは、一枚を剥がし分けて二枚にして売ったからだと言われる。

更には定家自身が「鬼ノゴトシ」と嘆く「悪筆」が「定家流」と呼ばれる書道の流派となるまでに広く珍重され、手習いされた。そんな中で自筆本を守り通す事は容易ではなかっただろう。

## 保全

文治政策として古典籍収集に努めた徳川家康は慶長年間、原本を冷泉家から借り出し、いわゆる「慶長写本」を作らせたが、それは幸いな事であった。以後も「自筆」の流出は続いただろうから、寛永年間遂に後水尾天皇は冷泉家の文庫を勅封し、冷泉家当主といえども開封できなくした。流出した断簡は現在三〜四百通が知られているようだが、相当数は失われたのだろう。「五十六年間の日記」と前述したが、現在残るのは冷泉家に伝わる自筆本・各所に散在する自筆断簡・写本等を合わせても半分程度ではなかろうか。

文書を残すためには、火災・盗難・戦乱からも守らねばならない。火災時に文書を持ち出せなかったとか、群盗が倉を穿ち壊してすべて持ち去ったとか、『明月記』は多くの文書が失われ行く話を伝えている。殊に室町時代末期の応仁の乱は十一年も続いた天下二分の大乱で、京の大半は焼失し、荒涼たる焦土にただ法観寺の五重塔（東山、八坂の塔）だけがそびえ立っていたという荒廃時期もあった。更に天明八年（一七八八）一月の大火は禁裏・二条城までも焼き尽くし、冷泉家も焼けた。ただ典籍を納めた「御文庫」と呼ばれる土蔵は残ったという。和歌の家として莫大な書籍・文書類を集め、毎年七月七日には取り出して風を通し、虫干ししたと『明月記』が記す大切な典籍を、定家が保全に心したのは当然であろう。古書を守る頑丈な土蔵は、早く定家自身が造っていたのではないかと思いたくなる。当時の普通の倉が容易に盗賊に壊される一方では、大火にも堪える大商人の「土倉《どそう》」があることなどを『明月記』は記しているからである。大火や盗難から守るには壁土を厚く塗り固めた土倉しかない事を、定家自身が語っているかのようである。

更に明治維新後、冷泉家が東京に移っていたら、関東大震災や東京大空襲の被災を免れ得たかどうか。これも今に残り得た理由の一つであろう。

## 継　承

更には冷泉家が「御文庫」を神聖視する程に大切な宝として守り続けて来られたのも、定家以来の慎重な配慮が継承されたものに思える。因みに冷泉家では『明月記』を「メイゲッキ」と呼ばれていると聞く。憶測するにこれは中世の読み方を伝えているもので、例えば謡曲の謡本には「小弦は切々として」の「切々」に「セツセツ」と仮名をふった上で「ツ」には「ツメル」と傍書する。「セッセッ」と読ませるのである。同様に「清水の一仏と頼み」は「清水のイチブッと頼み」と読ませる類で、こうした促音（つまる音）の多用は当時好まれた発音で、その発音まで守り伝えるのは、冷泉家の継承の慎重さ・厳格さを示すものと言えようか。

古書が長い歳月に耐えたのは、和紙に墨書した文書という点も注目すべきであろう。洋紙に印刷した近代の書物とは比較にならない永続性があることは正倉院文書などからも推察できる。文書修復の人達は「和紙千年、洋紙百年」と言うそうだが、こんな事情を思いやると八百年を経て自筆本が残り得た根源には、和紙に墨書という文書の優秀性があっての事でもある。

## 現　状

『明月記』を一般人も眼にしたのは明治の末である。写本作業は誤写を生じやすく、転写の度ごとに誤写は増大するから、出版に当たっては多くの写本を集めて照合し、善本にまとめるという校合作業の必要がある。前述の慶長写本等を校合して、明治四十五年に至って国書刊行会本『明月記』が初めて活字版で刊行されたのである。全三巻、千五百余ページ、改行なしの漢文ベタ組みであった。刊行の恩恵は計り知れないが、裁断した記事の継ぎ直しを誤って年月が前後した錯乱も写本通りで改めない厳密さだが、誤植も相当数あり、読み難い所があった。そこへ昭和五十五年、冷泉家の文庫が開かれて自筆本が現れ話題となったが、未知の記事は多くはなかった。でも自筆本の多くが散逸しなかったのは、冷泉家自体が存続し、守り続けて来られたお陰であろう。その影印本が平成十五年に公刊された。更に他の自筆断簡等も含めて平成二十四年から活字に翻刻して「冷泉家時雨亭《しぐれてい》文庫」から『翻刻　明月記』の刊行が始まった。国書刊行会本から約百年、ようやく最上の善本が手にできる時代になったのである。

## 日記文の特質

しかし「日記」はもともと他見を予定せず、自分だけ分かればよい記述であり、推敲された文章ではない。だから主語・述語の整わない文、句読点を用いないので連接の分かりにくい表記、覚え書き風な簡略な記述が多い。また記載人物の名は、皇族や公卿など高貴な人は、本名を呼ぶ事を憚って、御所名・官職名・邸宅名などで記すので誰を指すのか分かりにくい。例えば今では普通に「式子内親王」と呼ぶ方の場合、その名で記されているのは公的文書に数回見るだけで、日記中の百余例はすべて「斎院・前斎院・勘解由小路殿・勘解殿・大炊殿」など職名か御所名で記されている。一方身近な人も「九条尼上」式の身内の呼称で、名を書かないから、誰の事か不明な場合が多い。人名が特定できないと主語不明の文と同じで、推定の苦労を伴う。そのため誤読の恐れはあるが、あえて挑戦してみたい。

# 1　俊成の五条京極亭焼亡――洛中の火災頻々

## 春夜の焼亡

現存『明月記』は定家十九歳の治承四年（一一八〇）から始まる。その冒頭近くに標題の火災記事がある。火災自体もさる事ながら、青年期の定家の若々しい文章にも興味を覚える。

二月十四日　天晴ル。明月片雲ナク、庭ノ梅盛ンニ開キ芬芳《フンポウ》（よい香り）四散ス。家中人無ク一身徘徊ス。夜深ケテ寝所ニ帰ルモ、灯、髣髴《ホウフツ》（ほのか）トシテ猶、寝ニ付クノ心ナシ。更ニ南ノ方ニ出デ、梅花ヲ見ルノ間ニタチマチ炎上ノ由ヲ聞ク。乾《イヌイ》（東北）ノ方ト。ハナハダ近シ。須臾《シュユ》（わずか）ノ間ニ風タチマチ起コリ、火ハ北ノ少将ノ家ニ付ク。スナハチ（直ちに）車ニ乗リテ出デ、其ノ所（避難できる別邸）無キニヨリ、北小路ノ成実朝臣宅ニ渡リ給フ。倉町等片時《ヘンジ》ニ煙ト化ス。風ハナハダ利《ハヤ》シト。文書等多ク焼ケ了ンヌ。

梅の香に酔いながら独りさすらう夜の突然の火災。類焼の嘆きも抑え、簡潔でテンポの早い若々しい文章である。成実宅に「渡リ給フ」の主語は俊成で、親には敬語を用いるのが普通である。貴族は数軒の邸宅を持つのが普通だったようだが、俊成には他に避難場所がなかったらしく、とりあえず外孫の成実宅に身を寄せ、更に女婿・外祖母・娘たちの宅と六軒くらい、一家を連れて渡り歩いた後、元の地に新築したらしく、翌年十一月「今日初メテ五条ニ渡ル」と見える。その間の心労は六十七歳の俊成には重かっただろう。

## 火災時

火災記事では、文末に見えていたように、何よりも文書を持ち出したか否かに言及する事が多く、文書の重要性を示している。また消火できた場合は下人たちが「打チ滅ス」と記すのがほとんどだから、叩いて消したのだろう。昭和の戦時中には、棒の先に縄を束ねて付けたはたき状の道具と防火用水槽を常備していて、縄に水を含ませ叩いて初期消火にあたったが、昔からの方法かも知れない。火事になると貴人や女性たちは車で現場を離れて傍観していたが、火急の時は裸足で逃げた女性の記事もあり、当時としては、人目に姿をさらすせいか大変な恥辱としたらしい。

### 火災頻々

『明月記』には火災の記事が非常に多い。方角・遠近・昼夜を問わず常に注意を怠らず書き留めたかに見える。時には下人を走らせて情況を確かめさせている。もしも、そのすべてを地図上に標示できれば、当時の町並み形成図を想定できそうに思える程多い。京の道幅は、八十数メートルの朱雀大路は別格として、三十メートルはあったという縦横に走る「大路」が延焼を防いだのであろうが、火災への関心は格別で、恐々とした日々であった。

定家の近縁者でも火事に遭った人は多い。家令文義宅は二回、姉龍寿御前の宅、所従通遠宅、妻の父内大臣実宗邸は二回、主家筋の宜秋門院任子の九条御所は焼死者もあったため、駆けつけた定家は死穢に触れた疑いをかけられた。九条兼実の九条南殿、同じく兼実の一条西殿は三回、「俊成卿女」宅、妻の弟西園寺公経邸、為家の妻の父宇都宮頼綱宅、妹愛寿御前宅などである。定家宅の焼亡は見えないが、隣家まで焼けた事数回。「冥助《ミョウジョ》（神仏の助け）ト言フベシ」であった。限られた現存『明月記』だけでもこうであるから、一生に一度は被災するくらいが普通であったかも知れないと思う程である。

後鳥羽院御所や大寺などには放火による火災もあり、また火災を物ともせぬ豪商の例もあるが、別に触れることとする。

蹴鞠に興ずる公卿たち

日本の絵巻８『年中行事絵巻』（中央公論社）より

## 2 俊成と子女たち――一夫多妻時代

俊成亭焼亡の頃、どれだけの人数が同居していたかは分からないが、その後転々としていた頃、俊成夫妻の外「家中ノ上下、青侍、女房等」一同が流行病にかかったとあるから、貴族ともなると数十人が住んでいたのだろう。

### 子女たち

元来俊成には母を異にする子女が二〇人くらいあるが、当時、子どもは母の許で育てられるのが多かったようであり、多くは既に結婚や宮仕をしている年齢だから、多くは同居していなかっただろう。「一夫多妻」とは言え、俊成二〇歳前後から五〇余歳まで順次に関わった女性であって、定家等を生んだ親忠女が「正妻」であろう。俊成八〇歳まで連れ添って亡くなった。

幸い『明月記』により子女達の大略は分かるけれど、母子関係を明確にするのは至難な例もあるので『明月記研究提要』（明月記研究会編）の系図を借りて骨格を示し、私見による説明を添える事とする。

女子の呼称は最初に出仕先の女院等の名を示した後、賜った女房名で呼ぶ例である。次の①の例で言えば、「八条院に仕えた坊門の局」の意である。

民部少輔顕良女の六条院宣旨を母とする子

① 八条院坊門　藤原成親の妻。著名な権女となる内三位成子の母。妹健御前を猶子とする。古歌集の書写に努めた人。六〇歳以上で没。

皇嘉門院備前内侍を母とする子

② 二条院兵衛督　源隆保の妻。親幕派公卿受難時期に夫は流罪、妻は出家した。元久元年九月没。

丹後守為忠女を母とする子

③ 快　雲　延暦寺僧、阿闍梨。老後放らつ。乞食したと言う。没年未詳。

④ 後白河院京極　藤原成親の妻（①よりも後か）。後白河院幽閉時にも近習を許された側近女房。次女は平維盛妻として『平家物語』で著名な人。四十一歳頃没。

三位忠子の家の半物《はしたもの》（召使）を母とする子（注・俊成は初め姉忠子の夫顕頼の猶子であった。）

⑤　覚弁（奈良僧都）法隆寺や興福寺の別当。権大僧都。晩年に定家妻の母を妻とした。六十九歳頃没。

三位忠子の家女房を母とする子

⑥　前斎院（式子内親王）女別当　元久二年までは生存。

若狭守親忠女（美福門院加賀・八条院五条）を母とする子

⑦　八条院三条（五条ノ上）藤原成親の弟盛頼の妻。歌人として名をなす「俊成卿女」の母。五十三歳没。

⑧　高松院新大納言（祇王御前）左衛門督家通の妻。裕福であった。七〇歳以上生存。

⑨　上西門院五条（閑王御前）御室《おむろ》（仁和寺の法親王）御乳母の猶子となり、仁和寺に住んでいた。五十七歳没。

⑩　八条院権中納言（延寿御前）民部大輔頼房の妻。五十二歳以上生存。

⑪　八条院按察《あぜち》（朱雀尼上）大納言宗家の妻。廉直の人。宗家在世中、定家は宗家の猶子であった。五〇歳没。

⑫　成　家　俊成嫡男とされ正三位。定家は「渡世の計なき人」と評す。兄弟仲

はしっくりしなかった。六十六歳没。

⑬　建春門院中納言・八条院中納言（健御前）四人の女院等に仕えた。①の坊門局の猶子。『たまきはる』著者。定家と特に親しかった姉。六十三歳頃没か。詳細は別記。

⑭　前斎院（式子内親王）大納言（龍寿御前）④の京極局の猶子。五〇歳頃までは生存。

⑮　定　家　『新古今集』・『新勅撰集』の撰者。『明月記』著者。若年時は⑪の宗家の猶子であった。八〇歳没。

⑯　承明門院中納言（愛寿御前）承明門院姫宮の養育に専念し、その夭逝と同時に出家した。七十一歳以上生存。

母不明の子

⑰　二条殿青女房（青女房は若く、身分の低い女房）

⑱　静　快　延暦寺僧。定家と親密。

右以外にも俊成子とされる人はあるが、はっきりしないので省略する。定家は俊成四十九歳時の出生だから、長子とは約三〇歳の年齢差があった。

## 出仕先

この子女達一覧を見ると、女子の出仕先が上皇・女院・斎院など高貴な御所であり、賜った女房名も高位の名で華麗な姉妹たちである。

女院《にょういん》とは天皇の生母・准母・皇后など天皇に関わる女性で、「院・女院」の院号を賜った人を言い、待遇は上皇に準ずる高貴な方である。斎院《さいいん》は賀茂神社に奉仕するために天皇一代ごとに選ばれる未婚の内親王。伊勢神宮にも同様の皇女があり、これは斎宮《さいぐう》と呼ぶ。斎宮・斎院は退下後は前《さきの》斎宮・前《さきの》斎院と呼び、高貴な身分である。そんな御所に出仕する女房は高家の縁故者とか推薦を得た者とかであった。公卿・殿上人と言えども、そこに昇殿出来るのは、御所ごとに許された人だけであり、その他は「地下人《じげにん》」と言って、寒夜であろうとも外に居るしかなかった程の御所であった。

## 女房とは

後白河院皇后建春門院御所の「女房」の実態や規模を詳細に伝えている書に、前掲⑬の健御前の著『たまきはる』がある。

女房六十人全員の名を列挙する。大臣・大納言等の娘を筆頭に、常勤の女房二十三人、一月交替の「番の女房」三十七人がいる。それを席次順に並べて、それぞれの上位六人だけが禁色《きんじき》を許された高位の側近とする。禁色とは許された者だけが着用出来る紅や紫などの織物の衣装で、許されるのは一門の名誉であった。定家は六十五歳の『明月記』に、娘民部卿局が安嘉門院から禁色を許された事を喜び、自分の姉妹十一人（前出の①・④・⑥・⑦・⑧・⑨・⑩・⑪・⑬・⑭・⑯）が皆禁色を許されていた事を誇らしく列挙している。

下位の女房には相部屋住みの者もあったらしいが、上位の女房は局《つぼね》と呼ぶ個室を賜り、自分を世話する数人の局女房も連れていたから、かなり大きな女性集団であった。当時の御所女房の規模が推測できる資料であろう。

### 身分差

当時は身分・席次の順が厳しい社会で、同じく「女房」と言っても隔たった上下間では直接の口はきかないし、女院がお出ましになると下位女房はお眼に触れないように身を隠したと『たまきはる』は記す。乗車にも席次があり、右前・左前・左後・右後の順で低くなり、車内では向かい合って坐る。順位を乱すと大変な争いになった。

『明月記』でもそうだが、男性にしても、行事に参加した人の名を記す時は何人いようと見事なまでに官位順に記名している。身分格差の社会の姿である。そんな時代に、俊成の娘たちが禁色を許されて出仕していた事は不思議にも思える。禁色は容易に許されはしなかったからである。俊成は正三位が極位で参議にはなれず六十三歳で出家した人である。そういう親を持つ禁色の女房は稀ではなかろうか。推測すれば、俊成の家は御子左家《みこひだりけ》と呼ばれたが　その祖は藤原道長の子権大納言長家に始まり、次が大納言忠家、更に中納言俊忠と続き、四代目が非《ひ》参議《さんぎ》（三位以上だが参議に至らぬ人）俊成である。俊成は納言どころか参議にもなれなかったのである。女房名は先祖の官位も考慮して与えられる習慣があったようだから、納言の女房名が多い子女たちは先祖の功績にあやかった待遇を受けたのであろう。でも厚い信頼を受けて出仕していて、優れた姉妹ぞろいであったと思われる。

**僧籍男子**

男子では僧籍に入った子が多い。これは俊成に限らずどの家の系図にも見られる事で、定家の子も同じである。思うに公卿・殿上人になれる数には限りがあろうから、正妻でない女性の子などは多く僧侶となったと思われるが、そこでも出身の家柄が僧位僧官に響いていたようである。

**猶子多々**

子女一覧で気づくことは、兄弟間でも猶子《ゆうし》縁組の多い事である。「猶子」は「養子」と言い換えてもよかろうが、養親が死没すると縁組が解消されたり、単に出仕のための名義借りであったり、遺領相続の有無など様々な形があるらしく思えて、今の「養子」とはやや異なるように思う。俊成や定家も「猶子」であった時期があり、自らも実子があるのに複数の「猶子」を持ってもいたから、便利な点があったかも知れない。後鳥羽院皇女が八条院猶子になったり、皇太子が式子内親王猶子になったりもしているから、遺領相続を目的に押し付けておくことさえあったかも、と憶測する。

## 兄弟仲

一夫多妻の場合、異母同父の兄弟は比較的疎遠に見えるが、異父同母の兄弟は親しいらしく、年賀などには母の許に集まったりする。定家らの母は最初藤原為経と結婚し、隆信を生んだ。夫が出家したので俊成と再婚したが、隆信は母の居る俊成亭にも親しく出入りし、定家とも親交があった。その子である信実ら兄弟も出入りして親しかった。定家は隆信一家がみな絵に巧みであったと伝える。隆信は著名な似せ絵（肖像画）画家となり、高雄神護寺に残る「源頼朝」「平重盛」像を描いたとされ、現在も残る定家像は信実筆、また隠岐流罪と決まった後鳥羽院が母七条院に残す肖像画も信実に描かせたとされる名手一家であった。異母兄弟の場合は「あの人も俊成の子だそうだ」程度の疎遠な記述さえあるが、同母兄弟は一般に親密であったと言えよう。

## 俊成卿女の事

「俊成卿女」と呼ばれる著名な歌人があり、「俊成女」であるかに見えるが、実は娘ではなく孫娘である。幼い頃俊成に養われていた事に由来する呼称と考えられている。確かに幼少期には俊成の家にあり、祖母（俊成妻）に鍾愛されたと『明月記』が記している時期があった。しかしそれが名前の由来と見る事には疑問がある。「俊成卿女」とは後鳥羽院に出仕した時の女房名であろうが、親の名を冠した女房名など他に例を知らない。しかも孫娘なのに娘というのも異様である。この出仕は、源通具に離縁されると同時に「歌芸」を以て後鳥羽院に出仕したもので、その「俊成卿女」という不思議な名のいきさつに関わる『明月記』の記事を挙げておきたい。

「俊成卿女」は定家の同母の姉八条院三条の娘で、『新古今集』撰者の一人源通具と結婚した。二子を儲けた後、通具は、後鳥羽院女房である権女を新妻に迎えることを、撰者仲間の定家に伝えた。「近代ノ法、タダ権勢ヲ先トナス。何ヲカ為サンヤ」である。通具の父は通親と言い、後鳥羽院をも操るほどの権臣策士である。その父子が企んだのが、離縁する「俊成卿女」を歌芸を名目として後鳥羽院へ出仕させる事であった。「本妻ヲ棄テ官女ト同宿スル」見返りに、通親父子は、新妻との結婚披露の時からすでに計画し、名誉の院女房として出仕させようとしたと定家は言う。

内府（通親）、マタ入道殿（俊成）ノ御文ヲ以テ挙ゲ申シ、スデニ禁色ヲ聴《ユル》サルト。スコブル面目ト為ス。

と定家は記すが、「入道殿ノ御文ヲ以テ挙ゲ申ス」とは「俊成の奏請文を添えて推挙した」とでも言うのだろうか。それならば特記する必要もない内容だと私には思える。「文」がもしも「女」の誤りであれば、「入道殿ノ御女」（俊成卿女）の女房名で推挙したとなり、同時に禁色まで取り付けて出仕させたと理解できると思う。しかし自筆本も「女」ではなくて「文」と読めるそうだから無理ではあるが、あえて疑問に思う。離別する旧妻に、通親父子は、普通あり得ない程のサービスをして、出仕後に頂く女房名と禁色を、出仕前に決め、しかも「歌芸」による出仕にふさわしく、俊成の名声をそのまま利用してその娘と詐称する異例の名で飾る。出仕の日には通親一門が取り囲むように丁重に送迎して、定家は近づけなかったと記す。尋常ではない。六年前、後鳥羽院も巻き込んで九条家を政界から追放した策謀家源通親にして見れば、たやすい事であったであろう。自らの体面を保てる上に、通具は後鳥羽院女房である権女按察局を晴れて正妻に据えられ、その子具実を「正妻の子」に出来たと思われる。そうした事情による「俊成卿女」だろうと憶測する。あえて「誤字」と見る危うい読み方であるが、別解が得られないための仮説である。

## 俊成の死

俊成の死没記事を摘記しておきたい。著名な歌人でこれほど最期が詳しく伝わっている例は少ないと思うからである。

定家四十三歳の冬、俊成は当時稀な長寿の九十一歳で没した。『千載集』撰者であり前年後鳥羽院から九十賀を賜る名誉も得た。定家は元久元年（一二〇四）十一月二十六日早朝、兄成家から父危急の報を受けて、おそらく兄の六角宅へ騎馬で走った。俊成は重篤だが法性寺の堂へ移りたいと言う。死を自覚すると自邸の死穢を避けるために他に移るのが慣例であったからと思われる。顔は腫れて高熱、食事も出来ない高齢者だがやむなく一里（四キロ）の道を車で運んだ。苦悶し前後不覚の状態で到着、近習男が抱き下ろしたが、荒廃して四壁も満足にない堂の廊だった。病状は一進一退、小康状態になると和歌の話をしたりするが、食事はしない。子女たちが次々と駆けつける。「俊成卿女」は、すでに前夫と言うべき通具と連れ立って、夫婦らしい様子でやって来た。九条兼実も定家を呼んで「骨を痛がる病者には、湯船にまぐさと温湯を入れ、上にむしろを敷いて寝かせて蒸すと助かるものだから是非試みよ」と言う。実行したか否かは記されていない。それよりも雪を食べたがる事に困惑した。家令が北山から何とか見つけ出して来ると、「めでたき物かな。なほ、えも言はぬ（言いようもない）物かな」とか、「おもしろい物かな」と喜んで飽きる事がなかった。

翌三十日未明、「死ぬべくおぼゆ（死にそうな気がする）」と言うので、健御前が「苦しくなったのですか」と聞くとうなずく。「法華経普門品を覚えていらっしゃいますか」と聞くと、覚えていてよどみなく唱えた。「それでは念仏して極楽へ参ろうとお思い下さい」と言い、「起こしてほしいのですか」と聞くと願う様子だから、近習の若者に抱き起こさせた。当時は坐した姿で死ぬのを願ったようである。やがて急に苦しそうな顔になったので、勧めて念仏させるうちに安穏に終命し、息も絶えたので寝かせた。その間に女性たちは退出しており、衣の着せ替えや枕灯の事などは小僧や近習に命じておき、定家等親族は立ち去った。遺体に触れる事は殊に避けたので入棺などは僧や近習に任せるのが普通であった。弔問者があっても内に入れず門前で会う。北首西面させてある遺体は棺に奉安し紙製の衣を覆う。蓋の釘は石で一打した。埋葬等で遺骸に近づく作業はすべて小僧・僧侶・下人に任せて、親族は手を触れない。出棺後竹箒で部屋を掃き清めさせてケガレを払う。遺言により棺は亡妻の側に埋葬した。墓所からの帰りは道を替えて帰宅した。子どもは以後約一年間の喪に服する習いであった。

## 千載集異聞

俊成が撰進した『千載集』について妙な記事がある。定家七十二歳夏の事だが『千載集』正本二十巻を、千載集歌人源光行の子孝行が関東武士から買い取って年来持っていると聞いた。それは蒔絵の箱に納めて四十五年前、後白河院に進上し蓮華王院（三十三間堂）宝蔵に納められたはずだが、どうして関東まで流れていたものか。今は箱もなく傷んでいたそうだから、流出して人手を転々としていたものか。定家はそれを書写したが、家蔵本は人に貸した時一部が焼失したり、朝廷に召されたりして、なかったと言う。

## 俊成妻

俊成についてはこうした記録が残っているが、定家たちの母の死没記事はない。亡くなった建久四年二月を含む建久年間は『明月記』がほとんど欠けているためである。年齢も不明だが、初め為経と結婚して隆信を生んだのが仮に二〇歳だったとすれば、俊成の最後の子愛寿を生んだ時は四十二歳、没時は七十一歳となる。およその前後であろうか。時に俊成は八〇歳である。定家は母を慕う気持は非常に強く、毎年二月十三日の忌日には仏事を欠かさないが、その哀傷の思いは『新古今集』に、没年秋の歌として見える。

玉ゆらの露も涙もとどまらず　亡き人恋ふる宿の秋風

そして定家は七〇歳の秋、官途に絶望し在世の計も思い切ったと言って、最後に氏社（奈良の春日社）詣でに出立した時、法性寺付近を通りながら回想する。ここは常に通いなれた道だが、殊に母の凶事の時は、自分も生きるとも死ぬともない状態で、なまじいに生きて明月に照らされながら通ったと言う。それを七十二歳で四十年忌を迎えた時には、「建久四年は自分も長病中で、母を亡くした悲嘆は兄弟姉妹の中でも深い」とも記すから、自分も病んでいて、兄弟なみには母の最期を看取ってやれなかった無念さを言うのであろうか。

この母はかつて美福門院、次いでその娘八条院に仕えて、おそらく子女の八条院出仕の縁故を作ったのみならず、優秀な子どもたちを多く生んだ。殊に異父ながら肖像画の隆信・和歌の定家という両大才を生んだ事で特筆されてよい女性であろう。

# 3　世界が驚いた天文記録——大流星・超新星

## 大流星

定家十九歳の九月、大流星を見た記事がある。斉藤国治氏『星の古記録』（岩波新書）によると、流星は隕石《いんせき》とは異なり、彗星《すいせい》起源と小惑星起源との二種があるという。『明月記』の記事は後者の説明に近く思えるが、いずれにしても「すばらしい大流星観望記」だそうである。

治承四年九月十五日、甲子。夜ニ入リテ明月蒼然タリ。故郷（福原に遷都後の京）寂《セキ》トシテ車馬ノ声ヲ聞カズ。歩ミ縦容《ショウヨウ》（ゆったり）トシテ六条院ノ辺ニ遊ブ。夜ヨウヤク半バナラントスル時、天中ニ光ル物アリ。ソノ勢鞠《マリ》（蹴鞠用の鞠）ノ程カ。ソノ色燃ユル火ノゴトク、忽然《コツゼン》トシテ躍ルガゴトシ。坤（南西）ヨリ艮（北東）ニ赴クニ似タリ。須臾《シュユ》（しばらく）ニシテ破裂シ、炉《ロ》ヲ打チ破ルガゴトク、火、空中ニ散ジ終ハンヌ。モシハコレ大流星カ。驚奇セリ。大夫忠信・青侍等ト共ニコレヲ見ル。

極めて短時間の現象を詳細に記録して見せる観察ぶりは、常に天文観察に努めている定家の力量を示しているもののように思う。

## 超新星

斉藤氏は更に、現代の天文学が非常に注目した「カニ星雲」の記事があると言う。おうし座の北西にあるカニ星雲は、七千二百光年の彼方にある著名な星雲だそうである。それは一九二八年の事だが、ウィルソン山天文台のハッブルの観測でカニ星雲の膨張を逆算すると九百年前に爆発したものだと分かった。折しも昭和九年（一九三四）、アメリカの通俗天文誌に、神戸のアマチュア天文家射場《いば》保明氏が投稿した『明月記』の天文記事が、その爆発に当たると分かり、天文学者に注目されると共に、古代の客星記事の見直しが始まり、研究の大躍進を遂げる一助となったと言うのである。

定家六十九歳の年、大飢饉の兆しが見え始めた時に現れた「奇星」について、

十一月四日、夜、天晴ル。奇星ヲ見ル。コノ星朧々《ロウロウ》（おぼろ）トシテ光薄ク、ソノ勢ヒ小ニアラズ。

とし、不審に思ってすぐ天文博士安倍泰俊に問い合わせている。泰俊は不吉な「客星」として専門的に詳しく答えている。そこで定家は「客星出現ノ例」を古書から調べあげた。八例を見つけて列挙した中に、世界を驚かせた「カニ星雲」の爆発があったのである。

客星とは新星現象の中でも稀なもので、けた違いに明るく、寿命も長く、現在では「超新星」と呼ばれているもの。定家が書き写したのは一七六年前に起きたカニ星雲の爆発の記録であった。斉藤氏の説明を頼りに訳すと、

「後冷泉院の天喜二年（一〇五四）四月（計算上、正しくは五月）中旬以後、夜二時頃、客星がオリオン座の二つの星の度（赤経）に出た。東方に現れ、おうし座ゼータ星に光芒が四出した。大きさは木星ほどである。」

（寛喜二年十一月八日条）

これがどんな古書に拠ったのか分からないそうだが、天文学者を驚かせた記録で、外にも二例の超新星記録があるという。

## 星　食

天福元年（一二三三）九月二十一日の記録も「星食《せいしょく》」という天文学上重要なものだという。

それは延暦寺の僧静俊が大原で見たと語ったのを、定家が書き留めていたもので、

「去る十五日午前二時頃、火星が月を追いかけて中に入り、月の西側に出たが、欠けて見えなくなった。」

これらは斉藤氏が指摘されたものだが、他にも、月が木星を犯したとか、金星と木星が接近したとか、天文異変の記事は多い。特に不吉視されて恐れられたのは火星で、その異変には極めて敏感であった。

## 赤気

また定家自身が見た「赤気《せっき》」の記録も詳細で、重要だという。

「夕暮、北から北東にかけて赤気が現れ、その根は月の出始めのように白明、筋を長く引いて、遠くの火事を見ているようだ。白い部分が四五か所、赤い筋が三四筋見える。雲でもなく星座でもない。光がまだ陰らない中に、白光と赤光が相交じっている。奇にして恐るべし。」

（元久元年正月十九日条）

これらは古来妖星とされ、飢饉・火災・風害・水害・干ばつ・病気・兵乱・天子崩御などあらゆる不祥事の前兆とされていた。当然、陰陽寮の天文博士は異変があれば奏聞する職務だから、天文観察をしているわけだが、定家自身もよく観察している事には驚く。

当時は既に、やや不確実ながら日食・月食の予告もされていて、その時人々は物忌して外出をはばかったようである。定家六十九歳の四月一日記には、

「今日は日食で十五分の三が欠ける。欠け始めは午（正午頃）の八刻、本に復するのは未（午後二時頃）の三刻である。」

という風だが、たまたまその日は大雨で見えなかったと言う。

### オーロラか

全くの憶測ではあるが、オーロラを見た記録かと思えるものもある。ＮＨＫスペシャル「宇宙の渚　オーロラ」（平成二十四年五月二十日）を見ていて、以前『明月記』の注釈作業中に意味不明だった次の記事を思い出したのであえて触れておきたい。定家六十五歳の大晦日の事である。

夜ニ入リ台嶺（比叡山）ノ火ヲ見ル。光照大嵩ノ篠原ニ燿クカ。光明広博、未ダカクノゴトキ事ヲ見ズ。

「宇宙の渚　オーロラ」は、宇宙船で地球を周回しながら、オーロラの撮影に成功したという番組で、オーロラは極点を中心に地球を鉢巻き状に巻くもので、緑のカーテン状の下端は赤色をしている事が分かったという。その輪が大規模な場合はアメリカでも見られ、日本でも熊野那智大社に記録があると解説されていた。天文観察に長けた定家でさえ見た事もない規模の光という。「火ヲ見ル」とか「光明広博」とか記す色彩も「赤色」に合うかも知れない。アメリカや熊野那智大社の緯度でも稀に見えるものならば比叡山で観測されても不思議でなかろう。

追　記

ミネルヴァ書房編集部より貴重な「オーロラに関する資料」を頂いたので追記する。

国立極地研究所等による研究「平安・鎌倉時代の連発巨大磁気嵐」（二〇一七年二月二十七日発表）。概要は、一二〇〇年頃は、地磁気の軸が今よりも日本側に傾いていて、日本においてもオーロラが観測できやすかったと考えられる。『明月記』の「赤気」の観察記（前掲）は「長引く赤いオーロラ」の日本最古の記録である、とする。

（二〇一八年七月記）

# 4　紅旗征戎は吾が事にあらず——乱逆の軽視

## 多義の著名句

『明月記』中もっとも広く知られているのが標題の一句と思う。定家十九歳の治承四年九月、日付なしの記事に出てくる。著名な句ではあるが解釈は様々である。自筆本から見て、定家が七〇歳頃に回想して十九歳当時の日記に書き加えたという説さえあって、真意は測りがたい。

一般には、和歌の家を確立したい自分には、武士世界の乱逆など関わりのない事だという芸術至上風な揚言と理解する向きが多い。ただ、そうだとすると無縁なはずの武士世界を記す大量の記事との整合性が説明困難に思える。

私は、単純に比喩化して言えば「これは貴族が武士を飼犬視していた頃の、武士軽視の見解であり、それが次第に飼主の手を噛む猛犬になると、武士注視に変わって行った」と見ている。定家の一生は、ほぼ「武者の世」の始まる頃から成立までに至る、大転換の時代に相当しているからである。

まずこの句は定家も愛読した白楽天の『白氏文集』の一句に拠っていよう。

紅旗破賊ハ吾ガ事ニアラズ　黄紙ノ除書ニ我ガ名ナシ
タダ嵩陽《スウヨウ》ノ劉処士《リュウショシ》ト共ニ　囲碁・賭酒《トシュ》シテ天明ニ到ルノミ

ある地方で反乱が起きた時の詩で、「天子からの除書（任官辞令書）を見ても私の名は見えないから、天子の旗を押し立てて賊軍討伐に向かう義務はない。嵩陽の劉君と二人で、一晩中、囲碁や酒を楽しむだけの事だ」と。

定家は右の詩のいさぎよい第一句が好きであったらしく、これから四十年後に起こる承久の乱の時も、病気療養中のままならぬ身を理由に、再びこの詩句を書き付けることになる（後述）が、今の定家は、「紅旗征戎」の追討軍などとは初めから関わりようのない身である。賊徒追討は平家一門の役目に過ぎない。それでいて、「乱逆」する武士を愚行視した、十九歳の青年貴族の揚言ではないかと思う。

## 頼朝の挙兵

これが書かれた治承四年九月の状況は、以仁王《もちひとおう》が全国に平家打倒の令旨《りょうじ》を下し、源頼政と組んで兵を起こしたが忽ち敗れてから四カ月後である。定家は彼等を「賊徒」と呼んだ。令旨に応えて関東で源頼朝が挙兵してからは一カ月後である。そこで東国追討使として平維盛が下向する事になった月である。だが定家は追討軍とは初めから無関係なのに、なぜ「吾ガ事ニアラズ」と殊更に見栄を切るのか。おそらく「問題にする程の事ではない」と換言してもよい言辞ではなかろうか。軽視しきっていると思えるのは、それに続く本文を要約すると「乱逆の賊徒はいかに策を弄しようとも、直ちに討滅されたものだ」という一点に集約できる意味だからである。すぐに追討されるのは自明なのにと、騒ぐ乱逆の徒党を軽視して若い定家が、『白氏文集』や中国史の知識を応用できる快感もあって、乱逆の無意味さを揚言した句と思える。

世上ノ乱逆追討、耳ニ満ツトイヘドモコレヲ注セズ。紅《コウ》旗《キ》征《セイ》戎《ジュウ》ハ吾ガ事ニアラズ。陳勝・呉広ハ大沢《ダイタク》ヨリ起コリシモ、公子扶蘇《フソ》・項燕《コウエン》ヲ称シタルノミ。最勝親王ノ命ト称シテ郡県ニトナフト。アルイハ国司ニ任ズルノ由、説々頼ムベカラズ。右近少将維盛朝臣、追討使トナリ東国ニ下向スベキ由ソノ聞コエアリ。

文意は「世間では乱逆だの追討だのと耳うるさい事だが記すに足りない。天子の紅旗をなびかせて賊徒を征伐する事など私には関わりのないことだ。昔中国の大沢で陳勝・呉広が秦朝への反乱軍を興した時も、賊徒は、自分は始皇帝の子扶蘇だとか名将項燕だとか詐称したものだがすぐに滅んだ。わが国でも以仁王が最勝親王と誇称して、平家追討の命を諸国に触れまわしたと言う。参戦すれば恩賞として国司に任ずるなどと風説様々であるが頼むに足りないことだ。近く右近少将平維盛が追討使となり東国へ下向するそうだ」と解せよう。

## 東国追討

定家は官軍の勝利を信じきっている。今や平家は全盛時代、維盛は平家嫡々の正統であり、有能な人であった。それの率いる官軍が直ちに討滅してしまうだろうと。そもそも維盛の妻は定家の姪（姉、後白河院京極局の次女）でもあり、定家の親しい姉健御前は、四年前まで建春門院平滋子（高倉天皇生母）に仕え敬慕していたが、崩後退下した人である。定家は親平家の位置にいた人であると言えよう。ところが一カ月後、維盛は富士川で惨敗し、敗軍の将の汚名を着て帰京し、祖父清盛の激怒を買った。でも定家は「遠路東征して疲れた兵では、待ち受けていた新騎の賊軍には当たれなかったのだ」と、維盛に同情している。その後、維盛は越前などで源軍を破り、京都防衛にも活躍したから、定家の官軍信頼もしばらくは続いたのであろう。

### 平維盛と妻

しかし平家の敗滅は早かった。因みに、維盛の妻は『平家物語』を飾る女性の一人で、三年後の一門の都落ちの場面で知られている。

「北の方と申すは故中御門新大納言成親卿の御娘なり。桃顔、露にほころび、紅粉、眼に媚《こび》をなし、柳髪、風に乱るるよそほひ、また人あるべし（他にこれほどの美人があろう）とも見え給はず。六代御前とて生年十になり給ふ若君、その妹八歳の姫君おはしけり。」

から始まり、その妻子が維盛の袖にすがって、自分たちも共にと声のかぎり泣き叫ぶのを振り切って、維盛は一門と共に都から落ちて行く、と詳細に語る。だが維盛はやはり妻子に惹かれたのか、屋島で一門から離れて高野山に上り、出家を遂げた後、熊野那智の海に入水して果てた。二十七歳。

「あはれ、人の身に妻子といふ者をば持つまじかりけるものかな。この世にて物を思はするのみならず、後世菩提の妨げとなりける口惜しさよ。ただ今も思ひ出づるぞや」と嘆きながら「高声に念仏百返ばかり唱えつつ、南無、と唱ふる声と共に海へぞ入り給ひける。」

と伝える。一門が西海に沈んでより十五年、維盛の嫡男「六代」は出家して危うく生き延びていたが「頭は剃っても心まで剃ってはいまい」として斬られた。「それよりしてこそ平家の子孫は長く絶えにけれ。」と結ばれる。なお北の方は出家したと語られるが、実際は吉田経房（俊成の甥）と再婚して生き延びた。

## 武士軽視

貴族化した平氏と違い、武士は「侍・青侍」などと呼ばれて貴族の護衛・従者であり、身分格差の大きかった当時、言わば「飼犬」に過ぎなかった。当然全く軽視されていた。それが「飼主」の手を噛む時代に移って行く様子は、貴族と武士との関係変化を示す幾多の事件の中に見て取れる。武士の乱逆などは「吾ガ事ニアラズ」と無視していた時代から、刃物で貴族に向かって来る言語道断の時代が訪れる。「無視」どころか「注視」すべきは侍。身分差意識は強固に残っているが、武力の前には立ちすくむ。

## 殿上人対武士

あり得ない事件が起こるのを見る「殿上人」は「言語道断」の思いである。あれからわずか五年後、平家は滅亡してしまった。いかに軽視しようとも武士は容赦なく宮廷社会に踏み込む世となって行く。そうした貴族対武士の争いを『明月記』は、非常な関心で詳細に書き留める。『明月記』は初めの十九年分くらいは極めて欠落が多く、適例がないので、三十九歳の時の記事を挙げる。宣陽門院御所の六条殿での事件である。

「蔵人一人が殿中で侍と闘争し、たちまち突き殺された。初め侍が刀を抜き、蔵人を二刀突く間に、蔵人はその刀を奪って逆に侍を突いた。互いに刀を取り合う間に、侍の従者までも縁に上がり、蔵人を突いたので蔵人は転倒した。まだ死なながったが、教成少将等が走って来て板戸に載せて門外に出した時に死んだので、更に遠くにかつぎ出した（御所の死穢を避けるためである）。侍は傷が浅く、お灸で止血していたが検非違使《けびいし》に送りつけられた。」

定家は「未曾有不思議ノ事カ。末代ノ然ラシムルナリ」と結ぶが、「侍」ごときが御所に上がり、殿上人を殺害する事など考えられない事件であった。

その一カ月後だが、定家が兄弟同然に親しむ歌人寂蓮の子が惨殺された。

「寂蓮の子若狭前司保季は、容顔美麗だが軽薄な所があった。後鳥羽院生母七条院の蔵人であったが、武士の妻を犯したために白昼惨殺される事件が起きた。邸の門内で、侍がまず太刀で数刀斬り伏せた後、従者が寄って打ち殺した。門前は見物の人垣が出来、保季は小袖一枚を首に掛けられただけの裸身で晒されていた。侍は逸物《いちもつ》の（優れた）馬を走らせて逐電し、誰も追えなかった。」

定家は保季の所業を責めながらも「殿上以上ノ者ヲ白昼殺害スルハ、又世間ノ重事カ。言語道断ノ者ナリ」と武士を非難する。侍の分際で、理由は何であれ殿上人を殺害する事など信じられない程、身分差意識の強い時代であった。

## 武士対武士

武士対武士の斬り合いも詳記する。もはや武士世界は身近に迫り、その習いへの好奇心もあろうか。定家四十五歳秋の記事である。

「八島次郎という者が、今熊野の近くの宿曜師《すくようし》（占星術師）の房に潜んでいると聞き、官軍方の義成が向かった。八島は官軍の中に紛れこんで逃げようとして後ろの険しい山を目指した。義成は深田の辺りで見つけ走り懸かる時、郎等も来合わせて先に走り寄り、八島に抱きついたところ振り放されて斬り伏せられた。別の下部が進み寄ったが、これも斬られた。次に義成自ら打ち合ったが兜を打たれて退く間に、息子成時が替わって打ち合ったものの、これも兜を打ち落とされて退いた。父が再び替わって打ち合う間に、傷を負いながらも遂に八島を斬り伏せた。童部と二人で首を斬り、獄に送った。」

この詳細な立ち回りの記録は並みたいていの関心ではない。同様に平家残党の追捕、平賀朝雅討伐、和田義盛の乱、関東の騒乱、松浦党と高句麗の争い、隠岐と出雲の闘乱などまで、武士の所業の記述には熱心である。

### 武士同然の貴族

武士に対する身分差意識が消えたのではない。貴族でありながら、武士同然の所業をした者への嫌悪感を伝える一話がある。定家自身に関わる因縁の人である。定家は二十四歳の五節《ごせち》の舞の夜、源雅行と喧嘩して殿上人を除籍されたことがある。『明月記』全欠の年であるが、九条兼実が日記『玉葉』に記している。

伝へ聞ク、（五節の舞の）御前ノ試ミノ夜、少将雅行ト侍従定家ト闘争スル事アリ。雅行、定家ヲ嘲弄スルノ間ニスコブル濫吹《ランスイ》ニ及ブ。ヨッテ定家、憤怒ニ堪ヘズ、脂燭《シソク》ヲモッテ雅行

花の下での管弦

日本絵巻大成23『伊勢物語絵巻　狭衣物語絵巻　駒競行幸物語　源氏物語絵巻』（中央公論社）より

ヲ打チ終ハンヌ。アルイハ言フ、面ヲ打ツト。

コノ事ニヨリ定家ハ除籍セラレ終ハンヌト。

五節は十一月に四日間行われる最大の年中行事だから、人目に付く夜であっただろう。「濫吹」とは「無能の者が才能あるように装うこと。実力がなくて、その位にいること」を言うから、定家が侍従でありながら職務を全うできていないと嘲弄されたのであろう。脂燭は儀式に用いるローソク状の照明具で、長さ四十五センチ、太さ一センチ程度の松の木で作ったもの。手元を紙で巻いて持ち、先端に灯をつける。この喧嘩は雅行の方から仕掛けたらしく見えるのに、喧嘩両成敗どころか定家だけが除籍処分を受け、翌春まで許されなかった理由は不明である。が、「面ヲ打ツ」と付言したのは、面を打って雅行の烏帽子を飛ばし頭頂部が露出した事を、控えめに言ったのではあるまいか。頭頂を人に見られる事を恥とした逸話は諸書に多く見られるからである。『源氏物語絵巻』でも、寝姿であろうとも烏帽子を冠ったままである。頭頂を人に見られる事が、それほど恥辱とされていたのだから、喧嘩とは言え一方的に非礼とされたものかも知れない。その相手であった雅行の起こした事件である。

定家六十五歳の夏の事。「雅行が、わが子三人を斬り殺して路上に棄て置くという変事が起きた。子息の侍従親行は父の家に強盗に入って捕まったり、妹に通じたりしたという。妹は夫の家から逃げ出して兄の許へ来たのだと。その姉も不都合があったらしく出家して寺に入ったが、捕らえさせて斬り棄てたそうだ。白昼門前で斬られ、路頭に晒された三人の屍には黒山の人だかり。裸身を見るに忍びず、オウチの木の枝で女陰を覆い隠してやった人もいた。三人とも尼法師姿であった。」

出家して許しを請うても斬られたものか。出家すれば仏の弟子と見なされ、仏罰を恐れて殺さないとされた時代だったが、その甲斐もなかったのだろう。

ソモソモ悪逆ノ所行トイヘドモ、官位ヲ帯シテ雲客トナル者ヲ、武士ノ家ニモアラザルニ斬罪スルハ然ルベケンヤ。京中ノ所行モカタガタ不可思議ト言フベシ。老後ノ不祥マタ狂気カ。宿運悲シムベシ。

と定家は嘆く。雅行は出家した上、洛外に追われ、所領も召し上げられたと伝える。「官位を持つ殿上人」がいかに重要な身分であったか。武士でもない者が武士同然の所業をする事がいかに非難に値したかがよく分かる一文である。

「紅旗征戎ハ吾ガ事ニアラズ」の句は、武士を「飼犬」視していた時代感覚から出た言と見て、その後「言語道断の猛犬」となって行く武士への、定家の感慨の変化をたどって見た解釈である。

# 5　高倉院崩御——末代の賢王を慕う

## 高倉院敬慕

高倉院は定家が深く敬慕して止まなかった方で、治承五年正月、二十一歳で崩御された。それを記す悲嘆にくれた文章は二〇歳の定家にとって深刻な体験であった事が分かる。仁慈に富み、儒教で聖王とされる「文王」になぞらえて仰いでいたのである。定家は後年、後鳥羽院の、民の苦しみを思わぬ奢侈遊宴に厳しい批判を向けて止まないが、高倉院はそれと対照的であり、定家の心の立ち位置に関わっている所があって、定家を理解する上での一定点だと思う。

高倉天皇は後白河院の子で、父の院政下では無力に近かったし、清盛が娘建礼門院の生んだ安徳への早い譲位を望んだので退位した不遇の天皇であった。娘の生んだ皇子を早く天皇として即位させて、自分は外祖父（母方の祖父）となり、幼帝の間は後見役である摂政に、元服すれば自らは関白となって天下を握る、これが藤原道長が大成功した権勢を得る常道である。清盛はもちろん、源頼朝までもが狙ったと思われる手段なのである。頼朝の長女は夭逝したし、元来後鳥羽院側には関東討滅の宿意があるから、到底出来ない話であったろうが、清盛は成功し、三歳の安徳天皇を即位させ得たのである。

高倉院は詩歌管弦に親しみ、特に笛の名手であった。『明月記』では、後白河院を幽閉した清盛の怒りを解くため、平氏が信仰する厳島神社に遠路御幸された事、福原からの遷都還御には、近習女房に支えられて帰り着くや否や倒れ伏した弱々しさなどを同情的に伝えた直後の崩御の記事である。

十四日　天晴ル。未明巷説《コウセツ》ニ言フ、新院スデニ崩御アリト。庭訓《テイキン》（父の教え）不快ナルニヨリ日頃出仕セズ。今コノ事ヲ聞キ、心肝砕クルガゴトシ。文王スデニ没シヌ。アア悲シイカナ。ツラツラ思フニ世運ノ尽キタルカ。

と絶望したことであった。姉健御前は十四年前の御即位以来、生母建春門院に出仕する女房であったから、直ちに院御所の六波羅池殿《いけどの》に参上し、帰宅して崩御の様子を語ってくれた。「今暁まで意識分明で、験者《げんざ》（祈祷者）にも気を遣われたり、延命起請文にも目を通されたり、御膳も召し上がられたりしていたが、急に御気色《みけしき》が変わった。すぐ父後白河院が渡られたものの御合眼《ごうがん》（対面）に及ばなかった」などと詳細を聞いた。定家は悲慟の思い止みがたく馳せ参じたいが、軽輩末座の者には出来ない事であった。夜、雑人と共に密かに葬列を見送り「落涙千万行ナリ」と記す。

「庭訓」により日頃出仕出来なかったのは、定家が高倉院に惹かれ過ぎるのを俊成が恐れたものかなどと言われるが、確かに定家の多感さを窺わせる文章で、出仕を控えさせていたと推測できるほどであろう。

## 仁慈の帝

健御前は高倉院に近かったから、『たまきはる』に記す逸話などは定家も日ごろ聞いていたに違いない。母女院へ行幸された高倉帝の笛の名手ぶりや、還御の日に典侍を召す車の手配を忘れた蔵人の大失態を責めないで、「母の御所でもう一泊できるからお礼を言うぞ、と伝えてやれ」と許された慈愛心などである。父後白河院や母女院が「殿上人の簡を削れ」と叱責されたので、石のように固くなって平伏していた蔵人を、気の毒がって見ていた人々はそれを聞いてほっとしたと言う。行幸には必ず、典侍が三種の神器中の神鏡を捧げ持ち、武官を従えて随行する定めであったから、典侍なしでは還御出来なかったのである。

『平家物語』も天皇がまだ十歳頃の話として、終日見ても飽きないほど愛しておられた紅葉が夜の嵐に吹き散らされた朝、下役人が葉を掻き集めて焚き、酒を温めて飲んだ。蔵人はそれを知って「おまえらだけでなく私もどんな処罰を受けることか」と嘆いた。天皇は起きるとすぐ紅葉を見にお出ましになったが、事情を聞かれると「『林間ニ酒ヲ暖メテ紅葉ヲ焚ク』という白楽天の詩の心を誰がこの者たちに教えてやったのか、優雅なことをしたものだ」とお褒めになったと語っている。こんな逸話が伝わって、世人も「末代の賢王」の死を惜しんだというから、定家もまたその一人であったのである。

### 小督局

高倉天皇には特別に寵愛された女房があった。『平家物語』が特に哀切に描いた小督局《こごうのつぼね》である。平清盛は、娘である建礼門院徳子が高倉天皇中宮であったから、その女房に高倉天皇の愛を独り占めされることを恐れて追放した。天皇は涙にむせびながら月を眺めて夜を過ごされるばかり。源仲国が命ぜられて、琴の名手小督の音色を頼りに嵯峨を探し巡る段が知られている。

「峰の嵐か松風か　尋ぬる人の琴の音か　おぼつかなくは思へども　駒を速めて行くほどに
片折り戸したる内に　琴をぞ弾きすまされたる」

を見つけた。無理に天皇の許にお連れしたが、その後姫宮範子を生んだことが知れて、こんどは清盛に尼にされて追放された。

定家の姉健御前は『たまきはる』にこう伝えている。

「天皇がたの女房に、山吹の匂い染め、青い単衣《ひとえ》、葡萄染《えびぞめ》の唐衣《からぎぬ》、白腰の裳《も》を着けた若い女房で、額髪《ひたいがみ》の懸かりぐあい、姿、装いなど、ほかの人よりは殊に華やかに見えた人がいた。知らない方なので人に尋ねると小督殿だと言う。その時から言葉を交わすようになって、局も同じ方角にあったので、退下するにも連れ立ったりしていたのに、その後行方も知れなくなり、二十余年後に嵯峨で行き遇ったのは、ほんとにあわれを催したことだった。」と。

姉が出会ってから四・五年後だろうか、定家も四十四歳の秋、嵯峨で、年来その名を聞いていたこの人が重病危篤と聞いて訪ねる。

閏七月廿一日　昏黒、高倉院ノ（女房）督殿《カンノトノ》ノ宿所ニ行キ向カフ。皇后宮（範子）ノ御母儀ナリ。日頃病悩シ、（最期の）時ヲ待タルルノ由コレヲ聞ク。年来コノ辺ニオイテ聞キ馴レシ人ナリ。ヨッテコレヲ訪フ。女房出デ逢フ。スナハチ（すぐに）宿所ニ帰ル。

小督の生んだ高倉院の姫宮の名は範子。三歳で賀茂斎院。父院崩御により斎院退下。土御門天皇即位に伴い、二十二歳で准母として皇后待遇になった。事情はよく知らないが、「小督」などの「小」の字は中位級の女房に冠する語だというから、今では皇后の生母であることを敬って、「小」を除いて「督殿」と記したものだろうか。「小督局」はおそらく四十九歳くらいのこの年、間もなく嵯峨で亡くなっただろうが、その最期を見舞うのも、定家が高倉院を偲ぶ心がそうさせたのであろう。嵯峨にはその墓所と伝える所もあるという。

# 6 剛毅の女房の生涯——健御前の『たまきはる』

健御前は定家の五歳上の姉。強烈な個性を持ち、四人の女院等に仕えた生涯であった。定家と親しく、『明月記』にその名を記すこと約百四十個所、俊成の名と同数に達する程である。この人には一見不思議な著書『たまきはる』がある。それは「日記」と考えられて世に出たものの、詳しく見ると「日記」らしくない特徴がある。第一、あれほど親しく出入りした定家の名が一度も記されていない。『明月記』はこの姉の事を百四十回も書いているのに、である。その著書の不思議さが健御前の生涯を語っていると思う。

## 宮仕

健御前は十二歳で建春門院平滋子に出仕し「中納言局」の名で呼ばれたが、現在なら小学四・五年生の年齢であり、可愛がられた。滋子は平清盛の妻時子の妹で、上西門院女房であったが、後白河院の寵を受けて皇子を生んだ。それが即位して高倉天皇となり、滋子は皇太后となった年、健御前は出仕したのである。平家全盛時代の到来であった。お目見得には姉後白河院京極局が付き添ったというから、その縁で後白河院皇后の女房に召されたのであろう。以後八年間、女院逝去に至るまで勤めるが、まだ『明月記』が始まる前の時代である。

『明月記』によると、建春門院から退下後まもなくであろうが、後白河院皇女の前斎宮（好子内親王）に仕えていた事が分かる。前斎宮はやがて兄弟である以仁王の挙兵事件が起こり、「賊徒」の縁者として転々とされ、健御前も同行していたのだが、前斎宮が摂津に下向されるに及んで、おそらく俊成や養母坊門局の意向で二十四歳の冬連れ戻されて、その出仕は終った。しかし『たまきはる』は一言もこの宮仕については触れず、前後七年にわたる空白期間を、抽象的に漠然と苦労続きであったように匂わすだけである。

次いで二十七歳春、鳥羽天皇皇女八条院暲子に出仕、没せられるまで二十八年間も仕えて最期を見送った。作者も五十五歳の高齢となっていた。

ところで、後鳥羽院中宮任子が生んだ昇子内親王は生後間もなく八条院猶子となり、健御前はその養育係となっていた。三十九歳の時からである。しかし養育を巡って周囲と意見が合わず解職されはしたが、密かに繋がりを保ち続けている内に八条院は没せられた。その約四カ月後、今度は春華門院昇子までも急逝された。芳紀十七歳。作者の痛恨は狂乱状態だったと自ら言う。

## 重　病

『明月記』によると、精根尽きたのか翌年秋、健御前も重病にかかる。水一滴も飲めない状態が続き、周囲は命終を予想し、本人も最期の場所を求めて嵯峨に移った。遺領処分も相談した。家人や旧知の者たちが集まると「私はこれで死ねるのがうれしい。それを惜しんで泣くような者は立ち去れ」と追い出すので皆当惑したが、昇子内親王を失っては生きているのが辛くて、本当に死を願っていたのだろう。ところが、誰も不思議がったのだが徐々に快復して行き、少なくとも七年後までは生きた。重病快復後に『たまきはる』を書き、奥書に「建保七年三月三日書き了んぬ。西面にて昼つ方風少し吹くに、少納言殿に読ませ参らせて」と日付を記して筆を措いた。作者六十三歳の春である。この前後は『明月記』が全欠状態で不明だが、その後七〇歳には至らないで没したと思われる。定家が後年「故尼上の遠忌」と称して十二月二十四日に仏事を行うのは、健御前の命日かも知れない。

以上が生涯を宮仕で過ごした健御前の経歴であるが、その著『たまきはる』の真意はどこにあるのか。諸説様々であるが、私見として、それを「剛毅の女房による宮仕指南書」と見る事を述べたいと思う。

## 『たまきはる』出現

この書の発見は遅く、昭和九年の佐佐木信綱著『建春門院中納言日記新解』の刊行で初めて世に知られるようになった。その題名が示すように内容は「建春門院中納言」としての著作、内容は「日記」であるとする見方であり、その後も、作者の呼称は変わっても「日記」とする見方は同じであった。だが「日記」に多い作者の自照性や叙情性にわたる記事が乏しいので、服飾等を知る資料的価値はあるが、日記文学の創造力の衰退を示す作品と見られて評価が低い。

私は「日記」ではなく、春華門院をなおざりに扱った女房たちへの憤りと、養育に尽くした女院を失った無念さを動機として、宮仕のあり方を教えた著作だと見るのである。当初は日記的記事も書いたようだが、最後には抜き捨てられたと見える。幸いにもそれを定家が一部を拾い集め、「遺文」として添えて置いた。おそらく、宮仕指南にならない「日記」的記事は作者がわざと避けた著作だと推測する理由の一つである。

## 『たまきはる』序

序文はまず歌から始まる。

たまきはる命をあだに聞きしかど　君恋ひわぶる年は経にけり

「たまきはる」は「命」の枕詞だが意味は未詳。だが冒頭の言葉という便宜により書名として用いられるようになった。つまり簡単に「日記」とは呼べない内容だと認められた事を意味しよう。「命という物ははかないものだと聞いていたのに、春華門院を慕い悩む長い歳月を生きて来たことよ」と歌うことから始まっている。春華門院への狂おしいまでの慕わしさと、わずか十七歳の若さで逝ってしまわれた悔しさ、養育係として何としたことか。あのお美しさを、せめて咲き匂う桜になぞらえて偲ぶのだが、一方、散りやすいその花をお名前となさっていた恨めしさ。もはや昔の事ではあるが、「古い宮仕人の話」を聞きたがる人もあるので、六十を迎えた私だが昔語りをしよう、というのが序文の大要である。慟哭の序文である。

以下、本文の大半を占める建春門院御所の部分が主文と受け取りがちだが、それは春華門院への痛恨・哀惜を心に持って語る「理想的な宮仕人の話」であり、続いて、それと全く対応する項目で「春華門院をお守り出来なかった八条院御所の宮仕人の話」を記す事で、「宮仕人の指南書」としたと見なすのである。春華門院をかくあらしめた告発書の一面を持っていよう。

**建春門院**

本文は建春門院から始まる。宮仕のお手本としての建春門院御所のすばらしさに半分以上の分量を充てて詳細に述べる。女院の人柄のたぐいなさ・女房の勤務制度と局・女院の優美な日常生活・女房全員の名簿と序列・出仕の仕方・四季ごとに替わる衣装の種類・女院内での定まったしきたり・前栽《せんざい》（庭前の植え込み）や調度品への心遣い・さまざまの行事の際の女房の、視線も動かさない厳正な態度・女院崩御と御忌み、という順序で、言わば宮仕えのマニュアルとして整然と記している。けじめも知らない近ごろの女房たちを諭す「記録」であろうと思う。

## 前斎宮好子

『明月記』によると、続いて前斎宮好子内親王に出仕したはずだが、『たまきはる』は全く記さない。「日記」なら記すと思える劇的な体験をしたはずである。当時はまさに激動の時代であった。建春門院没後、世は急に騒然とし始め、鹿ケ谷での平家打倒の謀議が露見した。首謀者の一人成親は殺されたが、それは異腹の姉で養母である坊門局の前夫であり、また建春門院への出仕に付き添った姉京極局の夫でもあったから、深刻な事件であったはずである。また好子内親王は以仁王の「姫宮」を預かり、健御前がその養育に当たっていたようだが、二十四歳の四月、京を大旋風（竜巻）が襲った。『方丈記』が「地獄の業風もこれ程ではあるまい」と記した大辻風で、定家もその竜巻の様を書いている。

四月廿九日　辛亥。天晴ル。未ノ時（午後二時）バカリニ雹《ヒョウ》降ル。雷鳴マヅ両三声ノ後、

> 霹靂《ヘキレキ》（急激な雷鳴）猛烈ニシテ北ノ方ニ煙立チノボル。人、焼亡（火事）ト称スルモ、コレ飄《ヒョウ》（つむじ風）ナリ。京中騒動スト。木ヲ抜キ砂石ヲ揚ゲ、人家門戸ナラビニ車等ミナ吹キ上グト。古老言フ、イマダカクノゴトキ事ヲ聞カズト。前斎宮ノ四条殿、殊ニモッテソノ最（最大の被害）トナス。北ノ壺《ツボ》（中庭）ノ梅ノ樹、根ヲ露《アラ》ハシテ倒レ、件《クダン》ノ（その）樹、軒ニ懸カリテ破壊ス。

定家は翌日、前斎宮の四条殿を見舞った。健御前は「姫宮を抱き奉りながら、とうてい生き延びられるとは思えなかった」と語った。邸宅は破壊され、言葉にならない様であったと。その半月後、今度は前斎宮の兄弟以仁王が反平家の挙兵をした。それは「謀反の徒」と見なされたから、前斎宮たちは逃げ回って姿を隠すしかない。そんな状態で半年。十一月に至って、前斎宮が姫宮と共に摂津の国に下向すると聞き、俊成らは健御前を連れ戻した。時に健御前二十四歳の冬だったから、それまでの数年は前斎宮の許にいたことになろう。

以上は『明月記』に拠るが、『たまきはる』は一言もそれに触れないのは何故なのか。おそらく宮仕人のマニュアルには必要ないからではあるまいか。

## 八条院

二十七歳春から出仕した八条院、ここには二十八年間も勤めることになるが、記事の分量は建春門院の五分の一程度。そこに前述の建春門院の項目と一つ一つ対応する形で八条院御所の様子を語る。女院はおおような方で、女房も気楽に適当に勤務しており、更衣の季節も気にせず、何を着てもよかった。塵が積もっていても掃く者もいない。いろんな人が誰それの縁者だと称して簡単に出仕しては賜り物を頂く。侍士だって遊び回っていて役に立たない。後には盗賊が入って健御前も衣装を盗まれた事がある。裕福な女院であったのに、誰彼が望むままに物をお与えになるので蔵には塵しか残らない有様であったなど、否定的記述が多い。その説明ぶりは、女房のけじめもない勤務ぶりを指弾する一方で、それを放置している女院を責めていることにもなろう。

## 春華門院

最後に春華門院を偲ぶ記事がある。養育係として女房達に言いたい事は多いが、すべてを仕切る事もできず包み隠していたとか、寝る間も養育に心を傾けたこと、養育係を解かれた後も密かに心を通い合わせていたことなど述べた末に、今も夜昼嘆きながら「尽きせぬ御面影の、片時忘れぬこそわびしけれ」と結んでいる。春華門院は外祖父九条兼実の弟慈円が「立テバ光ル、居レバ光ル程ノ、末代上下貴賤ノ女房カカル御ミメナシ」（愚管抄）、つまり立ち姿も坐った姿も光り輝いて、見たこともない美少女だ、と書き留めたほど美しかったし、人柄のたぐいなさも具体的に回想している。

## 奥　書

以上が本文で、前述の日付の奥書が付く。しかし「日記」が終りに日付を書くのは絶えてない事である。日付を書き付けた書には『方丈記』がある。「時に、建暦の二年三月のつごもり（月末）頃、桑門の蓮胤（鴨長明）外山の庵にしてこれを記す」と。山田孝雄氏は『方丈記』のその部分に注記して「これ記文の例なり」とされ、例として白楽天の『冷泉亭記』、菅原道真の『書斎記』、慶滋《よししげ》保胤の『池亭記』などを列挙されている。その「記文」とは記録文書の事であり、それには書き終った日付を記すのが慣例であったという事であろう。『たまきはる』も「記録」という意識であったかも知れない。

## 反故の「遺文」

「日記」的な部分は、作者が一度書きながら最後に捨てたと思われる反故の中にある。定家が拾って残した「遺文」で、奥書の後に添えて綴じ込んである。女院たちや女房についての個人的な逸話など十余編がある。最終の完成段階で、著作意図から考えて捨てたものとすれば、逆に著作意図が「日記」ではなかったろうと推測させる手掛かりになっている。

その中に『たまきはる』を書かしめた本音を窺わせる重要な一文がある。生母宣秋門院を非難した文である。定家は「コノ事殊ニハバカリアリ。早ク破却スベシ」と注記している。それは八条院崩後の事だが、春華門院には何か重い病気が潜んでいると健御前は察知していた。それを宣秋門院にも再三訴えて御祈祷など願うのだが、他の女房たちが「誰が大げさに騒ぐのですか。ご心配いりません」と申すのを信用して取り合われない。私は嘘つきにされ、女房からぶたれんばかりに憎まれた。亡くなられる数日前からやっと物の怪を払う祈祷が始まったものの、もはや御足も冷たく、いざり歩きも難しくなられていた。私は八条院の御入棺をした身で穢れているので、差し出した手に触って頂いて体温を察するくらいしか出来ない。御臨終以後は「わが身も心も無くなりにしかば言ふかひもなし」と。失神してしまったのであろう。

『明月記』はもっと凄絶な情況、健御前から聞いたに違いない話を記している。春華門院の養育を巡り、女房たちと激しく喧嘩して叩かれそうになった事はもちろん、排斥運動をする人に讒言されて孤立している事、健御前が里下がりから御所に帰参する時には「凶女ノ舌端、虎口ニ入ルガゴトシ」と、龍虎あい戦うかのような厳しい情況があった事など。御臨終の前日でも周囲はまだ物の怪のせいにして祈祷しているが、もはや御手足も冷えている。健御前が抱いて温め申すと僅かに生色が戻る。その夜は御所から人魂が飛び去ったと青侍は言う。御所は後鳥羽院の高陽院殿であったが、死穢を避けるため他へ移れと命じられる。わが子の内親王であってもそこでの死は許されないのである。仰せに逆らう恐れを顧みず再度、移せる状態ではない事を訴えたが許されず、「力持ちの女房を遣わすから、それにやらせよ」と仰せられる。それほどの仰せなら、と宜秋門院のある女房が決心して抱いて輿に乗せ、叔父の左大臣良輔の四条亭にお移しした。物の怪となって取り付いた八条院の御霊も猛烈で、「私が亡くなっても嘘をついて喪服も着なかったではないか」など恐ろしい事であったと。

健御前は春華門院のためにも、そんな事は書き残すに忍びなかったかも知れないし、「宮仕指南書」には無関係な内容と考えたのかも知れない。ともあれわずか十七歳であっけなく亡くなられた女院の養育係の、晴らしようのない無念さが根底を貫いている著作と思わざるを得ないのである。それは、女房はもちろん、生母宜秋門院の責任を問う恐れも多く、危うい著作であった。だが定家はあえて「遺文」の中に加えて残していた。いずれにせよ、健御前はそうした宮仕をやってのける剛毅な女性であったと思う。

## 乳母とは

それにしても乳母《めのと》・養育係とはどんな役であったのか。定家は四十二歳の正月、自分の乳母が没した時こう記している。

「妻を乳母の病気見舞に行かせたが、もう頼み少ないようだと言う。私は病気で訪えないのが残念だ。二歳の時から乳母になって四十一年、その娘が不慮の幸運を得たために近年懇志なく過ごして来たが、娘は正直でへつらわない性格を受け継いでいる。乳母はその二日後に亡くなったが心中もっとも悲嘆した」と。

これは「乳母」とはどんな者かを推測させてくれる。乳母は自分の子を生んで授乳期にある女性が、人の子を預かり一緒に育てるもので、実子と預かり子を兄弟同然に育てる。その二人は「乳兄弟《ちきょうだい》」と呼ばれて、終生親しく交わるのが普通である。そして共に乳母の老後をも看取るのだが、定家の場合、乳母の娘が思いがけず裕福な人と結婚して、定家の力を借りないで独りで乳母の世話をしてくれた。実母に似て、物を欲しがらないよい性格であるという事になろう。この娘つまり実子は「乳母子《めのとご》」と呼ばれる。注意すべきは、乳母との関係は一生続くこと、乳兄弟も実の兄弟同然であること、従って乳母の老後は乳兄弟が看ることであろう。人柄を選んで乳母にするのは当然だろうから、乳母の性格のよさ・頼もしさを記した例は他にも見える。

乳母と養育係では格式の違いがあったかとも思えるが、健御前は結婚はもちろん出産した確証もないので、乳母の条件を満たせなかったのかも知れない。夜中でも「御乳の人」を無理に起こして乳をさしあげたと記しているから自分では授乳が出来なかったのである。貴人の場合は複数の養育関係者がいたが、いずれにせよ養育に全責任を持つだけに、強い発言力を持った。健御前が周囲と激しく争った原動力はその役職の強い責任感に基づくのであろう。

それだけに、乳母は養育した子と運命を共にする者で、夭逝に遇えば直ちに出家する例が多い。「乳母」とは重くて強く、その子と一生関わり続ける、哀しくもある存在であったと思われる。

乳　母

日本絵巻大成10『葉月物語絵巻　枕草子絵詞　隆房卿艶詞絵巻』（中央公論社）より

# 7　九条家四代に仕える——浮沈を共にする主家

## 家格の世

貴族の官位昇進は家格によっておおむね定まっている時代であった。近衛家とか九条家など「摂家《せっけ》」の家柄に生まれた者は、元服すれば正五位から始まり、少将・中将・中納言・大納言・大臣・摂政関白まで上る。三条・西園寺・徳大寺家など「清華《せいが》」は大臣まで至る。飛鳥井・中御門など「羽林家《うりんけ》」は大納言までという風である。定家の生まれた御子左家《みこひだりけ》は羽林家の中程くらいと言われ、およそ大・中納言を極官としたようである。それらに一見大差はないかのようだが、定家が権《ごん》中納言になったのは遅くて七十一歳の時。長寿の故にこそ達したと言えよう。ところが「摂家」に生まれた九条兼実は十六歳で早くも内大臣であった。これは天地雲泥の差である。十六歳は現代なら中学卒業頃の年齢で、それが大臣とは驚くべき事だが、兼実の日記『玉葉』を見ると早熟ぶりにも驚かされる。例えば、東宮の行啓儀式の折、行事の執行者が決めた行事の順序について異論を唱えて「余が言うには、たとい私が先例を存じているにしても、御定とあればとやかく申せない。だがこんな前例はあったのか。余は確かな記憶がない。後に尋ねておくべき事だ」として、不承知ながら従ったと記す。高家の子弟がいかに早くから有職故実を学んでいたかが察せられる。

### 九条家に臣従

官位昇進こそ命であり、競争の激しい世界では、有力者の推薦を得て昇進し、引き替えに諸役に奉仕する臣従関係ができるのは自然であろう。定家二十代の『明月記』はほぼ全欠状態で分かり兼ねるが、二十五歳頃から摂政九条兼実に臣従し始め、その子良経、その子道家、その子教実と続き、教実の早逝により再び道家と、四代五人に仕え、『明月記』の残る七十四歳まで臣従関係は続いている。奉仕する諸役とは、兼実が参内したり、氏の長者として春日社詣でをしたりする外出時の、行列の威儀を飾る扈従者、九条家の行事の諸役、また家司の役などである。その奉仕は頻繁でありながら見返りは少ないと不満は多いが、それなしには官位昇進の推薦や荘園の下賜などは望めなかったように見える。

### 建久の政変

ところが九条家はいわゆる「建久の政変」（一一九六）と呼ばれる、源通親の策謀によりにわかに失脚した。定家三十五歳の冬である。兼実は関白を罷免された。娘の中宮任子は宮中から退下、弟の兼房は太政大臣を辞し、別の弟慈円も天台座主を辞して籠居した。嫡男良経もまた内大臣大将の地位を追われて閉門籠居した。その前後の『明月記』は全欠状態であるが、臣従する定家も薄氷を踏む思いの日々で官途に絶望していたことを後年記している。九条家に臣従する者は庇護者を失って運命を共にするしかなかった。

こうしたクーデターの根底には朝廷派と親幕派の反目対立があったと推測できる。兼実は十年前、源頼朝の推薦によって摂関の地位についた人であり、通親など後鳥羽院周辺の権勢家から成る朝廷派が親幕派を排除したがっている動きは、『明月記』からも窺える。そんな中で、九条家一掃の好機会がやって来た。兼実娘の中宮任子が女子（昇子内親王）を生んだのに対し、二カ月余遅れて、通親が院の後宮に入れていた養女在子が男子（後の土御門天皇）を生んだ。これを天皇に仕立てて、その外祖父（母方の祖父）となって権勢を振るう幸運が通親側に訪れたことになる。兼実一派の一掃はその一年後に起こった。通親は独断で上官たる関白を罷免してしまったのである。

九条家は沈黙し、定家は写経や古記録の書写に励んだり、嵯峨に別業を造って脱俗の日を過ごしたりしている。更に定家三十八歳の正月、源頼朝が急逝した。親幕派は後楯を失った。「朝家ノ大事、何事カコレニ過ギンヤ。怖畏逼迫ノ世カ」と定家は恐れたが、まさに的中した。

当時鎌倉・京都間の急報には約五日を要したという。わずかに速くそれを知った通親は直ちに除目《じもく》（官職の任免）を行い、自らを右大将に任じた上で、初めて頼朝の死没を知った驚嘆を装って御所内に籠居した。関東方による成敗を恐れて周囲に軍陣を敷いて守らせた、と定家は伝えて「奇謀ノ至リナリ」と言う。続いて通親による親幕派の公家・武士の処分が露骨になったのは「右大将」の権限があったからであろう。定家の身辺でも、源隆保が土佐に流罪になり、妻であった定家の姉は出家してしまうという具合で、緊張した時期であった。しかしそれも定家四十一歳の十月、通親の急逝で終わった。まだ五十四歳。通親は策謀家の印象が強いが、和《わ》歌所寄人《かどころよりうど》で、歌人としても知られていた。この頃から始まるとされる影供《えいぐ》（人麻呂像を掲げて行う）和歌会を頻繁に催し、気の進まぬ俊成・定家を取り込もうとして招いている。『厳島御幸記』等の達意の仮名文も残した文化人でもある。出家した子に曹洞宗の開祖道元がいたと聞くと、何か感慨すら覚える。この一世の策士が没して、後鳥羽院の自由な独裁時代が始まったと定家も記している。

## 九条家復権

九条家の復権はクーデターの三年後、良経の任左大臣から始まる。その日定家は終日兼実の御前に居ながら知らせを待った。「この悦びは例えようもない。これも御宿運なのだ。うれしくて言葉にならない」と記し、定家も良経の執事家司となる。しかし兼実の政界復帰はなかった。定家にも幸運は巡って来ず、独り取り残された嘆きを漏らす。昇殿も許されず、位階の昇進もない。聞くところによると、院に疎まれているそうだ。失脚中の兼実の許に常に伺候するのは障害ではないが、先年、院が御在位中の行幸の際、定家が出仕を怠って見物していたのを御覧になっていた事などが元だと言う。定家は思う、「それはもっともな事であるが、根本は取り次ぎの権臣に私が尻っ尾を振らないのが不快なのだ。その権臣も私の天運は左右できない。愁嘆する必要もない」とうそぶく。事実、定家の幸運はやがて彼自身の和歌の力が招き寄せることになる。

## 兼実

兼実は剛直な性格であり、定家はよく叱られた。積雪の朝、参上すると「雪の朝は従者を待たず一人で早く参れ。夜明けを待たず毛皮靴をはいて、エブリ（竹とんぼ形の農具）を持って参り、雪山を作るほどの数寄心がないのか。皆同じ父祖を戴く子孫ではないか。無残な者達よ」と叱られた。仏事に僧へ贈る布施を強要され、貧にして都合がつかないと断って勘当されたこともあった。「刑アレドモ賞ナキハ、ソノ本性ナリ」と嘆きながら仕方なく衣装一重ねを調進した。当時の布施は莫大だったようで、施主が参会者に割り当てる事が多い。だが兼実も嫡男摂政良経のわずか三十八歳での急逝に遭っては心折れたであろう。詩歌・書にすぐれた貴公子良経は後鳥羽院に愛され、通親没後に活躍していたが、それも三年半で終った。定家は四十五歳。兼実の法性寺殿に参ると、簾の中まで召され、殊のほか弱々しい声で良経の事を語り続けた。「落涙禁ジガタシ」。それから一年も経ず兼実も没した。五十九歳。詩歌・書・音楽にも長じていたが、特に、他に先んじて専修念仏の法然に帰依し、それが弾圧された時には敢えてその非を院に訴えもした。罷免された身でありながら、そこまでやる剛直さを『明月記』は非難気味に記している。『選択本願念仏集』は法然が兼実のために著作したものとも言われている。

兼実は臣従する者には折々荘園を与えている。伊予の小所・下総の三崎庄・伊賀の大内庄などを賜ったりすると「種々ノ恩ヲ蒙ルハコレ奉公ノ本意ナリ」と悦ぶのだが、当然そこからの貢納の一部を求められるので、労多くして手元には残らぬ事もあり、返上する場合もあり、時には召し上げられる事もあったりしている。小さな荘園の与奪は、領家がかなり任意自由に行っていたように見える。

## 良経

九条家四代の中で定家が最も慕うのは良経であった。文人貴公子で後鳥羽院との関係もよく

『新古今集仮名序』の作者でもある。従って定家は歌人としての関わりが多かったが、定家はこと歌については誰とも妥協しないから、良経にも歌合の件で疎まれた事があった。「飛鳥尽キテ良弓蔵セラル」つまり、鳥がいなくなれば、どんなによい弓でも無用の物としてしまい込まれるものだと、自らを「良弓」になぞらえて痛罵し、籠居して出仕しなかった時もある。いかにも定家らしいが、生涯を通じて慕ったのは良経であった。しかし復権後わずか七年、三十八歳で急逝した。時に定家四十五歳。その前後四カ月『明月記』は欠落している。なぜか重要な時期には決まって欠落しているのを惜しく思う。九条家や定家にとって再び絶望の時期であったはずである。良経は中御門京極に豪邸を建てたが五カ月しか住まないで終った。その三カ月後にはすでに金物は盗まれるという有様で、眼前の荒廃に懐旧の涙千万行など「恋慕堪ヘガタシ」と回想している。

## 道　家

良経没後は嫡男道家が十四歳で九条家を継いだ。順調に昇進し特に承久の乱後勢威を振るった人で、一時関白の座を子息教実に譲ったものの実権は持ち続けていた。教実が四年後に早逝すると再び摂関の地位に就いたから、定家は最後まで道家に仕えることになった。後堀河院崩後の『新勅撰集』の成立や定家の権中納言への昇進は道家の努力なくしては不可能だったと思

九条道家邸

日本絵巻大成10『石山寺縁起』(中央公論社)より

える程なのに、どこか不信感を底に持つ所があって、『明月記』も終り近い七十四歳の年の大嘗会が、何かと支障が起こりがちだった時には「オヨソ此ノ摂政ノ器ノ、冥慮ニ背クノ条、スデニ以テ露顕スルカ」とまで言っている。つまり摂政の器ではないと否定している。教実には和漢の学識、進退の優美を褒めそやしているのと対照的である。道家の子頼経は鎌倉の四代将軍でもあり、権勢並ぶ者もないが、定家の肌に合わない政治家的酷薄さがあったかも知れない。次の話などそれを窺わせるものであろうか。

定家と親しい医僧に興心房がいる。道家の護身に召される事も多いが、定家に訴えるには、「召される事には疲れ果てた。筋力も尽きるほど仕えても一分の恩顧もない。輿で参ろうにもこの飢饉年のさなか、法師達も担ぐ力もない。道家のおじ良恵御房に至っては、私が地に下りて礼をしても、返礼もせず唾を吐かれる始末だ」と。

同じく定家も強く反発した記事がある。七〇歳の時だが、道家から興福寺の維摩会に参るからと、荘厳用の旗を二流求められた。定家は「私は今、月来の重病と老身で存命しがたいから、にわかには承諾できない」と返事したが、念入りにも、自分は筆を取る力もないからと人に代筆させて、見本の旗も突き返してしまった。「七十にもなる無官の老翁に旗の寄進を求めるなんて先例があるものか」と憤る。その翌年、道家の尽力で権中納言に昇進したのは皮肉なことであったが、『明月記』が欠けていて感慨は聞けない。

当時は出産も死没と似た穢とされて、自宅を避けて産屋《うぶや》を設けて生むのが普通であった。九条家で誰かの出産が近づくと、その度に為家の冷泉亭を借り上げて産屋に用いられた。冷泉の家族・女房・従者たちはその都度引っ越しを余儀なくされた。また定家の甥言家などは、道家の子良実が生ませた落胤を引き取れと強要された。将来呼び戻す事のない捨て子であり、乳母も付けないが、嫌なら九条家への奉公は今後無用だと。「殿下のやり方は万事これだ。大変な奉公を強いられる」と定家は憤慨するが、諦めるしかない。

主家と臣従者との関係とはほぼこんな物であったらしい。中小貴族が生きるのも生易しくはなかった。すべては「道理よりも権勢」の世に見えるが、道家も定家没後には、幕府に疎まれて失脚した。

# 8　定家の家族と居宅——西園寺家との縁組

## 子女の名

家族の事を語るにはその人名が知りたいのだが、男子の名は記すが、婦女子の名は書かれていない。定家の妻の名も不明である。家系図があっても女性は「女子」とあるだけで、それが当時一般の習いである。

『明月記』に限った話だが、人名表記は、皇族・女院・摂関等を本名で呼ぶことはなく、院号とか官職名、邸宅名等で記す。尊貴の故に憚るのであろう。父母もそれに準ずるのか名は記さない。その他は、主家筋の人には多少の遠慮があるものの、一般の公卿・殿上人の名は記している。そうした習わしの中で家族の婦女子名を記さないのはなぜだろうか。分からない。

ただ例外的に記されている娘「民部卿典侍因子」がある。幼時から「女子・小女・女房・女・老女房」とだけ書かれ続けて来て、三十七歳で典侍になった時に初めて、藻壁門院出仕時には「貞子」と名付けたが、今回、典侍となるに当たり改めて、古今集時代の典侍で女流歌人藤原因香《よるか》に因んで「因子」と名づけたと記す。しかしその後もただ「典侍」と記すだけで、「因子」の名は見ない。生来の本名らしい名を記す珍しい例は、因子が藻壁門院に出仕する時、自分が召し使う局女房として連れて参上した妹「香」と姪「高諦」がある。また定家の娘を産んだ青女「鶴」がいる。そうした呼び名はあったに違いないのに、なぜ書かないのだろうか。ただ俊成の娘たちは『明月記』に記されていたお陰で「祇王・閉王・健・龍寿・愛寿」の名が見えるが、これも「因子」の例から見て、生来の名か否か分からない。男子は名前が記されるが、これも幼名・元服後の成人名の外に、貴人が元服時に同じ名を付けたりすると、下位者は憚って改名したりするから厄介である。俊成も旧名は顕広であったし、定家も光季・季光と呼ばれた時があった。こうした次第で男子の名は、改名はあってもまだしも分かるが、女子に至っては無名同然の扱いでほとんど分からない。

## 女性の呼称

女性は一般にどう書き分けていたか。宮仕している女性は「八条院中納言局」など女房名で呼ぶ。定家の妻のように主婦で終った女性は「実宗女《むすめ》」と親の名を冠して記す。親の名前に添えた「女」の字はムスメと読む習わしである。兄の名に添えて「定修の妹」と呼んだ例、また住所を添えて「京極の禅尼」と呼んだりもするが、不思議なまでに本名を記さない。

「定修の妹である青女《あおおんな》（若くて世慣れぬ女）が流行病にかかり、重態だそうだ。非人が重病にかかるとは涯分（身分相応の境遇・分際）に似つかわしくない。東南の小屋に寝て居て、雑人どもが代わるがわる世話をしていて、今や人に仕えられる身だそうだ。」

信じがたい事だが「定修の妹」とは前妻との間の娘である。それを人間扱いされない「非人」と呼んで、病気になる事自体が分不相応であり、雑人から病気の世話をされる事など不相応極まると言う。もちろん名を記す由もなく、「定修の妹」としか書かない。重病で小屋に臥している娘を見舞おうともしない。同じ頃、息子為家も病んでいるが、記事は詳細で、親らしい心痛を記しているのとあまりにも対照的な扱いである。前述の「因子」にしても、宮仕を予定している長女らしく大切にされている様子だが、それでも「小女」等と呼ばれており、名を記すのは女房出仕の時に付けた名だけで、それも以後用いられた事はない。つまり男子並みには扱われていない。これが時代の通例であったと見るしかなかろう。「家族」もまた社会同様、厳しい身分・男女差別の中に置かれていたためであろうか。

**前妻と三子**

定家は二十二歳ごろ季能女と結婚し三子を儲けたが、数年後には別れた。長男光家は八条院猶子の九条良輔に仕えていたが、良輔が三十四歳で没すると、ほぼ同年齢であった光家も出家してしまった。この子は出家する五年前に、宇佐使《うさづかい》となって遠路の勅使を果たした事を特筆すべきであろう。大きな経済的負担が懸かるが、周囲の応援を得て初めて出来る重い役であった。道中の公的支援は国司の任意程度であまり期待出来ない状態であった。宇佐使は、天皇即位とか国家異変時とかに宇佐八幡宮（大分県）に奉告祈願の奉幣のために遣わされる勅使である。行程約二十日を要し、道筋にあたる国司・郡司らが雑事に従うはずであった。使者はまず八方に援助寄進を求める習わしだが、多くの人は馬を寄進してくれた。集まったのは七十余頭にも及び、乗用・乗替え用・荷物用などである。衣装・長持・織物も相当数あった。前駆・舎人・滝口・童・雑色・供侍など数十人を連れての大旅行である。障害はあったが無事帰洛出来た事は幸せであったという。ただ和歌は、定家をして赤面させたという記事があるから、誇れる子ではなかったらしい。

次男定修は幼時に出家し延暦寺西塔に住んでいたが、生活苦の記事が多く、餓死の恐れありとまで定家は心配していた。やや軽率さもあったようで、反念仏宗の著作を書いて得意がってもいたが、定家は人に見せられる程の物ではないと戒めている。いつの間にか関東に下ったらしく、後年鎌倉で没したと定家は聞いた。当時少年時の出家者はどの家にもあり、多くが入山した延暦寺は東塔・西塔・横川《よかわ》の三塔の谷々の坊に三千人が住んでいたと言われる。

もう一人は女子で、前述の「定修の妹」であるが語る資料がない。

## 再婚事情

三十三歳の時定家は実宗女と再婚した。実宗の家は後に西園寺家と呼ばれたが家格が高く、定家の御子左家とは格段の差があった。それが結ばれたのは非常に大きな意味を持つことになったし、すぐれた子供を儲けたことでも幸運だった。家格違いの結婚が成った理由は、憶測であるが三つは考えられる。一つは妻が実宗正室の子でなく、高倉院新中納言という女房腹であったこと。二つには実宗の姉が自分も結婚して数子を育てる中で、反対を押し切って弟の娘を手放さずに育てたこと。三つには定家の姉健御前という打ってつけの仲介者がいたことであろう。これはみな奇跡的幸運と言えるかも知れない。

『明月記』は幸いにも妻の経歴を記している。定家六十五歳の秋、妻を養育してくれた実宗姉が没した時の回想である。

「西九条（養育してくれた伯母。清通妻）が昨日正午頃急病となって、今朝十時頃事切れた。八十八歳。禅尼（妻）が誕生以来二十余年も養育された人である。最初、伯母はまだ独身であったが、経定卿北の方の養女となり、家の所領を皆相続していた（すなわち裕福であった）。妻が三歳の時、父兄の反対を押して妻を連れて清通に嫁ぎ、翌年（実子で、今の）高通卿が生まれた。妻が九歳の時には（今の）修明門院中納言局も生まれたが、なお周囲の意見に従わず、妻を手元に置き続けた。そして二十九歳で建久五年に私に嫁がせた。」

何かよほど思う所があって姪を養い続けたように見える。定家妻にとっては恩人だからしばしば西九条を訪問していた。一方、妻の実母は実宗の子三男一女（公定・公修・定家妻・公暁）を生んで別れた後、数人の他の男性の子も生んだが、寡婦となって奈良に住んでいたのを、後年、定家の妻は定家に懇望して引き取った。定家四十一歳の事だったが、九条宅を増築して居所とした。その実母を主に世話したのが定家の姉健御前である。健御前は定家妻の母とはもちろん妻本人とも親しく、日吉詣を共にしたり病気を見舞ったりしている。その親しさから推して、定家夫妻の仲介者は健御前だっただろうと推測する。

妻の母は元「高倉院新中納言」、健御前は高倉院生母の「建春門院中納言」で、女房名から見て格式は同程度であり、しかも往来の多い御所同士だから、旧知の間柄であったはずで、仲介者として打ってつけであろう。

## 西園寺家

西園寺家と結ばれた事の恩恵は計り知れなかった。妻の父実宗はやがて内大臣になった程の家柄であり、実宗の正妻基家女を母とする公経は、源頼朝の姪を妻とし、幕府から禁裏監視を指示される程の親幕派公卿となり、娘を道家の妻に据えて九条家との関係を深めた。その娘の生んだ子が後に後堀河天皇中宮となった藻壁門院で、定家女の因子が出仕した女院である。承久の乱後は特に公経の絶頂期で、幕府の後援もあり、内大臣・太政大臣にまで至った。その権勢は平清盛をもしのぐ程だ、と定家は言う。また経済力の大きさも比類がなく、晩年には、現在の金閣寺の地「北山」に西園寺を建立して家名とした。定家はこうした豪家と結ばれて、しかも子息為家がその猶子となって可愛がられ、当然、為家の官位昇進や、因子の宮仕への経済的援助は、公経の力に負う所が多かった。

## 公定流罪事件

定家は妻の兄弟とも親しく交わる事になったが、妻の兄公定の奇妙な事件で一家が震撼した事もあった。定家四十五歳の九月、公定は蔵人頭を勤めた能吏だったが佐渡に遠流されると決まった。その経緯を『明月記』は記さないが、長兼の日記『三長記』が記している。

嵯峨に住む実印僧都女の許に「私は上皇である」と名乗って通う男がいるという話が後鳥羽

院の耳に達し、娘と尼養母が尋問された。言を左右した挙げ句に「実は公定の子息、伊予守実基です」と白状したが、公定に向かっては「責め苦に耐えずそう言ったが、本当は上皇だ」と語った。公定は無思慮にもそれを書状にして進覧した。それが上皇の逆鱗に触れ、実基ではなく、公定の方が佐渡遠流となったと記している。驚いた定家一家が駆けつけると、公定親子は浄衣を着て庭上の薦《こも》（むしろ）に臥し、恩赦を期待して泣くばかり。暁鐘が鳴るまで語り合っていたが、赦免の使者は来ず空しかった。公定の母（定家妻の母でもある）も、ただ坐り込んで悲涙にむせぶだけである。佐渡へは役人の護送でなく、本人が任意でゆっくり下向するという変な流罪だったから、妻や母を含めて定家一家は、何回も跡追いで会いに行くという奇妙な流人であった。一年半後に許されて帰京したが、それにしても不得要領な事件に思える。しかし父実宗はそれを恥じてか、出家してしまった。戒師は法然であったと定家は記している。

## 後妻の一男三女

西園寺家から迎えた妻は、前妻に比べて優秀な子を生んだ事は特記すべきであろう。一男三女のうち特に為家・民部卿典侍の名が高い。まず民部卿典侍に触れておきたい。

## 民部卿典侍

再婚の翌年、定家三十四歳の年に生まれた長女である。最初は後鳥羽院に出仕、承久の乱後は後堀河天皇准母安嘉門院に仕え、更に後堀河天皇中宮藻壁門院の入内に伴って召され、後には典侍にまで至ったが、二年後、中宮が亡くなられたのを悲嘆し出家した娘である。

定家が和歌によって後鳥羽院に認められ近侍できたのは三十九歳からであり、四十五歳の冬、娘は十二歳で出仕した。女房名「民部卿」を賜った。これは公卿相当の名で、隆盛時の高祖父がその職にあったから、定家は沈淪中の家にとって過分の恩と悦んでいる。番（一月交替）の女房に入れられ、次第に重用されて行く様子が『明月記』に記されている。承久の乱により二十七歳で退下したと思われるが、この前後『明月記』は全欠で不明である。間もなく後堀河天皇准母の安嘉門院に出仕しているが、まだ十代半ばの若い女院とはしっくり行かず、召されても渋って籠居したとか、お叱りを受けても黙ってはいなかったなどと言う。西園寺公経の推挙で禁色を許された時は、奉公に励もうとは言うが、結局堪えられず、三十五歳の時、後堀河天皇中宮として入内する藻壁門院に出仕替えした。中宮の父は九条道家、母は西園寺公経女だったから両家が経験豊富な女房を求めての渡りに船の感がある。新たな出仕のために衣装料だけでも銭六十一貫文を要すると定家は嘆いたが、両家から現物や小領地を与えられた。当時銭一貫は米一石（百五十キロ）の値段であったから、今の六万円と仮定して計算すると三百六十六万円となる。出仕時には局女房として召使う妹「香」や姪「高諦」、箱便器の清掃に当たるヒスマシと呼ぶ雑仕女等数人にも装束を着せて供としているから、当然そうした費用も要するはずである。いずれにせよ出仕は、折々の賜り物はあるにせよ、新年とか季節ごとの更衣時の出費には苦しむ記述が多い。定家は嘆きながら家令に調達させたり、時には九条家や西園寺家に窮状を訴えている。中宮御所は天皇を惹きつける魅力の場所でなければならないから、優れた女房が必要であったはずである。しかし藻壁門院の生んだ後堀河天皇皇子が二歳で即位して四条天皇となる前、抜擢されて典侍になった。「因子」と名乗ったのはその時である。典侍は内侍司の次官で天皇に常侍し、行幸時には必ず三種の神器中の神鏡を捧持し随行するのが主たる任務で名誉の職である。だがその二年後、藻壁門院が皇子を死産して亡くなる時、御臨終と出家のお世話をした後、妹香と共に出家した。時に三十九歳。定家もそれを追うように半月後出家した。七十二歳。定家もこの女院には親近しており、出産・臨終・葬儀を詳細に記録して、一周忌後にはその御持仏を頂いて自邸の堂に安置したほどである。

外に、『十六夜日記』中に定家の娘と記す和徳門院新中納言局がいるが、記事がない。

## 小婢等の子

定家は他に小婢や青女に生ませた数人の子もいるが、皆養子に出したらしく思える。送り出す時は、嬰児の場合はお守り・悪霊除けの散米・人形・幼児服などを添え、やや長じた少童には一式の衣装を手づから着せてやって送り出している。養家先は寺僧が多い。

## 家族、数十人

定家宅にはどんな人達が一緒に住んでいたものか。人名が書かれている男は青侍・車副・下人など三十余人、女性では定家の子を生んだ特別扱いの「鶴」という女性の外は名がなく、ただ女房・乳母・小娉・青女などと記されたものが数名である。それら使用人と家族を含めると五十人近くにも達するかも知れないが、必要時に召し出す従者や通勤風な勤務もあり、解雇等の出入りもあるから同居する数はかなり減るだろう。その中で忠弘という人は、家令と呼ばれる役で万般を統括している。『明月記』全編を通じて記事があるが、家の増改築から荘園の検分、それも播磨・能登・近江・鎌倉にまで出かけている。家計の調達はもちろん、各所からの貢納品要求への対処もこなす。定家の血縁者であるらしいが、最も信頼していて、近所に自宅を持っており、定家はしばしば泊まっている。

## 家　計

家計の具体的情況は分からない。かつて律令制時代は位階に相当する職田《しきでん》・職封《しきふ》などがあり、下級者には食料として米・塩を与えたそうだが、平安時代中期になると衰退したとされる。下級官吏は別として、荘園を持つ貴族たちは専ら荘園の収入に頼る生活になったとされる。地方官は策を弄して巨富を得る事も出来たが、京官は主に荘園に生活の資を求めるしかなさそうだ。が、そこには守護・地頭という手ごわい相手があって、貢納品の乏しさを嘆く記事が多い。大家族を支える苦しさはしばしば記すところである。例えば次は三十八歳秋の記事の要約である。

「一晩中大雨で翌日も止まない。夜になると一層激しく降る。干ばつの被害を免れた所が、今度は水害で皆やられたそうだ。越部荘《こしべ》（兵庫県）は十日前、洪水が山を包み岡に上る程で一つとして余残は無くなったと使者が告げて来た。不運の身はこの乱代に生まれ合わせて、何をもって余命を支えられようか。悲しみに堪えられないことだ。どこもかしこも荘園損亡の話で愁悶しない者はいないそうだ。これでは来年はきっと改元があるだろう。不運の身は存命しても仕方がないと言う事か。わが家では、今月以後総じて収入の見込みもなく、日夜ただ天を仰いで嘆くのみである。越部荘の損亡の様を見るために、直ちに家令忠弘を下向させたが、帰来して言うには、越部の水害は話にならない程だが何とか得田《とくでん》（年貢を取得できる田）を二十町ばかり決めて帰ったと。貧乏にして欠如する余りに、吉富荘《よしとみ》（近江）を預ける山僧を呼び付けて上納を求めるが言い逃れするばかりだ。日吉詣から帰った姉健御前は、湖水添いの道は水底になっているので山路を通ったそうだが、吉富荘では取り立てを恐れて土民が他領に逃亡したと聞いたと言う。さりとて領家八条院は水損による貢納の減免を何度申し入れても裁許されない。俊成からの知らせでは、鎌倉の某人の消息によると、吉富荘民が山僧の取り立ての苛酷ぶりを幕府に訴えているそうだ。」

これらは家計のほとんどを荘園に頼っているように思える記事である。それは家計を支えるだけでなく、領家への上納も厳しい。後年の事だが、日吉社から料米百四十余石を吉富分として求められた事もある。主従関係もないのに地元だからという理由だろうか。現代の米価で換算すると約八百四十万円。定家は「一庄滅亡ノ期ナリ」と抵抗して減額されたようだ。

**経済制度**

またこの当時は物々交換と貨幣経済とが並行していたかと思われる。例えば地蔵菩薩像を作らせて馬具の鞍を与えたとか、九寸の愛染王像には夏の直衣を与えたなどと、物の具・衣装等を代価としている節がある。一方、隣地の地券を五十三貫で求めたとか、為家が信濃の国務を三百貫で買官したとか見えるから貨幣も通用している。宋銭が用いられていたと言う。当時、買官は普通のことで、それで朝政が支えられていたという記事もある。

## 居宅

俊成の五条京極亭が焼亡した後、仮住まいは別として、定家は九条万里小路《までのこうじ》あたりに住んでいた。九条家に仕える都合であったかも知れない。四〇歳頃には「破屋」とも記しているが、やがて冷泉高倉に移った。後年、そこを為家に譲り、一条京極に住んだのが六十五歳の時である。「京極中納言」と呼ばれるようになった由来である。この京極亭の位置は、現冷泉家の説明によると、京極大路西、富小路東、正親町《おおぎまち》小路北、一条大路南であったとされる。一町を占めているが、一町は方四十丈だから百二十メートル四方の広い宅地である。

嵯峨にも別業があった。これは九条家が失脚したのち三十八歳頃に営んだもので、官途に絶望していた心情と関わりがあるかも知れない。嵯峨にひと月近く滞在していた四十四歳の春には「妻子を連れて嵯峨に来た。出仕するのが物憂いので蟄居していたい」と言って、のんびり高所に上って眺めたり、持仏堂の事を営んだりしている。「俗塵を去って心神甚だ楽しい。陶淵明の『車馬のかまびすしきを聞かず』の心境である」とも記す。妻の母尼上や兄公定も来て清談を楽しんだり、定家の兄弟も数人来て、仏像の開眼供養や亡母の遠忌供養もしたと記すから、俗世間を離れ、心神を養う場を持ちたいと思って嵯峨別業を設けたのだろうと推測する。

# 9　荘園経営の苦労——横領・地頭・経済生活

## 吉富荘

定家は吉富荘（近江国米原の東北方）が主たる荘園で、その領家は八条院暲子であった。荘園制は元来、公地公民制であったものが、平安時代中頃から権門勢家が私有地として国の行政干渉を排除した土地を荘園と呼んだ事に始まるという。しかし国司等の圧迫に対抗できなくなると、有力者に名目的に寄進して、その力を借りて対抗し、自分は「預所《あずかりどころ》」と呼ばれて、年貢等の管理をした。有力者も更に強力な権門に名目的寄進をして対抗力を強くする事もあり、大荘園主を本家とし、次いで領家、更に預所と階層的な権力関係で結ばれ、侵害者に対抗したとされる。とは言え、吉富荘の場合、明記されないから推測になるが、領家は八条院、預所は定家、現地でその代役をするのが比叡山の悪僧（荒法師）杲云《ごううん》と言えそうである。諸刃《もろは》の剣であったこの僧が八〇歳で没した時、六十五歳であった定家は、この僧との所縁を回顧している。難解な一文だが、杲云は俊成の時代に吉富荘の妨害を企てたが、和解して非法ながら庄務に関わるようになったと読める記事である。そうだとすれば吉富荘は定家が俊成から、杲云ともども相続した荘園という事になろう。

### 八条院の衰微

八条院は鳥羽天皇皇女、母は美福門院で、二人の遺領数百カ所いわゆる「八条院領」を持ち勢力があった。定家の姉妹たちも出仕し、九条家との関わりも深い女院。領家は勢力家であるほど庇護力も強いから、奉仕と引き替えに保護を期待できた。しかし八条院の力は親しかった兄後白河院を後ろ盾として成り立っていたものらしい。例えば健御前の『たまきはる』には、安徳天皇が平家都落ちに同行された後、後白河院が八条院御所に渡られて次の帝位は後鳥羽天皇とすることを密談されたのを、健御前は聞いてしまった話がある。お二人はそれほど親しかったから八条院も権勢が保たれていただろうが、定家三十一歳三月の後白河院の崩御後、急に人々が八条院を軽んじ始めた。翌月、兄故院のため仏事を催しても殿上人はほとんど参らないし、参っても衣冠姿ではなく平服が多かった。近来女院内の「狂人・児女子」が、奇怪な事があったと騒ぎまくり、それを見た軽率の輩が殊更に平服を着て、しかも途中で退出して、軽視の態度を見せたという。結局定家ら精勤者が対処したが憤慨に堪えなかったと記す。後年定家三十九歳九月の事、八条殿の近火の時も公卿が一人も参らなかったのは「後白河院在世時代とは懸け離れている」と書いており、後白河院あっての八条院の権威であったことを定家も認めていた事が分かる。それは吉富荘を守る頼りにならない事を意味しよう。四十一歳時の記事によれば、八条院自体が窮乏甚だしく、あの二三〇カ所とも言われた八条院領はどうなったものか。姉八条院中納言も『たまきはる』に八条院御所の様を「女院がおおらかで、出仕者も自由に振る舞い、院などの所望には何でも差し上げ、御蔵には塵より外に残っていない。仏事をするにも兼ねての御心遣いがないから僧への布施も整わない」などと記す。権威が衰えれば、女院自身も貢納の強制力を失って困窮されるのだから、まして領家として吉富荘を庇護する力もなく軽んじられる。人はそんな弱みに敏感で、すぐに足元を見たのである。

### 吉富謀書頻々

最初に吉富荘の横領を企てたのは後鳥羽院乳母の卿三位兼子である。乳母は権力者である。所有権を主張する偽書を示して横領を企てる。定家四十三歳春「近代ノ儀更ニ逃ルル方ナキカ。（権勢に）無縁ノ者ハ存命ノ計ヲ失フノミ」と嘆く。訴状を八条院に出しても何にもならず、訴える所もない。九条家も力にならなかった。事態は日ごとに切迫するが、どうしたらよかろうかと嘆くのみ。その後どう決着したのか分からないが、一年後には吉富の庄民が門前に来て訴えた所を見ると定家の許に戻ったのだろう。

その次の横領者は京都守護の平賀朝雅。これは間もなく将軍職をねらう陰謀が発覚し、幕府に討たれた。その屋敷から、火事場ならぬ戦場泥棒が家具類を持ち出す様子を定家は描いている。その頃から吉富の地頭不法の事を後鳥羽院に訴えるようになり、数回の御教書の威力だろうが遂に地頭代官等は逐電するに至った。その後も吉富に入る狼藉者は院に訴えて追却して頂いている。定家が院の近臣となったために出来た事であろうか。

次の横領謀書は延暦寺の悪僧公覚。使者を吉富に入れて荒らし回った。院に訴えて捕らえ、検非違使庁に送られた。横謀を業とし、検非違使庁で食事にあり付ける事を喜んでいる輩である。

定家五〇歳の六月、長く勤仕した八条院が七十五歳で崩じられ、領家職は猶子春華門院昇子に譲られたはずだが、これも四カ月余の後崩じられた。その間にも吉富荘には最大の年中行事である大嘗会《だいじょうえ》の所課として米三十石を、後鳥羽院から命ぜられる。天を仰いで逃れる所なしである。

「八条院領」はその後、春華門院・順徳天皇・後鳥羽院へと伝領されたと歴史書は記しているが、八条院崩後といえども安心は出来なかった。女院が建立された蓮華心院分の負担が十四年後にかかってきた。「今ノ世ノ事総ジテ問答スル能ハズ。万事、虎ヨリモ猛ナリ」とその苛酷ぶりを非難している。更には鳥羽離宮の一寺院の所課まで催されるに至って、諸卿みなあきれたと言う。

次の横領は院の牛童薬王丸で、吉富荘の預所の相伝文書と称する物を示す。生涯の計逐日に呆然たる様で、この世は何が是、何が非なのか、悲しい事よと嘆く。同じ年にまた「狂者」の謀書があり、院の御教書を賜って斥けた。

最後の謀書は寛賢律師。定家もはや七十二歳である。西園寺公経が出したという知行文書を示して吉富荘を得ようとした。西園寺家は妻の実家ではあるが、近代は骨肉も顧みない世だからと不安ながら尋ねると偽書と知れた。悪徒による謀書は、庄号を書き改め、領家を書かずに人の領に乱入するのが常の習いであると言う。吉富でも勝手に麦を刈り取られた事があった。

中小貴族は荘園を守ることがいかに困難であったか、吉富の横領事件を列挙した所以である。定家には他にも家相伝の越部・細河（兵庫県）や九条家から下賜された各地の小荘園等があるが、遠隔地であったり、地頭が不法であったりで安泰な所は少なく、貢納品が乏しい荘園は返上したりしている。

## 悪僧杲云

荘園を守るには横領を防ぐ外に、現地では地頭を抑えて貢納させる事と、領外からの不法侵入者を追い出す力が必要であった。そのためによく利用したのが延暦寺の悪僧で、吉富では杲云を用いた。しかしこうした悪僧は諸刃《もろは》の剣であり、定家は何回も迷惑を被ったが、家計が困窮すると呼び寄せて調達させている。しかしそれも後鳥羽院乳母兼子が吉富を横領して間もなく、「某云は日ごろ不当である」という理由により遠流に処せられた。定家は「遂ニ生涯ヲ失フカ」と同情したが、一年後には密かに帰京していた剛の者である。それから十余年後没したが、六十五歳の定家は回想して言う。「濫悪の心は止まなかったが長命にも限界があったと見える。往年相馴れた者であり、亡くなって見ると哀憐の思いがある」と一言を手向けている。

## 地頭に手を焼く

地頭の力には手を焼いている。地頭は源頼朝が、治安維持の名目で全国の荘園や公領に置いた者で、耕地の管理・徴税・検察断罪を職務としていた。定家は伊勢に小阿射賀《こあざか》荘を持っていた。伊勢外宮の神領地で神饌料を納める所課があったが、定家は領家職であったとされるだけに、特に経営にこだわっているようである。三十八歳の暮、山法師を雇って出向かせた所、百姓たちは、地頭が怖くてまだ貢納品を頂いていないと言う。空しく帰洛して翌年再度下向したが、地頭は承引せず、使者は追い返されてしまった。その後も同様であっただろうが、五十二歳の時、幕府の大江広元から将軍実朝の意向が伝えられて来た。和歌文書が欲しい事と、何か愁訴したい事があれば聞く、との事であった。定家は相伝秘蔵の『万葉集』を贈り、小阿射賀の地頭の不法を訴えた。結果は記されていないが地頭は追放されたことであろう。後年「寛喜の大飢饉」に当たり、小阿射賀も飢えて死去した者六十二人、穢により上洛する者なしなど領家らしい記事が見えるからである。

## 経済生活

貴族たちの経済力はほとんど荘園に頼るしかなかっただろうが、どれだけの貢納を得ていたものか、それが分かる記事はほぼ絶無である。ただ上層貴族と中小貴族では雲泥の差があった事は明らかで、中小貴族には生活困難な人が多く、四月の更衣期を迎えても冬衣のまま出仕して咎められたり、正月用の衣装がなくて出仕しなかったりする。中には裕福な女院に荘園を頂きたいと願って拒絶された話などもある。

収入が分からなければ、支出を見て収入を推測するしかないが、例えば仏事の僧に贈る布施の違いを見ると、俊成の四十九日には、講師に三衣一、檀紙一積。請僧に衣一、檀紙一積。他に兄成家が用意した包み物、定家が出した小袖一領、布一結とある。他方一世の権勢家西園寺公経が妻の忌日仏事に贈った布施は、錦の衣一、御綾四、鈍色《にびいろ》の綾五、絹包み、鈍色装束、童装束二、綾の懸子《かけご》、懸子に綿糸各百両、色革一枚、紺の藍摺《あいずり》に白布。請僧に衣三、単重《ひとえがさ》ね、絹包み、綿布三である。これでは経済力が違い過ぎて推測も困難である。要は権力の浮沈に左右されたようで、後白河院崩後に八条院が経済力を失ったように、承久の乱後の後鳥羽院皇女嘉陽門院も御所が焼亡しても移る邸もなく、簾さえ調達できなかった事がそれを物語っていよう。

だから人それぞれであるが、定家の支出等に限って経済状態を見ると、

三十九歳の時。後鳥羽院乳母兼子に追従のため、単衣重ね二領、紅袴二腰、生《すずし》（夏用の薄い絹織物）の小袖二領を贈ったが、自筆の礼状が来た。

四十一歳の時。城南寺・石清水八幡宮・賀茂神社と続けて競馬を行うので、騎手に与える褒美の品を用意して参れと院からの仰せ。承知はしたものの、不運の沈老である私は極めて冷然たる思いである。

同年。九条兼実から安居《あんご》（修行の一種）の僧への布施を命じられた。不如意だから応じられないと言うと勘当されてしまった。「刑アレドモ賞ナキハソノ本性」だから、衣装一重ねを調達することで許してもらった。耐え難いことである。

四十八歳の時。八条院から、昇子内親王の女房の装束を求められた。こうした千万人力の出費の要求の止む時がない。貧乏の身は叱られているしか術がない。

五〇歳の時。前にも述べた事だが、吉富荘に大嘗会の所課として米三十石（三十キロ入りで百五十俵）。重すぎて堪えられないので、あちこち奔走して免除を請うたが、「勅定逃レガタ

シ」。その他の雑事は皆免ずる事で領状した。後年六十六歳の時だが、同じく吉富荘への米の所課では、近江国造が日吉社の料米として百四十余石（三十キロ入りで七百余俵）を納めよと家令忠弘を責め立てて止まない。これでは吉富荘は滅亡する。一度は免除の約束を取っていた事を楯に応じない事にした。

五十一歳の時。後鳥羽院御所の高陽院殿の翠簾《すいれん》（青すだれ）を催されるが無理な話で、ただ天を仰いでいる。貧賤の果報は悲しんでも足りない。

五十二歳の時。競馬の舎人役、続いて祇園御霊会の神幸の舎人役を命じられたが、「清貧過度のため所役に限度があるから」と断った。当時は様々な所役の経費が自己負担であり、避けたがった記事が多い。

六十六歳の時。京極宅の東隣地二戸主余の四十丈ばかりを五十三貫で買い取った。因みに当時は米一石（百五十キロ）の値が一貫。現在の六万円相当とすれば三百十八万円位であろうか。

同年。為家妻が男子を安産した。験者の占い通り安産だったので定家は喜んで禄として験者の律師に女房衣一そろいと馬一疋、阿闍梨《あじゃり》（僧の位）に女房衣二枚と馬一疋を与えた。僧に女房衣装や馬を与えたのは、それが売却・交換の資として普通に用いられていた事を示していよう。

同年。当時は成功《じょうごう》という、朝廷に財を献じた者に官職を授ける売官制度が普通に行われていたが、為家に対して信濃国務を五百貫で授ける話が来た。国務はいわゆる国司をいうのであろうが、自分は在京のままで、政務は現地の代官にやらせ、相応の得分を取っていたという。国司は得分が大きいので希望者が多かったとされるが、為家は西園寺公経の猶子であったから、その力で三百貫に値切って買った。仮に一貫六万円と換算すると千八百万円である。

その後の事情は分かりにくいが、信濃国情検分のため下向していた法師が半年後帰京して言うには、

「信濃国には梯（橋の意か）がなく、路を作って人馬の通路としている。更級の里の南西に姨捨山《おばすてやま》があり、浅間の嵩《たけ》は燃えている。昼は黒煙が立ち、夜は火が見える。千曲川は大河で国中を廻流し、国の南端から北方に及ぶ。善光寺までは六日の道程と聞いた。そこに官庁があり代官等がいるが、広博温潤の地でありながら、承久の乱以後検注が行き届かず、百町の郷でも麻布が二三段取れるだけなどと記すのみ。国中が熟田なのに米を運上しないから住民は豊かだ。だが末代の今、国務の得分はなかろうと聞いた。在庁の官人は皆猛将の輩だから、国司の指揮に従うはずはないだろう。」

との報告であった。地方の情況を伝えた珍しい記事である。

六十九歳の時。娘民部卿が召し使う雑仕用の装束を中宮から頂いた。定家は「貧家ノ恥ナリ」と大いに嘆いているが、出仕者は自分の衣装はもちろん、局で召し使う女房の物も用意する必要があったから、『明月記』には娘の出仕経費にあえいでいる記事が多い。

七〇歳の時。重陽の節句に娘に送った衣装の例である。決して生易しくはない。

練貫の小袖、織絹の袴、薄色の生衣《すずしのきぬ》五、女郎花の表襲《うわがさね》、赤色の唐衣《からぎぬ》。雑仕あてに青二、朽葉三、蘇芳《すおう》の単衣、唐綾の生の小袖、菊の表は白で下は蘇芳の衣、青の単衣、平絹の小袖。

荘園の経済的実態は記述されないので、これらから推測するしかないが、九条家や西園寺家から女房の出仕経費の助けに賜る「収入」も、「播州の一郷」など小庄であることが多く、貨幣経済的価値を推測するのは難しい。

八条院（暲子内親王）

安楽寿院蔵『八条院像』

# 10　式子内親王と定家──「定家葛」の伝説を生む

**謡曲『定家葛』**

定家は式子《しきし》内親王とどんな関係であったのだろうか。謡曲『定家葛《ていかかずら》』が語る執念の恋とは本当だったのか。確かな事はもちろん分からないが、『明月記』にも二人に関わる記事は多い。

『定家葛』とは、定家没後約二百年の後、能役者の金春禅竹《こんぱるぜんちく》が書いた謡曲の題名である。全くの創作なのか、何かの伝承に拠るのか知らない。その話のあらましは、

「ある旅の僧が京都千本付近で時雨に会い、雨宿りをする。そこに里の女が来て、これは定家の建てた時雨亭だと教え、式子内親王の墓に案内して言うには、定家は内親王と深い契りを結んだが、内親王が程なく亡くなられたので、定家の執心は葛《かずら》（つる草）となって墓にからみついたと語り、実は吾こそ内親王であると告げて姿を消す。旅僧の法華《ほけ》経読誦《きょうどくじゅ》によって内親王の霊が墓から現れ、経の功徳で成仏できたと喜ぶ。」

今では古名「マサキノカズラ」というつる草が「テイカカズラ」と呼ばれるようになった程だが、『明月記』は二人の関係をどのように記しているのか。

## 御所参上

式子内親王は後白河院皇女で、十一歳の時、賀茂斎院に定められたが、約十年後病により退下されて「前斎院」と呼ばれる事が多い。高貴な方であるから定家も「式子内親王」の名で呼ぶことは決してなく、「前斎院」あるいは御所名の「大炊殿《おおいどの》」などと記す。斎院は未婚の内親王の中から卜定《ぼくじょう》されて賀茂神社に奉仕する方で、長い精進潔斎の後に社に入る。天皇一代ごとに交替するのが原則であった。伊勢の斎宮に準ずるものである。

定家が初めて前斎院御所に参上したのは二〇歳の時。内親王は三十三歳であった。定家は俊成に伴われ、正月三日だから新年参賀であろう。「薫物《たきもの》の馨香芬馥《けいこうふんぷく》たり」(たき物のよい香りが高く匂っていた)と記す。後白河院皇女、前斎院という身分の高貴さは、普通に交流の起こり得る身分格差ではない。上段の御座間は簾で仕切られ、直接対話はせず女房を介して話した時代である。お姿を見ることなどはないが、皇女の幽玄な高貴さを定家が香りによって描出した一句だと言えようか。

次の参上も俊成の供でその年の秋の半ば。「御弾箏ノ事アリ云々《うんぬん》」と記す。「云々」は伝聞の

「という」の意だから、俊成から聞いた話であろう。俊成のために琴を弾かれたとすれば、非常に親密な扱いと言えよう。

俊成一家はいつの頃からか式子内親王に参仕する関係にあったと思われる。俊成が歌の師となり、内親王の求めで後年歌論『古来風体抄』を書いて進上しているし、定家の姉龍寿御前が「大納言局」の名で出仕しており、異腹である別の姉も「女別当」として出仕していたからである。縁故の御所に頻繁に御機嫌伺いに参るのは当時普通の事であった。定家も以後しばしば参上するけれども「参上した」というだけの素っ気ない記事である場合が多い。

## 薄幸の影

式子内親王は高貴な方ではあっても権勢ある方ではなく、むしろ権勢家から遠ざけられた方という印象を『明月記』からは受ける。どこか薄幸の影が付きまとう悲劇性がある。後白河院皇女でありながら有力な支援者もなかったように『明月記』からは思える。当時俊成の甥に吉田経房という著名な能吏がいたが、後白河院判官代であった縁故からであろうか、式子内親王の後見役としての記事が多い。例えば定家三十五歳四月、勘解由小路《かでのこうじ》御所にお住まいの時近火があり、定家は駆けつけたが、経房にも見舞の使者を送っている。勘解由小路は経房の居住地だから、自邸の一部を提供していたのかも知れない。ところがある日の夜中に鶏が鳴いたので、不吉な事として転居を望まれたが別邸がなく、経房は龍寿御前の七条坊門宅に移っていただいた。父後白河院崩御後の遺産として大炊御門北・富小路西にあった大炊殿を受領されていたけれども、その当時入居していた九条兼実は居座り続けていた。替わって後鳥羽院が借用された時期もあって、七年後ようやく大炊殿に移られ、終生の御所となった。権勢がなかったので軽視されていたかも知れない。

しかしそこも不気味な御所だと龍寿は語る。自分が召し使う女房信濃の虚言を白状させようと、大炊殿の車寄《くるまよせ》の小部屋に連れて行くと、ひどく恐れる様子を見せる。不思議に思って無理にわけを問うと、去年七月頃、舞を見ようと一人でこの部屋に入ると、同形の寸分違わない者が六人居た。私は問答した末に、ここは御所だが凶事をせず奔り散らずに小部屋にいるだけなら構わないから、人にも語らないと約束したと言い、それ以上は怖れて語らない。想像するに法師でもなく、尼でもなく、女でもなく、児でもなさそうだが、人よりも小さい者であろうかと龍寿は語った。「奇ニシテ、ナホ奇トスベキ末代ノ奇特」なので記して置くと定家は言う。

それにしてもこの御所には奇怪な事が多いとして列挙する。後鳥羽院が借用されていた頃、女房が奇妙な尼を見て恐怖した事。式子内親王も寝殿でおやすみの時、女房周防が何かに驚き目覚めた話を聞かれてから、寝殿に居られなくなった事。九条兼実が居た頃も、女房たちが時々怖畏の気配を感じたという。吉田経房も、参上して、ある女房を待っていた時、隣に来て坐った尼がいた。別当殿（定家の姉）かと思ってそのまま居て、ふと見やると忽然と消えていたという具合で奇妙な御所だが、定家は長年になるが不審事に出会った事はないと否定している。

また定家が後年に回想して、怒りを込めて書き残した記事がある。八条院猶子である春華門院昇子が眼を病んで日吉社に参籠された時、姫宮は人々を呪咀《じゅそ》していると権門辺の人々が謳歌披露しているそうだ、と記したついでに、故式子内親王も叔母八条院と同宿されていた頃、財産欲しさに八条院や春華門院を呪咀された悪念によって、八条院は病んでおられる、と雑人どもが狂言した。そのため内親王は八条院の許を出られたと言う。他にも、後白河院寵妾であった丹後局あたりが噂の元らしい呪咀話を挙げて、定家は言う、「近代は生老病死は皆呪咀によるものと騒いでいる。呪咀がなければ病死の恐れはないとでも思っているのか。死はすべて業報によるものだ」と断ずる。

## 内親王と定家

時間を戻して、定家の初参以後『明月記』の全欠状態は十年に及ぶ。やがて後白河院が崩御されて間もなく、定家は水精（＝水晶）の念珠十二個を内親王に献上した。父院の七七日仏事の所用の品であろう。定家の場合、他の方には例を見ない献上品である。

はるか後年の定家七十二歳時の記事だが、逆に定家の方が賜り物をした記事もある。定家の娘因子が幼女時に、内親王が描かれた月次絵《つきなみのえ》を頂いたという。一年を月ごとに分けて風物を描いた物で二巻あった。十二人の歌人とその歌が垂露《すいろ》という書法（縦の画の末をはねず、押さえて止める書き方）で書かれており、第二巻は絵であった。みな御自筆である。歌人名や歌も定家は記しているが、表紙は青紗に箔を打ち、絵が描かれ、軸は水晶であった。因子がそれを藻壁門院に献じたのを後堀河院が御覧になって「殊勝珍重」と仰せられた優品である。それほどの物を、おそらくお目見えにでも参上した五、六歳の童女に引き出物として賜ったであろうが、定家に対するお心遣いによるのであろう。内親王の没は因子七歳の年であるから、それ以前の賜り物である。

父院崩御の四年後にあたる建久七年（一一九六）という年は、内親王にとっても定家にとっても重大な事件が起こる。かつて後白河院の寵を受けて皇女宣陽門院を生んだ丹後局（高階栄子）は院崩御後も政界を支配していたが、それを斥けようとした関白九条兼実と対立した。その頃、蔵人橘兼仲の妻に故院の霊が取り付き「私を祭れ。社を建てて国を寄進せよ」と口走り、丹後局らはその実現を迫ったが、兼実は拒否して、兼仲夫妻を流罪にした。後白河皇女式子内親王も連座と見なされたと言い、やがて出家された。ぬれ衣を着せられたのかも知れない。やがて丹後局は宣陽門院別当の源通親らと結んで、関白兼実の罷免に成功し、九条家一門を一掃してしまった。前述した「建久の政変」であり、主家の失脚により定家も官途絶望の身となってしまった年である。

兼仲事件当時の『明月記』は欠落しているが、その後、後白河院が蛇に化身して託宣を下すとか、丹後局の縁者仲国の妻が、院の託宣と称して雑言しているとかの風聞は書き留めている。共通して丹後局の関わりが窺えそうな記事である。院崩御後の『明月記』はほとんど欠落しているが、式子内親王が安穏な日々を送っておられたとは思えないだろう。ただ内親王の最後の約二年間が辛うじて残っている。御病悩の時期にあたる。

### 内親王病悩

定家の参上記録は、内親王最後の一年余は病苦と聞いて参上回数が増す。病悩日毎に増し、雑熱《ぞうねつ》（できもの・はれもの）により温石《おんじゃく》（焼いた軽石で身体を温める）治療して火ぶくれが出来たとか、御乳のできものが治らない、重病で鼻が垂れ、熱があるとか、足腫れがひどいと聞いて参上すると灸治中だとか聞いては病の深刻化を懸念し、重態となると宿候した夜もある。加持祈祷などは信じなさらぬ端厳な御性格なので、周囲も困ったが、そのうちに小康状態で歳も暮れた。「承悦極まりなし」と結ぶ。

病状の詳細は姉龍寿がいたから聞き得た内容であろう。だが定家の「承悦」も空しく、わずか一月後、『明月記』欠落中の翌年正月二十五日に病没された。御歳五十三。定家は四〇歳であった。

## 内親王の歌

式子内親王は『新古今集』だけでも四十九首取られている著名な歌人であり、現代でも人気が高く、中でも定家が「小倉百人一首」にも選んだ「忍ぶる恋」の歌は広く親しまれていよう。

玉の緒よ絶えなば絶えね　ながらへば　忍ぶることの弱りもぞする

題詠だから基本は虚構の歌ではあろうが、実体験に基づく虚構とすれば、相手は誰なのか知りたいのも人情だろう。そこに定家を充てる伝承があるという事であろう。「玉の緒」は玉を貫く緒を言うが、「魂・霊」にも通じる命のイメージがあろう。「その緒（命）よ、絶えるものなら今絶えてしまえ。生き永らえていたら、恋慕の思いを誰にも知られず忍んできたのに、気力が弱って、うわ言にでも漏らして人に知られたらどうしよう」と言う「忍ぶる恋」である。

「もぞ」は「弱り」を非常に強める表現で、弱ることを極度に恐れる気持になる。それを恐れて、死を願うほどの激しさである。耐え難きに耐えることが多かったからこそ、心にはほとばしる激情があったような秀歌であろう。内親王の一生を象徴するような歌と言えようか。

## 一周忌の定家

定家は翌年の一周忌に旧院に参上した。

正月廿五日、天陰リ雨降リテ止ム。午ノ時バカリニ束帯シテ大炊御門旧院（式子内親王旧御所）ニ参ル。今日ハ御正日ナリ。入道左府（実房）経営セラルト云々。彼ノ一門ノ人済々《セイセイ》（多人数）タリ。予ハ衆ニ交ラズ、尼大納言殿（姉龍寿御前）ニ謁シテ退出ス。今日コノ院ヲ出デテ左女牛《サメウジ》ノ小家ニ住マルベシ。ヨリテ車ヲ貸ス。

側近女房は一周忌まで旧院に居て仏事等に奉仕して退下する例が多いが、龍寿もそうしたのである。定家は姉に会って、旧院退下の世話はしたが、「衆ニ交ラズ」、にぎやかに話すような気にはなれなかった事を特記している。胸中を察し得る重い一句である。信頼厚い側近女房だった姉は、御没後直ちに出家しており、退下後は常光院の御墓所詣でを続けた。

以上が『明月記』の語る「式子内親王」である。ここに『定家葛』の伝承の火種があるのであろうか。

競馬《くらべうま》にちなんだ曲の演奏

日本絵巻大成23『伊勢物語絵巻　狭衣物語絵巻　駒競行幸絵巻　源氏物語絵巻』（中央公論社）より

# 11 後鳥羽院と定家――緊張した君臣関係

## 疾駆する帝王

定家三十八歳のお盆の夜、騎馬で帰宅する途中、後鳥羽院の車に出くわした。駿牛を駆って夜の町を縦横無尽、飛ぶがごとくに疾駆されている。気づいた時は百メートルに迫っていた。辛うじて身を隠し得たのは、たまたま御牛のむながい（胸から鞍に掛けわたす緒）が切れて結ばれる間があったからの幸運。もし下馬礼容できなかったら厳しい咎めを受けただろう。事実この半年後、西園寺公経は、日吉御幸に随行した権女丹後局の輿を見て、公卿たちは輿を止めて地上に下りたのに、公経は輿を物陰に引き入れてやり過ごしたので、後鳥羽院に咎められた。「無礼だと思わないのか。おまえは華族の家柄を守る気があるのか」と。この夜定家は、日夜遊行されると聞く院を初めて見たのだが、その縦横の疾駆ぶりは院を象徴する姿と思えるし、きわどい避難は、院と定家が終始緊張した君臣関係にあった事の象徴と言えそうである。

## 後鳥羽院歌壇に加わる

前にも触れたが、三十八歳の年末の記事に、院が天皇在位されていた数年前、行幸の折定家が随従せず見物していたのを御覧になり、御気色不快で昇殿も許されない時期だったとある。関係が好転したのは翌三十九歳の年、後鳥羽院主催の「正治百首」作者に加えられてからである。それも最初は歌壇の主導権を得たい六条派の季経が権臣源通親に賄賂を贈って、定家等を排除するため、「作者は老者に限る」と決めたと言う。定家排除に激怒した俊成は「和字奏状」を書いて院に直訴した。約三千字に及ぶ仮名の長文で、大要は「作者は歌人の力量で選ぶべきもので、老者に限るなど聞いた事もない。定家は私の後継者となれる力量があるのに選ばれなかったのは存外である。六条家は代々勅撰集に携わりながら不見識・無教養であり、まして季経ごときが重代と称して判者になろうとしたり、策略を巡らしたりするのはいみじき大事である」という激しいものであった。穏やかな人柄に思われがちな俊成であるが、和歌の家を目指す自負心の強烈さを思いやるべき一件であろうか。

確かに定家は若くして既に歌人の名があり、二十八歳の時、西行から自らの歌を合わせた「宮河歌合」の判を求められたり、三〇歳頃には九条兼実・良経父子や仁和寺の守覚法親王など優れた歌人から評価を得ていたのだから、俊成が推薦するのは当然であろう。

だが六条家が排除したがった直接の原因も考えられる。「正治百首」の三カ月前の事だが、皇太后宮が歌合に定家の歌を切に求められた。九条良経が承って伝えたが、定家は「季経ごときエセ歌詠みが判をするようでは堪えられない」と書状で断った。六条派への宣戦布告であろう。季経は大いに怒り、皇太后宮に訴え、良経にも讒言したので、定家は良経からも疎まれた。それなら籠居するだけだと言って良経にも出仕しなかった。そんな定家を恨んだ季経が、権臣通親を抱き込んで「作者は老者に限る」として四〇歳未満の者を除外したのだろうと推測できる。

ともあれ俊成の奏状により定家や家隆らが加えられたが、定家は「二世ノ願望スデニ満ツ」と喜び、その歌が秀逸であった事により、直ちに内の昇殿を許された。「道ノタメ面目幽玄、後代ノ美談タリ。自愛極マリナシ」と随喜したが、これより後鳥羽院歌壇に重んぜられるようになって行った。

## 院近臣となる

以後歌合・歌会ごとに名を挙げ、水無瀬《みなせ》御幸にも供奉する近臣になる。水無瀬離宮は鳥羽から淀川を下ること十余キロ、その右岸に営まれた離宮で、後鳥羽院が頻繁に長期にわたり滞在し遊興を楽しまれた所である。許された近臣だけが、近辺の民家を宿として参上しており、院が最も好まれた御所である。

見渡せば山もと霞む水無瀬川　夕べは秋と何思ひけむ　（新古今集）

「夕暮れの景色の美しさは秋に限る、と思い込んでいたものだが、はるかに山麓が霞む水無瀬川の春の夕暮れ、これこそ秋に勝る夕暮れの美しさだ」と詠まれている。水無瀬の御滞在は長く、定家には近臣に選ばれた喜びはあっても、長い滞在は辛い。都では群盗が競い起こっても院は遊覧の外無く、水無瀬殿は遊女・白拍子との遊びの場。そうした歓楽に浸り楽しめる定家ではないから、励み努めても無益の身、妻子を離れて荒屋に困臥して終夜無聊だと嘆く。

行く蛍　なれ（お前）も闇には燃えまさる　子を思ふ涙あはれ知るやは

後鳥羽院が和歌に限らず多能多芸であった事は驚くほどであるが、そこに伺候せざるを得ない定家は迷惑することが多かった。遊女・白拍子等への引出物や競馬の勝者への褒美の品の用意など貧困者には辛いのである。蹴鞠・管弦・今様・郢曲《えいきょく》（俗曲など）・乱舞・双六・囲碁・将棋・相撲・水泳・笠懸《かさがけ》・小弓・流鏑馬《やぶさめ》・狩猟・猿楽・各種の物合わせ等尽きる所がない。やがては異様な遊びも始まった。御所内で隠れんぼしたり、鬼ごっこで鬼役を探して杖で叩く遊び。源顕兼は定家とも親しく、後年『古事談』の作者となる人だが、院の覚えがよくないのをいい事にして殊に手荒に張り伏せる。定家も「世上ノ体タダ運ナリ」と同情するけれどどうしようもない。中には自分で本鳥《もとどり》（頭髪の束ねをいう当て字）を切って、異様さを笑われて喜ぶ道化者まで現れる始末である。さながら「退屈しきった帝王」を笑わせるのが近臣の役目かと思わせる。「天下タダカクノ如シ。コレヲ以テ世魂アリトナス」。

定家も安心してはおれない。日吉御幸の日、足の悪い定家を指名して、雪の坂道を歩かされる。滑って転ぶのを嘲弄するためだという。「スコブル無興ニシテ恐レアリ」である。宇治御幸には諸人を裸で平等院の前庭を歩かせたり、鞍のない裸馬に乗って行列させたりなさる。「こんな狂気を神仏はどう見ているだろうか」と定家は批判する。また未練（泳げないの意か）の者二十余人を舟に乗せて河に出し、一度に落として興ぜられる。定家は言う「まるで網代《あじろ》で魚を捕るのと同じだ。その嘲弄される人数に加えられなかったのは何たる朝恩ぞ」と。それをしも「朝恩」と呼ぶ近臣の哀しさである。

## 歌人定家

しかし歌の力量を買われた定家は、次々と活躍の場を与えられる。四〇歳では「千五百番歌合」の作者また判者に選ばれた。代表的歌人三十人が各百首を題詠した三千首を千五百番に合わせ、院以下十人が優劣の判定をした。文学史上最大の歌合で、和歌高揚期の記念碑である。

厚遇を受けるけれども緊張関係は続いている。四十一歳の年、院が自詠の歌六首と定家の六首とを合わせて判を下し、定家の三勝一負二持《じ》（引分け）とされたのも、並み居る歌人の中で異例の扱いである。「面目過分」と定家は記すものの、おそらく院が定家に真剣勝負を挑まれた厳しいものではなかろうか。

四〇歳の七月、院御所内に「和歌所《わかどころ》」が開かれて、寄人《よりうど》（職員）に選ばれた。『新古今和歌集』の撰集作業所となる場所である。まもなく撰者六人が選ばれた。源通具・藤原有家・藤原定家・藤原家隆・藤原雅経・僧寂蓮であるが、寂蓮は翌年没した。約四年間の撰集作業は院が深く関わられるので、いくら撰定しても、撰歌の入れ替えを命ぜられて尽きない。定家は眼精疲労を起こす程だと嘆く。ようやく完成したのは元久二年（一二〇五）三月二十六日、定家四十四歳であった。その日、「竟宴《きょうえん》」という祝宴が開かれ、成立の日とされたが、定家は勅撰集に竟宴の前例はないとして出席しなかった。古儀を重んじる定家らしい態度であろう。

しかしそれ以後も院の指示による歌の入れ替えは際限なく続いた。「尽クル期ナキ事ナリ」とか「出入、掌《タナゴコロ》ヲ反スガゴトシ。切リ継ギヲ以テ事トナス。身ニオイテ一分ノ面目ナシ」とお手上げ状態であった。

承久の乱後、院は隠岐でも入れ替えを続けられて、崩御後に残っていたのを『隠岐本新古今集』と呼んでいる。これこそが院にとっては真の『新古今集』と呼べるものかも知れない。

## 院御所の放火頻々

話を前に戻して、後鳥羽院は国の経済力など気にする事もなく御所を新造された方である。例えば、二条殿は入居一カ月で全焼したが、「金銀のぜいを尽くして造作した御所で、国土の衰弊ただごとでなかった。この火災は天が災いを払い退けたのだ」と定家は記す。次の宇治新御所は豪勢で、調度品の多さには数ページを割いて記述した程だが、二年後には放火され焼失した。「モシコレ天ノ然ラシムルカ」である。大炊御門京極にあった京極殿などは、放火されても打ち消したのだが、翌日また放火された。次の新造は五辻新御所、次いで高陽院《かやのいん》、更に白河新御所、水無瀬の山上御所と、承久の乱まで造営は続いた。その乱の密議のために建てたとされる高陽院は、定家の妻の父実宗が造営を担当したが、西洞院の水を引いて泉を作れと命じられたため二メートルも地面を掘り下げた。院が見て驚かれ、また土を置き直したと記す。「人ノ煩ヒ、例ヘヲ取ルニ物ナシ」。その高陽院もまた放火の憂き目を見た。

## 定家、院勘を受ける

定家は四〇歳の十月には熊野御幸への随行を許された。その道々でも和歌会が催され、定家は重い役を勤めた。そうした和歌会が様々な形で行われる中で、院は定家の歌を激賞され、定家は院の歌に賛辞を惜しまないが、人からは、定家は院が選ばれた歌を誹《そし》り、歌の善悪の分かるのは自分だけだと誇っていると讒言されたりするから安穏ではおれない。しかしその「讒言」には誇張はあっても似た事実はあっただろうと思わせる所が定家にはある。両雄は並び立たない情況とも言えよう。

やがて承久の乱により二人は別れる事になるが、実は定家はその前年に院勘を蒙って籠居中の身であった。理由は順徳天皇の内裏和歌会に出詠した歌、

道のべの野原の柳したもえぬ　あはれなげきの煙くらべに

が院の逆鱗に触れたからだと言う。何か含む所を感じての院勘であろうが、許されないまま院は隠岐へ遷られた。そのため定家は承久の乱に関わらないですんだが、後年七十二歳の時、この「院勘」に関わる回想を記している。

折しも定家は『新勅撰集』の撰歌中だったが、隠岐の院と常に音信を交わしているという噂の家隆が『三十六人撰』を命ぜられていると聞いた。「南朝北朝ノ撰者共ニ京ニ在リ、勅撰ノ沙汰アリ」と、対立する両朝からそれぞれに勅撰集を命ぜられた者が共に在京する異状さを指摘した上で、

建保ノ禁裏ノ歌モナホ以テ嫉妬アリ。況ンヤ今世ノ事ニオイテヲヤ。…又モシ三十六人トイヘドモ撰集ニ同ジカ

と言う。「建保ノ禁裏」とは院ノ愛息順徳天皇の宮中であり、そこでの和歌会の歌をも「嫉妬」されたと言う。定家の院勘も、その「嫉妬」によるものと受け取っているのだろう。同様に今回も、定家の勅撰集に「嫉妬」されて、家隆に「三十六人撰」を命ぜられたのだと理解した文章である。自分が中心に居ないと気がすまない専制君主の嫉妬というのだろうか。

## 院の定家評

実は院にも『後鳥羽院御口伝《ごくでん》』という定家評がある。隠岐で書かれた物と伝える小著で、作歌の心得と主要歌人十五人の批評を述べ、俊成と西行を高く評価されている。しかしそれは一応の紹介に過ぎず、全体の三分の一を占める定家評を最後に置いて終っている所から見て、眼目は明らかに定家評にあると思う。要旨は、定家は左右なき歌人で、俊成をも越え、まして余人は論外で、「優しくもみもみとあるやうに見ゆる姿、まことにありがたく見ゆ」とまでは最高の評である。しかし「道に達したる様など殊勝なりき。歌見知りたる景気《けしき》ゆゆしげなりき（大変なものだった）」と尊大ぶりに触れ、論争ともなると鹿を馬と言いくるめる。傍若無人で

傍輩を誹謗し、自分で良しとしない歌を人が褒めると腹を立て、良しと思う歌が撰に入らぬと嘲けるなど、自論に偏執する異様の振舞があるなどと、数々の具体例を挙げながら詳細に記されている。最後に、秀歌は言葉も優しい上に心も深くあるべきだが、定家は後者に欠ける。殊勝な歌ではあるが人がまねぶべき風情ではないと評される。二人の緊張関係の根源に触れているように思える。

### 院勘許されるか

他の近臣と違い定家は隠岐と音信しなかった。だが七十二歳で出家した時、源家長が知らせてくれた事には、院は頗る驚かれ「ソノ志有リトイヘドモ、忽チ許サルルノ条如何ノ由、密々ノ仰セアリ」との事であった。詳しくは後に触れるが、これを院勘の事実上のお許しと見る。「許サルル」は院や天皇が普通に用いた自尊敬語で「許してやる」の意である。「院勘を許す意思はあるが、出家したと聞いてすぐ許すと言うのもどんなものかな」と漏らされたのである。吉報だからこそ家長もわざわざ定家を訪ねて伝えたのであろう。その六年後崩御された院の遺著に『定家・家隆卿撰歌合』があった。定家が許されていた証になろうか。

## 歌枕

『明月記』における和歌の記述の中で挙げておきたい事がある。当時の「歌枕」つまり全国の歌の名所である。実際に現地に行った人は稀であろうが、古歌を学んで思い浮かべる名所である。「歌人は居ながらにして名所を知る」と言われた元になろう。院が討幕祈願のために建立したとされる最勝四天王院の御堂に、名所絵を描く時に討議を経て選ばれた名所である。

陸奥　塩竈《しおがま》の浦　安達ケ原　宮城野　阿武隈《あぶくま》川　安積《あさか》沼　白河の関
武蔵　武蔵野
信濃　更級の里
駿河　富士の山　浄見《きよみ》が関　宇津の山
遠江　浜名の橋
尾張　鳴海《なるみ》の浦
伊勢　二見ケ浦　大淀　鈴鹿山
近江　志賀の浦　逢坂《おうさか》の関
山城　小塩山　鳥羽　伏見　宇治　泉河　大井川
丹後　海の橋立

河内　交野《かたの》

摂津　水無瀬《みなせ》　難波《なにわ》　住吉《すみのえ》　芦屋　布引《ぬのびき》の瀧　生田《いくた》の杜《もり》　須磨の浦

大和　春日野　龍田《たつた》山　三輪山　初瀬《はつせ》山　吉野山

紀伊　和歌の浦　吹上《ふきあげ》の浦

播磨　明石の浦　野中の清水　高砂　飾磨《しかま》の市

因幡　因幡《いなば》山

肥前　松浦《まつら》山

以上　四十六カ所

# 12 熊野御幸に供奉——山岳重畳、心身無きがごとし

定家は四〇歳の十月、後鳥羽院の熊野御幸に供奉した。「コノ供奉ハ世々ノ善縁ナリ。奉公ノ中、宿運ノ然ラシムル、感涙禁ジガタシ」と感動するが、この年は「千五百番歌合」や「和歌所寄人」に加えられた直後だから、まさに開花の時至ると言えよう。しかし不安も強い。頑健な身体でもないのに往復百七十里（六百八十キロ）、二十余日の長旅に堪えられるのか。

## 熊野詣

紀州の山中に祀られている熊野の本宮・新宮・那智の三社いわゆる熊野三山を、『明月記』は「南山」と呼んでいる。参詣には二十日以上を要し、山路は険しく容易でなかったが、古来信仰されていた事は上皇の参詣の多さが示している。長期を要するせいか天皇の行幸記録はないらしく、熊野詣の説明書によると、上皇の御幸のみ見える。最初は九〇七年の宇多法皇の参詣だという。それが平安時代後半には頻繁となり、白河上皇九回、鳥羽上皇二十一回、後白河

上皇三十四回と異常なまでに多かったが、後鳥羽上皇は今回は第四回だと記すが、全二十八回。ほぼ十カ月ごとに御幸され、承久の乱により途切れたと言う。

熊野詣は回数が多いほど、熊野権現の功徳が深まるとされ、更に自分の罪と穢を滅ぼす苦行をしてこそ往生できると言うことで険岨な山路をたどる修行を厭わなかったとされる。

『明月記』はそんな事は分かった事として今更記さない。ただ熊野詣の機会を与えられた喜びを胸に、心身の全力を使い果たして苦行を遂げるのである。定家は先陣役で、宿泊地はほぼ同じであっても、途中は先行するから、全体の状況はほとんど記されていないとか、旅行記的な具体性に乏しいとかの恨みはあるが、記述の断片から推測すると、御幸に加わった人数は数百人。定家自身の従者は家令忠弘・文義とその従者・侍三人・舎人《とねり》（牛馬の世話等の役）一人・雑人数人・陰陽師景義・先達《せんだつ》（案内役の修験者）二人・力者《りきしゃ》法師（輿かつぎ、馬の口取り等の力仕事をする法師姿の者。これは滝尻で雇う）十二人で計二十五人前後、その他に馬数頭を引いている。随行した近臣も内大臣以下十七人くらいは居たようである。院には北面の武士の大部分の外、身辺奉仕係が相当数居ただろうと思えば五百人を越えていたかも知れない。白河院の時に千人近い人馬の一行だったという記録もあるそうだから、あながち無理な推測でもなかろう。その宿所・食料・薪炭・牛馬の飼料は道筋の民の負担だったというから、参詣の頻繁さは、沿道農民の恨みを買っただろうと思われる。一行の規模などに『明月記』は全く触れないので推測による説明である。

## 精進・出発

十月一日、院は鳥羽殿にある精進屋に入り、魚・肉・ネギ・ニラなどを絶つ精進潔斎をされる。五日早朝、鶏鳴に松明を灯して出発し、船で淀川を下り、石清水八幡宮に参詣した後、難波に着く。今の天満橋付近にあったという「久保津王子」が熊野詣の起点とされ、そこで御経供養や里神楽・乱舞などをして出発した。道筋には「熊野九十九王子」と呼ばれる熊野権現の末社とされる祠《ほこら》が多くあり、久保津から始まる。九十九は実数ではないようで、定家は八十余社を記す。それにも格式の差があり、社前で行われる拝礼に違いがある。藤白・切部・稲葉根・滝尻・近露・発心門などの各王子が別格とされていて、和歌会を催される時もあった。

難波では四天王寺や住吉社にも参る。定家は殊に歌神とされる住吉社には初めて参ったと言い、「感悦ノ思ヒ極マリナシ」とか「今コノ時ニ遇ヒテコノ社ヲ拝ス、一身ノ幸ナリ」とか感激している。ここでは御経供養・里神楽・相撲三番・和歌会があり、それをすませて本格的な熊野詣が始まる。

第三日は和泉を南下し厩戸《うまやど》王子で宿泊して和歌会。

第四日は紀伊に入り、日前宮《ひのくまのみや》に奉幣。ここの大宮司は紙冠《しかん》（額に付ける三角の紙）を戴き、戸外に出ない定めだそうで、戸内に居るのを僅かに見た。藤白《ふじしろ》宿に泊まる。

第五日は、藤白で白拍子や相撲が奉納されるのを見ずに先発し、険岨の道を辿って湯浅に着き、文義の従者の知る宿所に入ったが、そこの父が亡くなった喪中という事であわてて飛び出

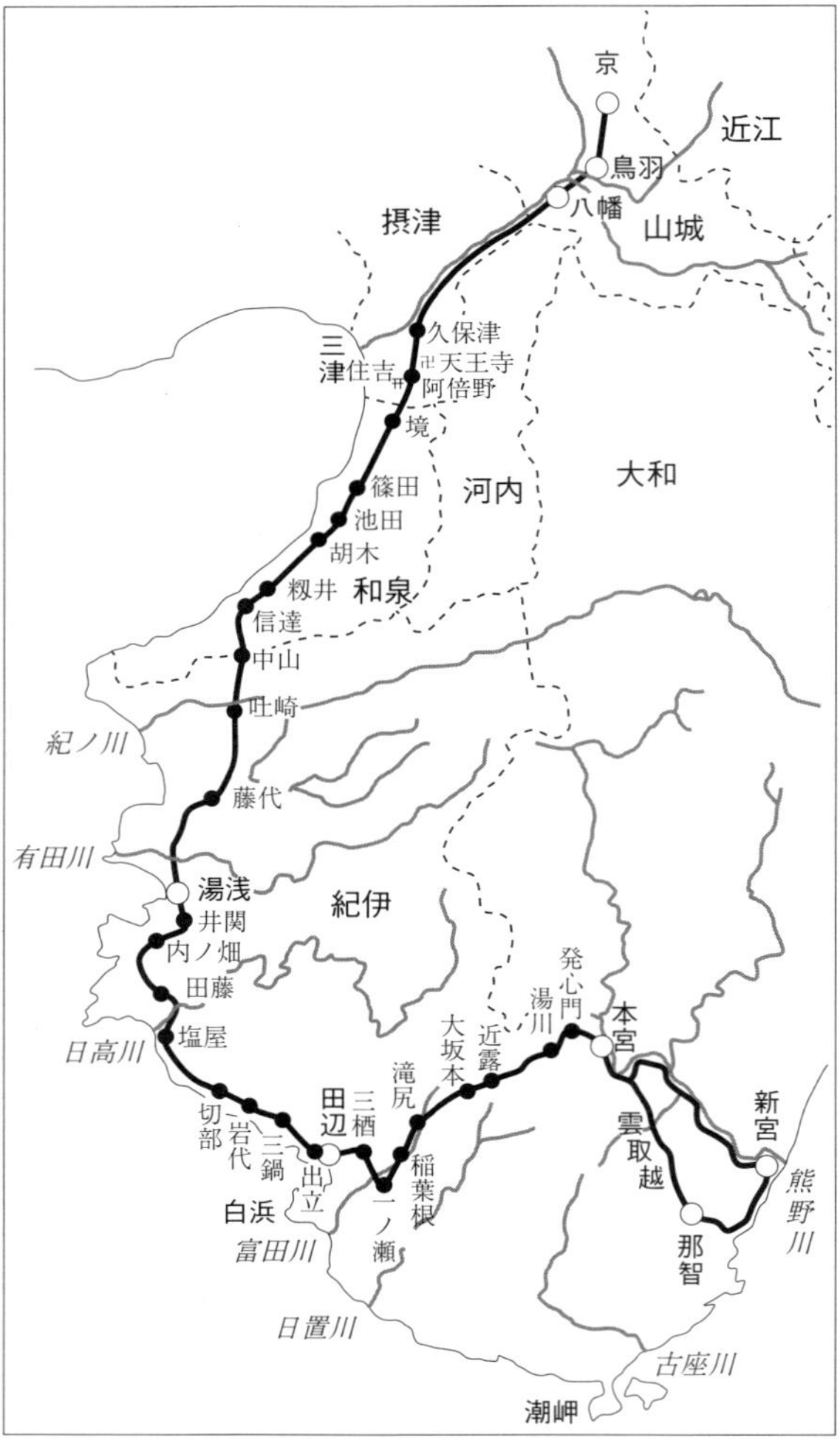


熊野街道略図（●印は主要な熊野王子）
神坂次郎「熊野詣」より作成。

した。水垢離《みずごり》（水を浴びてケガレを払うこと）をかいて陰陽師景義にお祓いさせた。湯浅の入江の松原はまことに美しい。ここで和歌会があった。

第六日は萩・薄の広い野を過ぎて小松原の宿に着いたが、内大臣通親の家人が権勢に任せて押し入って、我々を追い出した。役人に抗議したが埒もあかないので、遥かに前行して宿を求めた。夜は大雨である上に暑く、単衣に着替える。蝿もひどいものだ。

第七日も多くの王子を過ぎて切部《きりべ》に着く。海水で塩垢離《しおごり》をかいたが、病気不快で寒風が枕を吹く一夜であった。

第八日は磐代《いわしろ》王子に着く。この四度目の御幸に供奉した者の官職氏名を列記して置き、田辺に至って寒風の中、塩垢離をかいて荒れた宿に泊まった。

第九日、田辺に馬は預けて置き、熊野本宮を目指し東に折れて山岳に入る。滝尻に着いて和歌会。力者法師十二人を雇い、輿に乗って山中宿まで行って泊まる。不思議奇異の小屋で、寒風に吹きさらされる一夜であった。

第十日、山中を出て近露《ちかつゆ》を目指したが、足を痛めたのでもっぱら輿に乗る。近露で和歌会があった。

第十一日、朝、水垢離をかいて出発、発心門《ほっしんもん》王子まで至った。紅葉が風に翻り、宝殿の上にも隙間なく紅葉が生えている。後ろのお堂に、京から来たという比丘尼《びくに》（尼僧）が住んでいたので、定家は門柱に詩歌を書き付け、比丘尼には着ていた衵《あこめ》(和服形の下着)を与えた。この辺は険しい難路である上に、定家は咳病に悩んでいたためか「険しい石ころ道を昇る」とか「目はくるめき、魂は呆然とする」という程度にしか記すゆとりがなかったようなので、他書を借りて険路の様を記す。

「牟婁《むろ》郡に入れば、光景たちまち一変し、田辺を過ぎると山岳重畳、険岨羊腸《ようちょう》(羊の腸のように山道が曲折し険しいこと)として迂曲し、三栖山を越えて岩田川に沿い進むこと里余(四キロ余り)、瀧尻《たきじり》王子に着く。これより道は更に急に、栗栖川よりは全く険岨胸をつき、山を越え、谷を渉り、その山勢が漸く平らになろうとする所に発心門王子があり、ここに至れば、眼界ようやく開けるが、本宮の熊野坐《くまのにます》神社の社地はいまだ山背に隠れて望み得ない」(河出書房新社『日本歴史大辞典』)

第十二日、払暁発心門を出て本宮に参る。やがて御幸の到着を待って宝前に参る。皆これを「ぬれわらうづの入堂と言うそうだ」と注記しているのは、当時熊野本宮の社地は、熊野川・音無川の合流点の大斎原《おおゆのはら》という中洲にあり、参詣するには音無川を徒歩で渡り、濡れた草鞋《わらじ》のまま拝堂に上がったからとされる。明治二十二年の大洪水で大部分が流失し、その残った一部が山腹の現在地に移築されたものという。本殿の証誠殿で、奉幣・祝詞・御経供養・舞・相撲が奉納された。

「山川千里ヲ過ギテ遂ニ宝前ニ拝シ奉リ、感涙禁ジガタシ」ではあるが、「咳病殊更ニ発リ、センカナシ。心身ナキガゴトクニシテ、ホトンド前途ヲ遂ゲガタシ」と、体力の限界を思わせる記述が続く。

説法や加持の僧十余人に綿各七両を贈って退出、和歌会に参ったが「病悩セン方ナシ」という限界状況にあった。

第十三日も御前に参り「心閑カニ礼シ奉ル。祈ル所ハタダ出離生死、臨終正念ナリ」すなわち、生死の苦界を離脱して常住安楽の涅槃《ねはん》に入り、臨終の時には心乱れず、往生を信じて死にたい、と祈ったという。熊野詣の本願はそこにあったのである。後世《ごせ》（死後の世）の存在を信じて、よりよい死に方を願ったのは中世人に共通する特色と見てよいように思う。死ぬまでには誰もが出家した時代であり、宗教心の強かった時代であった。夜は種々の御遊びがあったそうだが、定家は寒くてたまらず早く寝た。

第十四日、朝、供人を減らし、熊野川を舟四艘に分乗して新宮へ下る。供を減らしたのは、舟の配分が乏しかった為もあろうが、那智・本宮間の最大の険路に備えて屈強者に絞ったのかと推測する。力者法師も二人を減じ、侍三人・舎人一人・雑人・下人たちとし、先達も一人とした。新宮では奉幣・御経供養・乱舞・相撲・和歌会があって退下した。

第十五日、輿に乗り新宮を出発。山海の眺望は楽しいが険岨の遠路を辿ったので朝から食事も取らず無力甚だしい。午後二時頃、那智に着き滝殿を拝す。奉幣・御経供養・修験者の験くらべ・和歌会などあったが、定家は病気に悩み夢の中の心地であった。

第十六日、熊野詣の案内書によると、那智から本宮までは、雲取り越えと呼ばれる最大の難所である。行程約三十八キロ。その険路は青岸渡寺の鐘楼横から始まる。まず狭く険しい原生林の坂道を標高八百八十八メートルの舟見峠まで登ると晴れていれば海も見渡せる。そこから起伏の続く鞍部を六キロ進むと雲取り越え最大の難所八百七十メートルの越前峠に至る。そこから八百メートルの高度を一気に下ること六キロ、小口の集落に下りる。そこまでを大雲取り越えと呼ぶ。小口からは小雲取り越えで、険岨を登って標高四百六十六メートルの桜峠を越えると熊野川も見え初めて、平地の請川集落に下る。最後にもう一度三百メートル高の大日越えをして本宮に至るのである。

そこを行く定家の一行は、暁から大雨が降り、激しくなるばかりなので松明もなく暗い中を出発した。路が狭いので蓑笠も着ず、終日険岨の道を越える。輿の中も海中を行くようで心中夢のごとし。いまだこんな苦境に遇った事はない。雲取山や紫金峯は屏風のように立っている。山中ただ一軒の小屋で食事をとる。衣装はずぶ濡れ、前後不覚の状態で午後八時頃本宮に着いた。この路はほんとに険岨な遠路で通れたものではない。書き留めることも出来なかったと記す。それにしてもよく耐えたものだと思うし、輿を担いで越えた力者法師の体力には驚嘆するばかりである。

## 帰路

帰路は非常に速い。十二日要した往路を五日で帰った。一日六十キロ走った日もある。変わった事としては湯浅宿の主のもてなしが良かったので感に堪えず、鹿毛の馬を与えた程である。総日数二十二日、帰洛したその足で「私の宿願」により日吉社に参詣した。日吉信仰篤い定家の心はこれで完結するものがあったのであろう。翌朝、恒例により道中使った物すべてを水洗いして先達の許に送り届けて、万事が終った。

以上の内容は独立した『熊野山御幸記』の名で流布した。熊野詣は武士・庶民にも広がり、室町期には「蟻の熊野詣」と呼ばれる程盛んになった。

賀茂祭の前日の儀式に向かう関白の行列

日本の絵巻８『年中行事絵巻』(中央公論社) より

# 13 官位昇進に奔走——追従・賄賂・買官・婚姻

## 昇進は命懸け

官位昇進は貴族社会においても命懸けの事である。家格等による程度の差こそあれ、事情は皆同じであった。例えば後鳥羽院妃の承明門院在子は「叔父権大納言源通資は重い瘡（できもの）を病んでいますが、大臣に任じて頂けないなら治療しないと申します」と院に訴えて、大臣職を要請した。「まず存命する方が先だと思え」と仰せられると、本人は「それならば職事《しきじ》（蔵人）を通して正式にそれを承りたい」と願ったが、勅許はなかった。承明門院はなおも院に強請し続けたと言う。定家は、通資は大納言に任命される日にも、任命前から大納言の服装で参上したような人だから、大臣はすでに決まっているように言い触らしているかも知れないと疑う。競望者を混乱させるような風説を流す事くらい珍しくない時代であった。家人や雑人等に早くも通資を「大臣殿」と呼ばせていたそうだが、半月ばかり後に没してしまった。内大臣にはやがて定家の妻の父大納言実宗が任じられたが、実宗は、「病人が大臣に任じられた前例はない事でもあり、もしも後輩大納言の通資に超越《ちょうおつ》されたら自分は今後出仕すまい」と考えていた。当時、上官を飛び越えて高位に就く事を「超越」と言い、下位者に超越されたら抗議として籠居するのが普通で、後日何かの朝恩を得て出仕した。もししびれを切らして恩顧もないのに出仕すれば笑い者にされた程であった。

また、すでに出家して入道左府と呼ばれていた実房は、院に注意を喚起するためであろうか、大臣職を巡り横謀が仕組まれた前例を一巻の書に記して奏覧し、一の大納言である子息の公房が大臣を許されなければ、自分は恨みにより三悪道（地獄・餓鬼・畜生道）に堕ちて朝家に祟《たた》りをするでしょうと脅迫した。このように官位昇進は命懸けなのである。

## 家格の重視

なぜそこまで昇進にこだわるのだろうか。端的にいえば、「家格」の維持とそれに付随する権勢欲が最大の理由のように推測する。あらゆる分野で家格や身分の序列が重んじられた時代だからである。

前述の岳父実宗が内大臣に決定した時、定家は「感悦ノ至リ、何事カコレニ如《シ》カンヤ（及ぼうか）。六代ノ跡、遂ニ以テ成就セリ」と記した。六代を経て再び大臣の家格に戻ったというのである。実宗の家系は、右大臣師輔に始まり、内大臣公季・中納言実成・権中納言公成・大納言実季・権大納言公実・権中納言通季・権大納言公通と続いて、「大臣」が六代にわたって絶えていたのである。家格は徐々に下がっていくのが通例にも見えるが、だからこそ家格の盛り返しは大変な喜びであっただろう。

現代では、定家が官位昇進にこだわった事を非難する意見も聞くが、それは個人の名誉欲というよりも、俊成が非参議に終わるという「家格」の低迷を憂えたのが根本的な理由であると理解すべきだろうと思う。だから当時としては昇進へのこだわりは当然のことで、定家に限った事ではないように思う。

例えば定家が最も執念を持って昇進運動をしたのは中納言の職であろう。御子左家は、道長の第六子、権大納言長家を始祖とし、二代は大納言忠家、三代は中納言俊忠、四代が皇太后宮大夫俊成である。定家はどうしても納言の家格に返したかったはずである。一度は諦めたほどの苦しい運動の末に、ようやく到達した「権中納言」であったのに一年後には辞職して出家した。たとえただの一日であろうとその職に就けば目的を果たしたことになるのである。

こうした実宗や定家の例を見ると、官職の昇進に躍起となるのは、経済的理由や名誉ではなく、家格こそが主な理由ではなかったかと推測するのである。

## 除目

官位の任免は除目《じもく》という儀式を開いて決定された。大臣は別格で、天皇から宣旨を以て任命されるが、その他は春には国司等の地方官を、秋には京官を任免する除目で行うのが原則ではあるが、臨時の除目も多く、それが近づくと人々は狂奔した。除目は三夜にわたり、公卿が申文《もうしぶみ》(叙位・昇進等の本人の申請書)・挙状《きょじょう》(推薦状)などの当否を検討しながら決めて行き、候補者名を記して奏覧の上、最終決定した。

その官位順は、位階には正《しょう》・従《じゅ》の別があって、正一位・従一位・正二位・従二位・正三位・従三位の六段階が公卿《くぎょう》と呼ばれる特権的な階級。それが就く官職は左大臣・右大臣・内大臣は別格として、大納言(約六人)・権《ごん》(定員外)大納言・中納言(約八人)・権中納言・参議(八人)・近衛大将などである。次の四・五位は上下に別れ、正四位上・正四位下・従四位上・従四位下と続き、五位も同様に従五位下まで四段階あって、殿上人《てんじょうびと》と呼び、宮中に昇殿を許された。しかし公卿・殿上人の全員が昇殿を許されるとは限らなかった。許されなければ地下人《じげにん》と呼んだ。昇殿は宮中に限らず、上皇・皇后・女院など御所ごとに決められており、不都合があると取り消された。昇殿を許されるか否かに一喜一憂する記事は多い。四・五位者の就く官職は多いので省略するが、激しく競争したのは蔵人頭《くろうどのとう》である。蔵人は常に天皇に近侍して御用を勤める職で、文官である弁官がなる頭弁《とうのべん》と、武官である近衛中将がなる頭中将《とうのちゅうじょう》の二人がいた。有職故実に通じていて、位階に関係なく殿上人の上に立って取り仕切る職で有能者が選ばれた。その後は参議に進むのが通例で、定家が熱望して遂に果たせなかった職である。

六位以下は言わば一般官人と言ってよいので、その昇進問題が『明月記』で触れられることはまずない。

## 賄　賂

昇進運動に当たってよく用いられた手段は賄賂《わいろ》であろう。公卿・殿上人はもちろん、僧侶も同様で、例えば天台座主《てんだいざす》（延暦寺を住持し一門を統括する職。僧としての最高位）に、実全法印が先輩を超越して任ぜられた事があった。超越された宮僧正が不当を訴えて院の前で泣かれたそうだが、許されなかった。実は数日前、時の権勢家通親・兼子両所に、実全は革篭《かわご》（革張りの大きい篭。ここは賄賂の品を詰めた物）三合を贈り、山法師には米を施与していたと言うから、道理を訴えた所で勝ち目はない。末世の今はすべて賄賂に限るのだと定家は言う。賄賂には家地・衣装・所領など様々な物品の例があり、院の乳母の卿三位兼子などは、それを収納する蔵まで持っていた。定家は、自分が贈る微少の品でも受け取って、自筆の礼状をくれるので、「泰山ハ土壌ヲ譲ラズ」と皮肉を言う。

## 定家の昇進努力

官位昇進の努力ぶりを定家中心に見ると、定家は三十五歳の時、主家九条家が政敵のため失脚し庇護者を失ったので、当座は官途に絶望していた。頼む所は九条家出身の中宮任子や八条院の「御給《ごきゅう》」であった。御給とは院・宮・親王等に与えられている官位昇進の売官の権利で、希望者に売って収入とした。競望者は多いから容易ではなかった。四〇歳近くなると九条家も復権し、定家も昇進申請書を出したり、他の権勢者にも頼むが空しい。四〇歳の年末、恒例の日吉社参籠をして祈願しながら思う。今は左少将で、中将昇進を願う身である。「二十二日に除目があるそうだ。もし今度の昇進に漏れたら恥を増すばかりだ。仮に恩を受けたとしても、この歳では当然の事で名誉とは言えない。いわんや恩が無ければ恥辱を増すだけだ。暫く出仕を止めたいと思うが、子息三名（為家）の将来と朝廷のお咎めを思うとそうも出来ない。超越して行く後輩の後に列しているのは心中砕けるがごとしだが、神徳の有無は知らず、今度を限りとして祈念するのみだ」と。定家は行く行く「頭中将」を目指していて、まず中将を望んでいたと推測する。九条家を失脚させた政敵源通親にまで追従するが相手にされなかった。除目を操ると言われる卿三位兼子にも「追従のため」病気見舞いに訪れるが効はない。多額の賄賂を贈る力もない。定家がやっと左中将に任じられたのは約一年後の四十一歳の時であった。その前後の『明月記』は欠如していて詳細不明だが、昇進祝いに応えた礼状の草稿断片がわずかに反故裏に残っている。

次は四十三歳から始める「頭中将」への運動である。権勢ある誰彼に所望を伝えるがよい返事はない。九条家も沈淪する老将定家に官途・世途ともに一分の恩顧もなく、良経にも推挙して頂けないから奉公も更に詮ない事だ。果たして存命中になれるだろうかとまで嘆く。臨時の除目があったが果たして、頭中将は「遂ニ以テ許サレズ」。聞く所によると、除目の評定の場では、今の「中将」は非人・放埒の狂者・尾籠《おこ》（愚者）の白痴だとされ、蔵人頭は二人とも弁官が任じられてしまった。何たることか。

沈淪は「前世ノ宿運」と嘆きながら四年後、再び頭中将を所望して動く。姉健御前が幸い卿二位兼子と親しかったので姉を通じて、一日だけでも蔵人頭になれたら翌日辞職してもよいとまで訴えたが成らなかった。五〇歳九月の事である。替わりに侍従となり三位に叙せられた。「既ニ生涯ノ本望ヲ失ヒテ悲涙ヲ拭フ」と言うものの、三位は公卿であり、格段の家柄となるから、これも面目過分で悦ぶべきであろうと慰める。しかしまだ望むべき参議・納言がある。

参議も容易ではなかったが五十三歳春には実現した。その時の回想に俊成の話が出る。俊成の兄弟に天台座主となった快修がいるが、前出の天台座主実全が語るには、「快修が病んだ時、後白河院の臨幸を得た。快修は『私の今生の所望は俊成が参議に任じられる事です』と願い、院も快諾されたが、なれなかった。それで俊成は出家してしまって、その父俊忠まで続いた中納言の家跡は消えたようで遺恨に思っていた。今回定家の任参議に慶び驚いているのだ」と語ってくれた。参議を経ずしての納言はなかったのだろう。定家も、俊成が年来の参議の望みが空しくなり、以後欠官ができても高嶺の花と思って望まなかったこと、替わりに二位を願えば成就するだろうが、もし極位である二位に昇れば余命が恐ろしいので申さなかったのだと、いつも聞かされていたと記す。

定家自身、前年に任参議を望んだ時には、院が「あはれ、宰相や」（ああ、定家は参議になりたいのか）と嘆息なさったと聞いていたので、今回の任参議の朝恩は報いる術もない程の慶びだという。

その後、正三位民部卿に至るが、五十九歳の時順徳天皇の和歌会での歌が院の逆鱗に触れて院勘を受け籠居していた所、翌年承久の乱が起こり、院の隠岐配流を始めとする処断が行われて、世情は一変した。定家はその年六〇歳で参議を辞職した後、六十六歳で民部卿を辞し正二位に叙せられた。承久の乱により院の近臣が多く処罰されたからこそ転がり込んだ「人臣ノ極位」であった。

正二位ハ人臣ノ極位ナリ。乱世ニ逢ハズンバ、イカデカ、コレニ叙セラレンヤ。身上ノ得分ト言フベシ。モットモ希代ノ珍事ナリ。心中甚ダ自愛ス。

しかも乱後は、定家が臣従している九条道家と、妻の弟で、為家を猶子とする西園寺公経が専断できる時代となった。定家は六十九歳に及んで中納言を所望して動く。主に頼む所は関白道家であるが、前述したような御子左家の家格を盛り返すべき「年来の余執」は強烈なもので、道家は複雑な自分の立場と、中納言の空席ができない苦しさを懇切に弁明するのだが、定家は病身と老齢とで後がない事を理由に執拗に責める情況が詳細に語られる。中納言の競望者は他に三人いたが、隆親はもし他の人を任じられたら自分は検非違使別当の職を辞すると言って悲泣するし、家光は帝の侍読・后の乳母を勤めた自分は遅れをとるわけには行かないと言い張る。伊平は第一の参議で九条家の御家人として尽くしたのはこの時のためだと訴える。片時でも遅れたら出家するとか、上官に暗に辞職を求めるとかがあったらしいが、結局隆親・家光が任じられ、伊平は敗れて籠居閉門した。定家は「官途ノ事スデニ絶望シ、在世ノ計スデニ思ヒ切リ終ハンヌ。最後ニ氏社ヲ拝センガ為」に、七〇歳の八月春日詣に出立した。

久しぶりに通る長途を、懐旧の涙を交えながら詳細に語って、短編の紀行文を書いたが、思いがけず翌年正月、権中納言に任じられた。道家が約束を果たしてくれた形である。その年の『明月記』は全欠に近いので詳細は不明であるが、満足したのであろう、あれほど執拗に求めた納言を年末に辞職してしまった。翌年、後堀河天皇中宮藻壁門院の没後、それを慕って出家した娘民部卿典侍と香たちを追うように「正二位（前）権中納言藤原定家卿」は出家した。

## 売官制度

官位昇進には官職を売買することが公然と行われる時代でもあった。為家が信濃国務を三百貫で買ったことは前に述べたが、成功《じょうごう》と呼ばれて、金銭または建築造営等の現物と引き替えに官職を買う事が出来た。いわゆる官職ではないが、伊勢神宮祭主の職を千五百貫で買った記事が、定家六十九歳の四月記にある。伊勢神宮の先代祭主は、亡くなる時、末子に継がせたい意向であったが、まだ若過ぎる事が問題となり、兄たちと競望する事となった。朝議でも論議が続いたが、結局末子が千五百貫を納めて継ぐ事に決した。関白道家は「宮中はことごとく弱々しくて、風情も既に尽きているからだ」と説明したが、朝廷が経済的に逼迫の極にあると言うのであろう。国務の三百貫に比して伊勢祭主の千五百貫は高額に思えるが、国務には任期があるが祭主は世襲できるという違いに由来するのだろうか。当時米一石（百五十キロ）が一貫とされていたのを根拠に換算すると、千五百貫は九千万円に相当するであろう。朝廷の財政としては高額でもないだけに逼迫度を思わせる。

## 政略結婚

もう一つ官位昇進に利用される手段がある。婚姻関係を結ぶことによる権勢への接近である。摂政太政大臣に至った九条良経や、太政大臣西園寺公経などは共に源頼朝の姪を妻として幕府の権を味方とした。また定家七十二歳の年末の話だが、関東の女性が多く入洛すると聞いて「月卿雲客《げつけいうんかく》（公卿・殿上人の異称）」たちが本妻を離別したり、出家させたりして関東女性を待ち受けていたと伝えている。「オヨソ近日ハ壮年ノ人々ノ所存ミナ同ジ」と締め括るほどである。関東との縁故こそ権勢への道であった事を物語っていよう。承久の乱以前は、後鳥羽院の権臣の縁者が求められ、殊に卿二位兼子の場合はそれに仕える女房を妻に迎えて出世する者の記事が多かったものであった。

この婚姻術で名を馳せた人もいた。定家六十五歳時に記している前大納言実宣の経歴である。実宣は最初、基宗女（四条院御乳母宗子）を妻としたが狂女として捨てた。次は故平維盛の娘をめとったがやがて別れ、壮年に至って北条時政の娘を妻とした。また卿二位に家地を贈与して、上位者四人を超越して蔵人頭となり、更には参議・検非違使別当・中納言に至り、豊後国司も兼ねた。妻が亡くなると卿二位の養女を迎えて若妻とし、左衛門督も兼ねたが、承久の乱が起こるに及んで慌てて若妻を追い出した。乱後は新帝の御乳母（御乳父）となり、大納言に進んだ。定家は「実ニコレ天下第一ノ賢慮カ。貴ブベシ」として自分も見習ったと言う。為家の妻として、北条時政の女婿で関東の有力者宇都宮頼綱の娘を迎えた事を言うのであろう。それはちょうど承久の乱の年に結婚したようだが、為家の妻は関東から侍女も連れて来ていたらしく、それが伝えた関東情報までも定家は記している。頼綱には財力もあったから朝廷への貢納も見られ、為家の出世に役立ったのであろう。定家が言う「至愚ノ父」の配慮は報いられたと言えよう。

因みに、実宣の婚姻作戦は意外な結果を招いた。一子公賢が父の「賢慮」に堪えられず、不意に身を隠して出家してしまったのである。実宣が策を弄して昇進させ、時に参議右中将で中宮権亮という出世コースに据えた二十四歳の子が、密かに本鳥《もとどり》（頭頂で束ねた髪）を切って家に残したまま姿を暗ましたのだから、実宣は悲泣しながら探し求めた。次男はすでに亡い。公賢に、本妻を捨てて権門富裕の女と婚姻するよう勧めても従わないので、出仕の料などの諸経費も与えなかったからだそうだ。公賢が時々通って行く本妻は光親卿女で十八歳、同時に、公賢と同宿していたのが、なんと定家の妹愛寿御前の二十六歳の娘であった。実宣が別れさせようとしたのはこの両人であったが、公賢と前後して二人とも出家してしまったそうだ。「厳父賢慮ノ余リニ、却ッテ一子ヲ失フカ」と定家は記す。官位昇進に狂奔する危うさもあったのである。

# 14 日記は故実・作法の記録——殿上人の日々

現存『明月記』は国書刊行会本では漢字ベタ組みで約千六百ページ近い漢文日記である。五十六年間の日記とは言うが、半ばは失われていてもこの分量である。こんな膨大な日記を書く必要は何だったのか。

## 日記を書く

平安時代に書かれた九条師輔の『九条殿遺誡《ゆいかい》』という書によると、貴族が朝起きてすべき事は、まず鏡に向かって容顔の変化を窺え。次に暦を見て日の吉凶を知れ。そして年中行事の予定を確かめ、用意せよ。次に昨日の公事や不明に思った事を備忘のため記録せよ。重要な事は別記を作れ、とある。つまり公事の備忘録は貴族の当然の習慣なのである。当時日付の替わるのは「暁鐘」すなわち午前三時頃とされていたから、それまでが「昨日」である。年中行事はひしめくほどあり、自分が関わった行事は詳細に書くと数千字、欠席しても大切と思えば人に尋ねてでも数百字を書くという具合だから、よほどの勤勉さが必要である。その記録を行事の前に読み返し、忠実に古儀に従おうとする態度は驚くほどで、中世貴族の、平安時代を規範視する重要な一面を示していよう。その作法を誤ると「新儀だ」と嘲笑されるから予行練習したりもする。

当然、平安時代の有職故実書は珍重されるのだが、誰も秘蔵して容易に貸さない。例えば平安中期の『資房卿記』を九条兼実が貸与してくれた時、定家は

コノ記、極メテ以テアリガタシ。人、以テコレヲ秘シテ年来借リ得ザルニ、今コレヲ給ハル。殊ニ以テ握翫《アクガン》（味わい楽しむ）ス。

と悦んで書写している。定家も最初は「家絶エ心愚カニシテ万事惘然タリ。……タマタマ尋ネ得タル事、是万々一カ」（三十七歳）と嘆きながら、九条家から借りた古記録を懸命に書写しているが、常に故実・典礼への関心は非常に強く、後年には九条家に招かれて指導したり、諸家から質問を受けたりする程の有職家として知られることになった。蔵人頭を望む程の人の基礎知識でもある。

### 作法の一例

「故実・作法」の記録とはどんなものか。一例として正月に行う楽行事《がくぎょうじ》（奏楽執行役）の一文を見よう（［　］内は、小字で二行書きにした割注部分）。

次イデ楽行事ヲ召ス。［（その合図として）関白ノ御笏《シャク》（右手に持つ細長い薄板）鳴ル］。雅行ハ前ヨリ立チテ、進ミ立チ［殿下ノ御後。北面ス］、高通ハ階前ヲ渡リ、雅行ノ東ニ立チ、相共ニコレヲ承ル。雅行ハ左ニ廻リ、杖後ヨリ楽屋ニ向ヒ、高通ハ左ニ廻リ、階前ヲ渡リ、右近ノ後ヲ経テ楽屋ニ向ヒ了《オワ》ンヌ。乱声、振鉾例ノ如シ。早出シテ陣ニ副ハズトノ故殿（良経）ノ仰セナレバ、次イデ、予ハ胡床《コショウ》（いす）ヲ立チ［上ヨリ立ツ］、北ニ寄ラズ直チニ巽《タツミ》（東南）ニ向ヒ退入シ了ンヌ。将達ハ次々ニ多クハ退入シ［多クハ檻《カン》（らんかん）ニ逼《セマ》ルガゴトクニシテ退入ス］、尻ヲ懸ケテ見物ス。故殿仰セテ云フ、節会《セチエ》ニハ、シバラク陣ニ立チテ階下ニ入ルナリ。院ノ儀ハ、階下ニ入ルベカラズ。タダ庭ヨリ退クベキカト。

この例は短文であるが、千字を越える例も稀ではない。こうした作法を見て記憶し、帰宅してから記録する努力には驚嘆するばかりである。

料紙も大量に使うから、紙を貴重品とした当時は、書簡や文書の裏を多く利用した。その

行幸を見物する群集
日本の絵巻8『年中行事絵巻』（中央公論社）より

「紙背文書」も当時を知る重要資料として刊行されている。

## 定家の日々

当時貴族たちはどんな日々を過ごしていたのか。山部赤人の作として『新古今集』に載せられた歌に、

ももしきの大宮人は暇《いとま》あれや　桜かざして今日も暮らしつ

「宮廷人は暇なんだなあ、桜の花をかんざしとして髪に挿し、今日も遊び暮らしていることよ」と歌うのだが、定家の日々を見るとかなり多忙である。たまたま『明月記』で欠落のない建仁三年（一二〇三）、定家四十二歳の年の「務めるべき用務」を列挙して見る。煩瑣ではあるが「大宮人」の日常を最もよく推測できるからである。

正月　一日　摂政九条良経の新年拝賀に供奉（院御所以下六カ所）
　　　二日　定家個人の年賀巡り（東宮以下七カ所）
　　　四日　院の母后への年賀御幸に、摂政良経の供として供奉

七日　摂政の命で、九条良平の諸所拝賀の供
八日　摂政良経の法成寺詣に供奉
二十九日　土御門天皇の方違え行幸に、摂政良経の供として供奉
二月　十三日　良経子息道家元服し、参内・参院・参東宮の供
十六日　良経亭の神事に奉仕
十七日　院の御修法結願に、摂政良経の供として参る
十八日　良経亭の神事に奉仕
二〇日　良経の命により、法性寺八講に参る
二十二日　院の尊勝陀羅尼供養に参る
二十三日　院御所歌合に参る
二十五日　大内裏における院の観桜和歌会に召される
三月　四日　道家の任侍従のお礼回りに供（宜秋門院以下七カ所）
良経亭での任摂政を祝う氏院参賀に奉仕
一〇日　院の熊野御幸御進発を、鳥羽にて見送る
二十三日　八条院生母の美福門院月忌仏事に参仕
四月　二日　八条院御父の鳥羽院月忌仏事に参仕

一〇日　平野祭に摂政良経の供として参仕
十一日　院の熊野御幸よりの還御あり、京極殿に参る
二十三日　賀茂祭の行列を見物
二十六日　八条院の日吉参籠に供奉　二日間
五月　一日　摂政良経の室、男子平産による産　養《うぶやしない》に参る
一〇日　院の水無瀬殿に参仕　五日間
十八日　内裏の仏事に参仕
二〇日　院の水無瀬殿に参仕　五日間
二十六日　院、神泉苑に御幸あり、摂政良経の供として供奉
二十七日　院の法勝寺八万四千基塔供養の御幸に、良経の供として供奉
六月　二日　良経若君（生後一月）の御行始に供奉
十六日　和歌所の影供歌合に参る
七月　七日　有馬湯に行き逗留　四日間
十五日　摂政良経子息道家の拝賀に供
十六日　摂政良経の春日詣に供奉　三日間
二十七日　良経亭の詩歌会に参る

八月　三日　院の稲荷社御幸に参仕

四日　承明門院の小仏事に参る

八日　法輪寺詩歌会に、九条良輔の供として参る

九日　卿三位兼子の堂供養に参る。院の御幸もあり

十五日　石清水八幡宮の放生会に出居の次将を勤める

院御所の京極殿の当座歌会に参る

二十二日　院の水無瀬殿御幸に参上　二日間

二十四日　摂政良経の宇治平等院入りに供奉

二十六日　院の水無瀬殿に参上　四日間

九月　九日　重陽の宴に参る

昇子内親王の御節供に参仕

十五日　土御門天皇の大内行幸に参仕

二十三日　八条院の美福門院月忌仏事に参仕

二十四日　院の仁王経結願に、良経の供として参仕

御方違行幸と御幸とに、良経の供として参る

二十六日　宜秋門院の懺法《せんぼう》（罪のざんげ）法会に参仕

二十九日　故内大臣通親の仏事に参る
十月　五日　院の水無瀬殿に参仕　四日間
一〇日　院の水無瀬殿に参仕　七日間
二十七日　九条兼実の命により法勝寺大乗会に参る
御方違行幸に供奉
十一月　一日　東宮の忌火供御《いむびのくご》（浄火で炊いた食事）に参仕
八日　平野祭に、九条良輔の供として参仕
東宮の御祓《おんはらえ》に参仕
十三日　五節《ごせち》（天皇が新穀を食する最大の年中行事）四日間
十八日　十二社奉幣使を勤める（定家は賀茂社）
二十三日　院より賜った俊成九十賀に参り、介添えする
二十五日　東大寺八幡別宮の奉幣使出立に参仕
二十六日　院の宇治新御所御幸に参仕
二十七日　院の春日社御幸に参仕
三〇日　院の東大寺供養御幸に参仕
十二月　十四日　院の梶井（近江坂本）御幸に供奉

十五日　院の日吉社御幸に供奉
十九日　内裏の御仏名に参仕
二〇日　承明門院の御仏名に参る
二十二日　院の北野社御幸に、摂政良経の供として供奉
二十四日　院の御仏開眼供養に参る
二十五日　東宮の御書始（学問始め）に、良経の供として参仕
二十七日　九条道家の叙四位の拝賀に供奉
二十七日　宜秋門院の御仏名に参仕

官職を持つ者の「公務」もあったはずだが、「日記」にそれらが記載される事はほとんどなかった。それにしてもこれを見ると「大宮人」の用務は、天皇や院・女院あるいは諸権門への奉仕がほとんどである事に気づかされる。「桜かざして今日も暮らしつ」とは程遠かったように見える。

# 15 禁忌・習俗——穢を忌む

## 清らなり

『源氏物語』冒頭に、帝の深い寵愛にも関わらず桐壺更衣が瀕死の状態で実家に退下させられて亡くなる場面がある。宮中で死ぬことは、天皇以外にはおそらく許されないからであった。死による宮中の穢《けがれ》を避けるためである。日本人がケガレを忌む習俗は厳しく、平安時代には第一級の美しさは「清らなり」であるとされ、ケガレのない清浄美を意味していた。誕生した主人公光源氏は「世になく清らなる玉の男の子みこ」、すなわち最上級の美しい嬰児であった。もしも身にケガレを受けたなら、塩や水、あるいは火・白紙などで浄める習俗は今も消えてはいない。身を浄める公的行事に「御禊《ごけい》」と呼ばれる「みそぎ」の儀式があり、天皇や伊勢斎宮・賀茂斎院たちが、祭事の前に賀茂川の河原に行き、水で身を浄めたり、身を撫でてケガレを負わせた人形《ひとがた》を水に流したりした。

## 死穢

ケガレの中で最悪のものは死の穢であった。それを語る悲しい記事がある。西園寺公経は定家妻の異腹の弟であるが、その姫君が危篤の様からその記事は始まる。定家六十六歳の春である。

公経は言う、「今となっては一分の頼みもなく、終りの日を待つだけだ。方忌《かたいみ》（陰陽道で言う方角のふさがり）のため今は他所に移せないので、五日後に移したいと思う。それまで保つかどうかが重大事だ。もはや人の姿とは言えず、床の上にただ紙を置いたようなものだ。この四五日も毎日発《おこ》りがあり、苦しんでいるそうだ」と。「発る」とは高熱を発して震えがおこる事を言い、一定時間置きにそれが起こるマラリア性の熱病であった。当時、「瘧《おこり》」の名で頻繁に見える病気である。「タダ紙ヲ打チ置クガゴトシ」という痩せ果てた姫君は痛ましい。しかし「五日後」は待てなかった。本人が死期を察して、他所に渡って出家したいと望むので二日後の暁に乳母の家に移して、出家させた。母親は付き添ったが父公経は行かない。その翌日本人は、母親にも「早く私の側を離れてほしい」と言い、夕方、僧侶に声高く念仏させながら自らも念仏数百返、阿弥陀仏の手から引いた五色の糸を握りながら息絶えた。公経が言うには、「姫君はふだんから口数は少なく、何かに執する事はなかったが、終始事理分明で、自分の最期も自ら身の始末を付けた。その臨終正念ぶりは比類がなかった。埋葬など後の事は、僧侶に二百貫（約千二百万円）を与えて一切を任せた。」

当時の人にとっては、死の穢の事は常識だから一々書かないので、他の事例も勘案した推測になるが、定家は公経に「今聞く所では、公経の一条邸はケガレた事にならないが確かか」と問うと、「そうだ」という。定家は内心、一条邸がケガレたとなると、そこを訪ねた自分もケガレたことになる、それを恐れていたようだ。しかし、姫君は他所で亡くなった事を確認でき「心中極メテ悦ビ思フ」と言う。死の穢は死者に触れた人はもちろん、その人に会った人もケガレたと見なされ、死の穢の家に入った人も同じであった。市中を歩くにも死者の家の前は避ける程であった。だからどの家で亡くなったかは確認すべき関心事であった。御所内で武士に斬られた蔵人が息絶えたのは御所内か、かつぎ出す途中の庭だったのか、それとも門外であったのかが問題である。瀕死の病者を移したと言っているが、本当は本邸に居る間に事切れたのではないのか。参籠中に急死したらしいが、社のどこに居たのか、それが関心事である。当然、どの状態を死と認めるかは大切な事だから、時には詳細な記事もある。ともあれこの姫君の記事で分かる事は、死ぬ時は慣習として、自宅から他所に移る事。「他所」として乳母の家を当てるくらい、乳母と姫君は深い関係にあった事。死ぬ直前には肉親も離れる事。死後の処置は他人に任せてでも肉親は死者に触れない事。死ぬ前には出家する事などである。

## 産穢

女性は難産により死ぬ事が多いから、「産穢《さんえ》」と複合する例も多い。西園寺公経女で、九条道家に嫁いだ女性の娘は後堀河天皇の中宮となったが薄命であった。この中宮藻壁門院は逆子《さかご》の難産で落命した。初産は順調で男子（四条天皇）を産み、外祖父道家に権勢をもたらした。その時の記事に、屋根の棟から南側に甑《こしき》（木製の蒸し器）が落されたのを見て、人々は男児誕生を知ったという習俗が載っている。女児であれば北側だそうだが、『徒然草』には「御産のとき甑落とす事は、定まれる事にあらず。御胞衣《おんえな》とどこほる時のまじなひなり」とある。胞衣つまり後産が容易に下りない記事は非常に多く、藻壁門院も死産の逆子は出たものの胞衣は下りずじまいで終った。当時は出産も死没と似た穢であり、自邸ではなく他所を産屋とした。そこで難産となり亡くなると産穢と死穢が重なるから大変であった。藻壁門院の場合、陣痛が始まってから出産までの五日間、邪気（物の怪）に悩まされ、験者《げんざ》（修験道の行者）による加持が続いた末、御産は成ったが後産がない。後堀河院は御産直後別邸に渡御された。出産後の、ある一定の時以後から穢が始まるとされていたからであろう。加持のために参入していた僧の話では、御産の前日午前から既に御顔が異様で苦しまれていた。夜明け前、御産が始まる時、御父道家が「片足がお出ましになった」と驚きあわてられた。おそらく座産のためか、後ろから抱き抱えていた女房が、驚いて気絶してのけざまに倒れたので、兄弟が替わって支えたが、その騒ぎでいよいよ不快の事になったという。御気色は既に変わって見えたので、道家の命で授戒を始めたが「タモツ」ともお詞がない。出家者の戒律を守り保つのかという問いかけへの返事ももはや出来なかった事を言うのである。定家女の民部卿典侍が「お聞きになっていますか」と問うと、うなずかれ合掌なさる。その後おそらく御臨終かと思うが、御母方の女房が少しばかり引きずり出して寝かせ申して出家の儀を行った。女房二人が御髪を湿し、戒師が剃り下ろす。袈裟を着せ、数珠を御手に懸ける。道家が「触穢しなかった者も今後奉仕せよ」と、正気とも思えないことを命ずるので、人々は去って行った。この御出家は、加持僧の眼からは死後に至ってからの出家と見えたようだが、おそらく臨終前として扱われたのであろう。どの時点を「死」と見るかも微妙な問題であった。

**葬　儀**

葬儀は十二日後の九月三十日に行われたが、おそらく立冬前の秋の土用を避けたものかと推測される。年四回ある各十八日間の土用には葬儀をしない陰陽道の禁忌があった。犯土《ぼんど》と称して、土を掘ったり動かしたりすると土中の土公《つちぎみ》の祟《たた》りを受けるとされたからである。『新古今集』の撰者であった源通具の遺体も土用を避けて棺を木の上に置いたので水が漏れ、烏が集まっていたと記されている。

御葬儀の次第は詳記を極めるが、入棺は肉親は関わらず、僧三人と女房二人の外、前中宮大夫が行ったとか、親族でもケガレを嫌って車を用立てなかったとか、牛車で御遺体を運び出すと寝所の板敷は大工に削らせ、カンナクズは敷物と共に河流に流したなど、ケガレ物の処理の徹底ぶりを伝えている。埋葬後の帰路は、今でもあるように路を変えて帰宅している。

## 神事は清浄

神仏習合時代とは言え、神事の清浄は厳重に守られたようである。神事の前には仏事を避け、やむなく仏事に関わった者は神事に参加しなかった。その点では神・仏が同一視されなかったと言えよう。定家娘の民部卿典侍が、神事があるからと言って時々里下がりしているのも一種のケガレを憚ったものではないかと推測する。

## 五体不具穢

ケガレの中でも比較的重視された物に「五体不具穢《ごたいふぐえ》」がある。定家の例では七〇歳の正月、庭の堂の前に子供の頭があるのを見つけて、直ちに「五体不具穢」の簡を立て、穢の物を取り捨てさせて物忌に入った。その後の説明はないが、普通、獣類に噛まれたり、身体の一部を失った死者が出たりすると、程度に応じて七日から一カ月間の物忌をした。身を慎み、外出等を控えたようである。

## 方違

また頻繁に行ったものに方違《かたたがえ》がある。辞書によると「陰陽家の用語で、自分の行く方向に天一神《なかがみ》のいる場合に、前夜に他に宿って、目的地への方角を変えてから行くこと」とある。それが本義であろうが、『明月記』では「前夜に他に宿って」から他行する例はないようで、ただ当日自宅から出ているだけである。例えば「方違行幸」が五十一歳の建暦二年九月一日条にある。大雨の夜、諸臣が参内して威儀を整え、七条殿に行幸。そこが方違の場所で、ただ何もせず時刻の過ぎるのを待つ。頭中将が午前二時頃からしきりに時間を気にするうち、たまたま鶏鳴を聞いたので還御されたと記す。鶏鳴は暁鐘と同じく日付が替わったことを意味したようで、午前三時頃である。定家個人でも車で門外に出て暁鐘を待ち、それを聞いてから帰宅する事が多い。天一神など陰陽道の神は遊行するので、その巡行の方角に当たると、在宅を避けたのであろうか。そんな理由は、しばしばある事だから一々記されてはいない。自分の出生年の干支による場合もあったようである。しかしあまり厳密には守られず、定家は何回も、忘れてしなかったとも言う。とは言え陰陽道は生活全般にわたり制約を与えていたと言ってよく、陰陽師に吉凶を尋ねる記事は多い。熊野御幸供奉の時などは特に陰陽師を連れていた程である。

## 屋根の鳥

屋根に鷺などの白い鳥が止まると忌み嫌って、転居したがる記事もある。定家四十二歳八月記に、妻の母を引き取って九条に住ませていたが、屋根に白鷺が止まったから転居したいと言い出した。世話をしていた健御前が転居先もないし、引っ越しも煩わしいから慰留したと聞いた定家は、寝屋の屋根ではないから何事でもないと答えたと記している。その他にも禁忌に関わる雑事は散見する。

# 16 南都・北嶺——紛争止まぬ武闘集団

## 闘乱する諸大寺

「南都《なんと》・北嶺《ほくれい》」は奈良の興福寺と比叡山延暦寺を併称した言い方であるが、この当時は強訴《ごうそ》・闘乱を繰り返す僧兵の拠点という印象が強い。かつて白河法皇（四十三年間院政の後一一二九年崩御）が、自分の意のままにならぬ物として「山法師・賀茂川の水・双六の賽《さい》」を挙げられたという有名な話があるが、「山」とは比叡山を指し、その僧兵が神木・神輿を押し立て朝廷に強訴する事は、古く平安時代後半には常態化していたようである。

中世も同じであった。興福寺・延暦寺のみならず大寺のほとんどが同様で、『明月記』には大津の園城寺《おんじようじ》（別名三井寺）・京の清水寺・吉野の金峰山寺《きんぷせんじ》・高野山の金剛峰寺《こんごうぶじ》・奈良の東大寺などの大寺のほとんどが、相互に戦闘し強訴する武闘集団として記録されている。旧仏教の末期的な姿と言えよう。

『京都事典』（村井康彦編、東京堂出版）によると、延暦寺は京都と滋賀にまたがる大寺院で階層間で闘争・焼き打ちを繰り返していた。

天台宗総本山。東塔《とうとう》・西塔《さいとう》・横川《よかわ》の三塔から成り、六里（二十四キロ）四方の寺域に並ぶ堂舎僧房には三千人を数える住僧がいた。全山を統率する天台座主を始め、学匠・学生《がくしょう》・堂衆などと呼ばれる職掌・階層の別があり、それが他寺とはもちろん、三塔間あるいは僧坊間、また階層間で闘争・焼き打ちを繰り返していた。

## 主な闘争記

『明月記』がその闘争記を書き留めるのは四十二歳頃から始まるが、終生に亙って止まない。そのいくつかを列挙して見る。

四十二歳冬。昨年天台座主の住房に矢を射掛けた学生が、その後も洛中で横暴を働いていて、衾宣旨《ふすまのせんじ》（僧侶に対する逮捕状）が出ていた。その輩九人を武士が四条坊門の河原で斬り殺した。怒った山の堂衆は集まって城郭を構えた。武士は浜手側・横川側の両面から攻めたが、石《いし》弩《ゆみ》や弓矢の雨に遭って敗走し、その後も官軍不利と伝えられていた。しかし勝った堂衆も、後々の朝廷の威を恐れたのか引き去ったそうだ。

四十四歳冬。延暦寺の諸堂が焼亡した。堂衆と学徒の紛争で、院が堂衆側の肩を持たれた事に学徒が反発し、放火したらしい。根本中堂は残ったが、法華堂・常行堂・講堂・四王院・延命院・鐘楼・五仏院・新造院・文殊楼・五大堂・宝蔵二宇・彼岸所・桜本房・円融房・極楽房が焼亡した。

四十五歳秋。叡山の堂衆が三井寺を夜討すると聞き、義成・基清など著名な武士が追討に向かった。それを聞いて堂衆は船に分乗し湖上に逃げたというが、近江の木戸では官軍に討たれ、斬首され、生虜となり、あるいはさらし首にされた。時に八島次郎という賊を、官軍の義成が苦戦の末に討ち取った詳記は、前述したがこの時の事である。

五十二歳秋。清水寺の法師が一堂を建立した地は、延暦寺の末寺清閑寺領であると称して紛争になった。山側は清水寺を焼き討ちにしようと甲冑姿で寄せ、清水寺側も堀を掘って同じく甲冑姿で構えた。院は武官等をしきりに派遣して説得されたが、清水寺側は承引したものの、山側は承伏どころか暴言を吐いて石つぶてを投げる。それを知った院は直ちに武士に命じて、山僧全員を搦め取らせようと、拠点の長楽寺を囲ませた。結果は凄惨な事になった。「流血池ノゴトシ」である。逃げて山に登ろうとした者にも武士は待ち構えていた。その後山では衆議して離山する事とし、衆徒は甲冑を脱ぎ、声なく流涕しつつ下山して散り隠れた。山の僧綱たちは帰山の条件として院に謝罪を迫り、結局武士側の一部を処罰することで決着した。朝廷側はおおむねこうした形で譲歩和解して静まらせるのが常であった。

六十五歳秋。巷説では比叡山の横川が、諸堂の戸を閉じて磨滅している、と。あるいは西塔と結託して東塔を侵そうとしているとも。実は所領の境界について東塔と横川が争い、東塔の主張に道理があると宣下されたので、横川は諸堂の常灯を消して逐電したが、このまま朝家の御成敗が変わらなければ、本堂を焼き払い、慈恵大師（円仁。天台教学の大成者）の廟を掘り起こして逐電しようと言う。「タダ是レ仏法破滅ノ期ナリ」である。横川は三塔中でも遅れて開かれた所で奥に位置し、俗化を嫌う浄行の僧の住む場所として、かつては尊敬されていたようだが、今は昔話になってしまったものか。

同年。吉野の金峰山寺本堂である蔵王堂が、高野の金剛峰寺の衆徒により放火され焼亡した事から紛争が続いた。高野山の住侶三千七百人が離山参洛を企て、吉野側も神輿を押し立て宇治に至り、蔵王堂造営の沙汰を院に要求して騒然として止まなかった。

六十九歳新年。東大寺も例外ではなかった。さきの歳末に宣旨を持って東大寺に向かった侍が、衆徒に斬り殺された。

悪徒ノ所行サラニ言フニ足ラザル事カ。末代ニハ出家シテ法師トナル者、タダ朝敵・謀反・武勇ノ外、他ノ行ヒナキカ。善政ヲ行ハント欲ストイヘドモ、コノ法師バラノ充満スル世、サラニソノ術ナカランカ。

六十九歳秋。園城寺の南院が中・北両院の衆徒のため全焼した。武士たちが旗指し物をなびかせながら園城寺辺を馳せ回っていたが、今度は逆に南院の衆徒が中・北両院を焼いて合戦に及んだ。相互に殺害し合ったが、武士により退散させられた。すこし遅れて延暦寺東塔でも堂衆同士が闘争し、互いに僧坊を切り壊し続けて治まらなかった。

僧徒ハタダ本寺ヲ磨滅センタメニ世ニ在ル者カ。

と定家は絶望している。

七十二歳春。延暦寺東塔の一法師が無動寺境内の木を切った事から、無動寺法師に刃傷され、それをまた一法師の下人が殺した事から合戦になった。互いに多勢が出て戦い、僧坊を切り倒し、死者や負傷者を多く出した。無動寺を攻め落とした南谷側は、例によって延年舞《えんねんまい》（諸大寺で大法会の後、歌い踊る余興）の歌「うれしや水、鳴るは瀧の水、日は照るとも、絶えずとうたり」とはやし歌って引き上げたが、それで終りそうにはない。天台座主の尊性親王は武を好む人で、参入する僧徒はみな甲冑弓箭の所従を連れている。世の人々は、この親王が座主の時に山門は破滅するだろうと話している。

## 僧侶の世俗化

世人の眼には、南都・北嶺はもはや武闘集団にしか見えない時代ではなかったか。約四百年前、最澄が草創して以来、延暦寺は平安中期に全盛時代を迎え、多くの俊秀が集まり、空也や源信など多くの人材を輩出したとされるが、朝廷・貴族との結合、寺領の増大、僧兵の横暴などによる世俗化が甚だしく、開創の精神は失われて行ったとされる。

『明月記』に多く登場する新仏教は法然であるが、延暦寺中でも「知恵第一の法然房」と賞賛されたというこの人が、見切りを付けて山を去り、浄土宗を開いたのは定家の少・青年期である。『明月記』を見ていると、僧を俗化させる一要因は莫大な布施の贈与ではないかと思われる。西園寺公経の妻（源頼朝の姪）の没後の仏事を勤めた僧に対して、前にも述べた公経からの多大の布施の外に、幕府（四代将軍頼経）から届けられた布施は、綾三百・絹・綿糸・染め絹・紺布・藍摺・砂金三百両・白米三百石その他であった。「衆僧ノ富有、末代比類ナキカ」であろう。その他の僧でも、妻子を帯し、出挙《すいこ》（農民に稲種を貸し付けて、秋に十割程度の利子を取る強制貸し付け）を行う富有の者が山門に充満していたとも定家は記している。そうした俗人以上の俗人に成り果てて恥じない僧侶が「充満」しては、法然・親鸞・一遍・栄西・道元・日蓮などの新仏教が、次々と出現せざるを得ない時が来ていたと言えるだろう。

# 17 救いを求めて——専修念仏・反念仏・造仏・写経

## 「今様」の哀しみ

後白河院は熱狂的な歌謡好きで、遊女・白拍子を問わず歌の名手を召しては歌わせ、自らも喉から血が出るほどに歌ったと言われる方である。当時流行したのは、今様《いまよう》という七五調四句の歌が主である。院はその歌詞を記録し『梁塵秘抄《りょうじんひしょう》』と名付けておられた。その後散逸したとされ、名のみ残った幻の書であったが、明治末年頃から端本数点が発見され世を驚嘆させた。今も完本は現れず、僅かながら中世初頭頃の人々の心情に触れられる歌を残している。救いを求める中世人の切なさを伝える今様もある。

仏は常にいませども　現《うつつ》ならぬぞあはれなる
人の音せぬ暁に　ほのかに夢に見えたまふ（二六番）

暁静かに寝覚めして　思へば涙ぞ抑へあへぬ
はかなくこの世を過ぐしても　いつかは浄土へ参るべき（二三八番）

これほど真剣に仏を求め、救われたいと願った時代が他にあったかどうか。

遊びをせんとや生まれけむ　戯《たわぶ》れせんとや生まれけむ
遊ぶ子どもの声聞けば　わが身さへこそ動《ゆる》がるれ（三五九番）

これはおそらく遊女の思いであろう。遊ぶ子どもの声を聞きながら、生きるために男と「遊び・戯れ」て来た自分を重ね合わせる。私は何のために生まれて来ていたのか。今の自分が罪深い者に思われて、身体までもが震えているのに気づく。やむを得なかったとは言え、自分の罪業に震える心が救いを求める姿は、中世庶民の一特色ではなかろうか。

## 新仏教の時代

鎌倉時代は新仏教の興る時代と言われ、浄土宗（法然）・浄土真宗（親鸞）・時宗（一遍）・臨済宗（栄西）・曹洞宗（道元）・日蓮宗（日蓮）などが次々に興る。『明月記』当時は専ら浄土宗（専修念仏）が世に広まると共に弾圧された時代である。弾圧者側は延暦寺・興福寺など南都・北嶺の旧仏教で、朝廷に専修念仏停止を訴える記事が相次ぐ。旧仏教はと言えば、『明月記』で見る限り武士団に匹敵する武闘集団で、合戦・焼討ち・僧位僧官争い・領地紛争などが絶えず、朝廷に強訴して叶えられないと一山を焼き払って離山するなどと脅迫していた時代である。

九条兼実
宮内庁蔵『天子摂関御影』より

### 専修念仏弾圧

九条兼実が嫡子良通の急逝を嘆き哀しんだ心情は、日記『玉葉』に深刻に切々と記されている。それが当時異端視されていた法然に帰依させる一因になったのではないかと推測される程である。兼実の弟は天台座主を四回も勤める程の延暦寺の重鎮慈円であり、当然、専修念仏反対派であるにも拘わらず、兼実はもちろん、その娘後鳥羽院中宮任子までも法然に帰依し、戒師として出家した。そして専修念仏の庇護者でもあった。定家四十六歳の春には、専修念仏を停止すべき院宣が下され、続いて専修念仏の徒が搦め捕えられ、拷問されるに至ると、兼実は政治的には失脚していたが、ひるまず使者を立て、専修僧を連れて水無瀬殿に行かせて院に非理を訴えさせた。専修念仏嫌いの定家は、今さら申されるべき事ではないと批判し、天子に直言する忠臣の本性が無くならないと嘆く。その後一月余りで兼実は亡くなるが、歴史書によると、念仏宗が「承元の法難」と呼んでいる弾圧は厳しさを増し、法然は還俗させられて土佐に流され、高弟たちも斬罪あるいは流罪に処せられたと言う。

定家は後年五十二歳時の記事に、弾圧の端緒となった七年前の安楽寺事件の詳細を聞いたが記さないと言い、「イヨイヨ末世ノ無法ヲ悲シムノミ」と念仏者を非難するのだが、その事件とは、院の熊野御幸の留守中に、愛妾伊賀局が、安楽寺での専修念仏に結縁し、外泊した事から院の激怒を買い、停止の直接原因になった事を指す。当時南都・北嶺の衆徒は、専修念仏の非を訴えて停止を要求しており、定家も、天下の淫女が屋形を借りて、狂僧に扈従する事が世の流例になっているなどと世の悪評を伝えている。また法然が流罪の四年後許されて帰洛したものの翌年八〇歳で死去したのに、更に十五年も経てまだ山門僧は、法然を責めてその墓をあばき、墓堂を破壊した事件も記す。法然はこうした弾圧の渦中にあった受難記事が多い。

## 念仏宗への帰依

法然の教えが世に広まり、帰依した貴人や庶民の姿が窺えるのは、法然の弟子空阿の頃からのように思われる。

定家五十六歳春の記事。近年、空阿弥陀仏という僧が多く信者を持ち、施主を集めており、天下の貴賤たちは競って結縁している。殊に近衛天皇中宮であった故九条院の姫宮が中心となり、九条の堂を占有して道場に用いている。いつもそこに僧侶・俗人が集会していると知った山門の衆徒が、朝廷の制裁は生ぬるいとして実力行使するという風聞が流れた。その頃たまたま行幸の松明が近づいたのを衆徒と勘違いして、叫喚しながら仏像を抱いて、黒衣は懐に隠して東西に逃げ惑ったそうだ、と痛快そうに書き留めている。その後、空阿弥陀仏は関外に追放されていたが、ある貴顕の人に招請されて帰洛した。ところが布教中に流行病にかかり、往生が近いとの事で町中の騒動になった。

天下貴賤ノ尼女コトゴトク群集シ、面々ニ各々珍膳ヲ捧ゲテ供養ス。ソノ物ニハ皆、風流ノ飾リ玉・結ビ花ヲ用イ、菓物・飯菜ヲ入ル。数ゴトニコレヲ受ケ、コレヲ食ス。十余日ニ及ビテ病ヨウヤク減ニ付クモ（快復しつつあったが）、供養ハ怠ラズト。

など庶民の帰依ぶりを描いている。定家六十六歳秋の記事には、近頃は山門の法師輩は町で念仏者の着る黒衣を見かけると破り捨てたり、笠を切ったりし、更に念仏宗徒を庇護する尊卑の家々には、追却するよう触れ回っていると言う。九条家出身の順徳天皇中宮東一条院立子も疑われているようだとも記す。山門の強訴により張本の空阿弥陀仏・隆寛・成覚の三人が流罪と決したのに、信徒にかくまわれて在所が知れないとも。山門はいよいよ怒り騒ぎ立てる。

朝威ノ軽忽《きょうこつ》（軽々しさ）、人心ノ狂乱、コレヲ以テ察スベキカ。

と定家は嘆息する。念仏宗が貴賤の間に広く支持され始めていた様子である。

## 反念仏の明恵

同じく貴賤の人々が群集した僧に栂尾《とがのお》高山寺の明恵《みょうえ》がある。反念仏宗の人である。定家六十八歳夏、すでに出家していた妻や女子が参った。定家も結縁したかったが、衆人の中へ従者も連れずに出掛けるのを恥じて参らず、その教化に漏れたのは悲しいと言う。明恵房は、栂尾で毎月十五日と晦日《みそか》（月末）に授戒するが、天下の道俗たちがまるで仏陀が在世しているかのように集まると聞く。夕方帰宅した家人は、狭い中庭に人々が群集してよく見えなかったが、貴族数人も混じっているとの事だったと語った。その半月後の授戒には人が折り重なるほど集まり、声嗽々として聴聞どころではなくなり、上人は弟子僧に引かれて胸骨も触れ合うほどの様ですり抜けて帰られたそうだ。

明恵はいつの頃からか西園寺家の帰依を受け、公経妻の出家や死没には戒師を勤めているから、公経の姉である定家の妻らが栂尾に参るのは自然な事であろう。西園寺家と濃い姻戚関係にある九条家もかつては法然に帰依していたが、兼実・法然ともに亡くなって久しい今は、道家が明恵を招じて受戒しているから、九条家と専修念仏との関係も永続しなかったのだろう。

定家六十九歳春、明恵はかつて源平合戦で討死した父の遺跡の紀伊に、追善のため赴きたいと思ったが、仏陀が入滅するかのように世人が悲嘆し、仁和寺道助法親王も説得されたので遠行を思い止まったという。こうして明恵もまた貴賤の人々の信仰を集める一つの核になっていた上人である。

やがて明恵が不食の病にかかり、粥も喉を通らず、衰弱しきっていると聞いて、定家は「無物の貧老には施物を持って見舞に行く事も出来ない」と嘆くほど親身である。没したのは二年後の定家七十一歳正月とされるが、『明月記』はほぼ全欠で記す所がない。

## 能説の聖覚

『明月記』には「能説《のうぜつ》（説法の名手）」と呼ばれる澄憲・聖覚父子がしばしば登場する。特に聖覚は定家より五歳下でほぼ同年配の上、定家の猶子が弟子にいたから親しかった。この僧は比叡山東塔で修行した人で法然とも近かったらしく、法然は「自分の滅後、教義に疑問が起きた時は聖覚に尋ねよ」と言っていたそうだから、門下の高弟であったかも知れないが、専修念仏者ではなかったようである。第一それを嫌う定家と親しかったし、活動の場は常に貴顕の法会の場での説法であり、聞く人々は落涙したと言うから、禁制の念仏宗に拠っていたとは思えない。隠岐の後鳥羽院の勅問にも答えたというが、『明月記』安貞元年八月二十八日条に何の脈絡もなく「伝へ聞ク、聖覚法印一昨日帰洛スト」とあるのが、あるいは隠岐からの帰洛ではなかったかと憶測する。その前三月二日以来消息を絶った期間があり、隠岐へ渡島した可能性があるからである。いずれにせよ、後に「唱導師《しょうどうし》」という世襲的説教師の職が生じて、経論の要句などを佳言麗句で語ったとされるが、澄憲・聖覚はそのさきがけとなった名手であろうか。法然や明恵とはやや異なるこうした信仰世界もあった事を『明月記』は語っている。澄憲の父は保元の乱の立役者で、平治の乱で殺された藤原通憲（信西）であり、著名な説法者の系譜を思わせる。ただ庶民が聴聞を許された事も稀にはあるが、多くは貴顕の人を相手に仏事の一環とした説法であり、庶民相手でなかった点が異なる。

聖覚も最後は不食の病を得て衰弱しきっていたが、定家が見舞うと懇切に語り、半月後没した。定家は釈迦十大弟子の一人、雄弁で説法第一の人とされた富楼那《ふるな》になぞらえ、碩学《せきがく》（大学者）能説の道が今断絶したのかと嘆いている。

写経に集う人々

続日本絵巻大成１『法然上人絵伝』（中央公論社）より

## 日吉信仰

この時代は神仏混交（神仏習合とも言う）であり、定家が殊に信仰し参詣したのは日吉社であった。大津坂本にあり、最澄が延暦寺を創立した後、天台宗の守護神とされ、山王二十一社と総称する摂社・末社が多くあり、神輿振《みこしぶり》による強訴でも知られる大勢力であった。定家は京から二十キロを越える道を実に頻繁に参っている。年二回くらいは七日間の参籠をする外、目的は明記しないものの官位昇進の除目が近づくと、時には妻子も伴って参るから主に「祈願成就」のための信仰であろう。だから「救いを求める」信仰とは趣を異にするので措くとして、定家は善業功徳を積む事には心を用いていて、写経や造仏に励んでいる。法華経をはじめとする写経の種類・分量は非常に多い。造仏は自宅の持仏堂に置くような小仏であろうが、地蔵菩薩・愛染明王・文殊菩薩などで、その料として仏師に衣装とか鞍を与える物々交換である。印象に残るのは六十九歳秋の記事である。

吉富庄（近江）ノ旅人ノ往反スル大道ノ辺ニ、萱葺《カヤブキ》ノ小堂ヲ立テシメ、千体ノ地蔵ヲ奉安シ、コトサラニコノ名ヲ定メ置ク。無仏世界ト。無仏世界（とは言え、地蔵は）今ノ世、後ノ世モヨク引導スト（聞く）。冥途ノ伴侶ニタダコノ誓願ヲ仰ギ奉ル。

救いのない末世に地蔵の引導を願うのだが、旅人往反の道に奉安しようとする心は、かつての重源に代表される勧進上人たちが、道路や橋などを作った事に一脈通じる時代性があろうか。

# 18 「至孝の子」為家――後鳥羽院の寵・承久の乱前夜

## 嫡男為家

為家は定家三十七歳時の子である。定家に比べれば異常なほど順調に出世するので、定家は「至孝の子」であると喜ぶ。定家の前妻の子に光家・定修があるが、後妻の子為家が嫡男として扱われた。当時嫡男と次男以下とは扱いが異なり、例えば元服でも、次・三男たちに嫡男並みの儀式をするのは必ず一門が乱れる源になろうし、順序を越えて位階の昇進を望むような事が起こる、と忠告した記事もある（九条良平若君の元服の項）。一夫多妻時代には特に兄弟の序列を明確にしておくことが重要であったと思われる。

為家は嫡男とされ、官位昇進も父よりも順調で、定家が執念を燃やしても及ばなかった蔵人頭にも若くして至り、極官は権大納言で父を越えた。その理由は、全くの推測であるが、第一に母方の叔父西園寺公経の猶子となり、絶大な庇護を受けた事、第二に妻の父宇都宮頼綱が著名な関東武士で、財力と関東の縁故があった事、第三は決定力になろうが、後鳥羽院から愛情と言ってもいい程の恩寵を得ていた事だろうと思う。本人の人柄も父と違って如才なく、世才があったように思える。

## 元服

元服は男子の最も重要な通過儀礼で、普通十二歳頃から十五・六歳頃に行ったが、親が重視する子は早い傾向があったかと思う。為家は八歳時で、少年時の総角《あげまき》（左右に分けた髪を両耳の上で丸く束ねる髪型）から、本鳥《もとどり》（当て字の表記。髪を頭頂で束ねたたぶさ）に結い、冠をかぶる。服も童服から大人の袍《ほう》に着替え、幼名（三名）を改め本名（為家）とした。重視されたのは加冠役で、為家には外祖父内大臣実宗があたり、次に理髪役に母の従兄弟の右中将公雅があたった。定家は親王や関白の子に相当する陣容で、幸運過分の面目だったと喜んだ。

## 院の近習

為家の幸運は一〇歳から始まった。院への伺候を許されていた秋、水無瀬殿へ定家と参上した折、多くの伺候者を斥けて特に近習に加えられた。「恩免モットモ本意トナス」と定家は歓喜する。

大嘗会の大役

十五歳の時には大嘗会《だいじょうえ》の大役に抜擢された。大嘗会は最重要な年中行事であり、新穀を神々に供え、天皇自らも食する儀式で、現在の勤労感謝の日の起源である。それにはまず新穀等を献上する国として悠紀《ゆき》・主基《すき》の二国が卜定されるが、悠紀に当たる近江を担当する近江権介に為家が任ぜられた。定家は、

心中天ノ音楽ヲ聞クガゴトシ。……喜悦更ニ例ヘヲ取ルニ物ナシ。毎事面目ヲ施シ、至孝ノ子ト言フベシ。

と踊り上がらんばかりの喜びようである。例年なら新嘗会《しんじょうえ》と言うが、天皇即位の年は大嘗会と言い、大規模で四日間に及ぶ神事である。

初日は両国から献上する食物・調度を持つ数千人が朱雀大路を北行して宮城に入り、大嘗宮に着く。標山《ひょうのやま》（山鉾）という飾り物もある。その夜、神饌親供《しんせんしんぐ》という最重要の儀が行われる。天皇が身を清めて、神饌を神に供え、自らも食せられる儀で、悠紀殿と主基殿とで同様に繰返される。二日・三日目は風俗《ふぞく》・国風歌《くにぶりうた》や饗宴・賜禄・御神楽等がある。四日目は豊明節《とよのあかりのせち》会《え》と呼ばれ、風俗舞や饗宴、特に呼び物の五節の女舞があった。五人の舞姫が特設の舞台で舞

うもので、それに関連した多くの行事があった。

僧正遍昭の次の歌は、これを天女の舞に見立てて、まだ天に帰したくない気持を詠んだものである。

天つ風　雲の通ひ路吹き閉ぢよ　をとめの姿しばし留めむ

時代により変化はあったとされるが、これが大嘗会の大要である。為家は十五歳でその大役を勤め、院からは万事よく心得ていたと褒められたという。

### 院寵への懸念

その歳末には院から名を「実忠」に改めよと仰せられ、定家は寵愛の瑞祥とか幸運の子とか喜ぶ一方で、「実」の字は従父兄弟が生得の名に用いているので当惑し、「近代ノ事、万事是非ナシ」とかこつ。「忠」への期待を込めて名づけられたのであろうが、以後どうなったか、用いられた形跡はない。その後も為家だけ特に良薬を賜りもして、「先ヅ感涙ヲ拭フ」と定家は喜ぶが、為家への殊寵を懸念する事態がこれから始まる。

為家十六歳の建保元年記は為家に関する重要記事が多い。八年後に起こる承久の乱の前夜を思わせる事態に為家が巻き込まれていく、と推測できる記事が始まるからである。

院は早くから討幕の意志があったが、譲位した第一皇子土御門天皇が討幕計画に反対したので、活発な性格の第三皇子順徳天皇に譲位させたのはすでに三年前である。そして建保元年二月から異常な「新儀」を『明月記』は記し始める。

二月、天皇の近習のほとんどが停止され、為家ら四人だけ残された。奇行を事として天皇を楽しませる道化役の近習なども結局除かれた。院にも同様の近習がいたから、平常時なら必要な近習であった。ともあれこの措置には誰も驚いたが、定家は「事の根源が不明なので、為家が残ったのは喜悦するが、内心恐ろしい。今後どうなる事か」と落ち着かない。

### 両主同居の異常

四月、天皇が、院御所の高陽院殿（承久の乱謀議の場所とされる所。中御門洞院西大路）に入御され、院と長期間の同居が始まる。為家ら二人は参宿を命ぜられ、反対に女房は遠ざけられた。定家は、必ず讒言を招くだろうと危惧する。更に天皇・院の近習が行う蹴鞠の中に為家も加えられた。それを聞いた定家は慌てて家に使いを走らせ、為家の無事を祈念させた程である。ところが為家は蹴鞠に優れた素質を見せて熱中するようになり、和歌の家を目指す定家を悩ませる端緒ともなった。もはや禁中と院御所が同所になるという、前例もない仕儀は「驚キテ驚クベシ」である。上皇は禁中に入御されてはならない事は決まった故実で、今の古老はおもねって諫言しないのか、「嗟嘆《サタン》（嘆くこと）シテ余リアリ」と定家は嘆く。天皇と院は朝夕に会合されるが「ヒトヘニ是レ新儀ナリ」。天皇に百官は従わず、女房だけが御供して密々の渡御である。しかも院の御意向により、后宮は行啓されていない。「事スコブル尋常ニアラズ。定メテ事故《コトユエ》（理由）アランカ」と、有職故実に通じた定家は不審がる。

### 定家の嘆息

為家は蹴鞠にはまり込む。天皇・院両主が観覧されるのである。蹴鞠は後鳥羽院時代特に朝廷や公家で盛んになった遊戯で、鞠壷《きくつぼ》（蹴鞠のコート）の中で、八人が鞠を地に落とさないよう蹴り上げ、受け渡し続けて千回を目指す。回数だけでなく蹴り方の優美さを競ったという。為家はそれに巧みで、蹴鞠の家でも興しかねない程の名手になった。定家は嘆息するばかりである。

「蹴鞠好きの両主の世になまじっか近臣となり、素質があると褒めはやされて幸せだと思っている。中国の楚王が柳腰の女性を好んだので、女性はみな食を細めて柳腰になろうとして、多くが餓死したと言うではないか。七八歳の頃『蒙求《もうぎゅう》』（中国の著名な史書）を繰り返し読ませたのに忘れ果てて、一巻の書も読まず遊戯に耽っている。これは皆わが家の不運、魔縁積悪のたたりで、いくら慟哭しても足りない悲しみである。長実卿のような無能の禄盗人がやるならまだしも、為家が鞠に耽るとは。私には、一人（定修）は僧籍に入ったから、後継の男子は二人（光家・為家）しかない。それが和歌を詠まないとは。家の滅亡が眼に浮かぶようだ。悲泣するの余りにこれを書き付けておく」と。

また言う。

「為家は毎日蹴鞠三昧だが、琵琶も笛も郢曲《えいきょく》（俗曲）などの芸もなく、縁故の権門もなく、重代の家跡でもない身である。私はただ神への信力を頼みとして、子どもが五六歳になると朝夕に泣いて、この意趣を教えた。光家は父に背いて、三十にもなるのに歌が詠めず、為家も同じだ。近臣の多忙さにかこつけて、父の教訓に従わない。不孝不善のまま成人した二人を見ると心が砕けてしまう。」

と長嘆息する。定家が非力の貴族の身として、子どもにどんな期待を込めて育てようとしていたか。思いがよく分かる嘆息である。

## 両主間の御書使

やがて天皇が宮中に還御されると、院との間で御書の往来が始まる。往来の使者は為家に限られる。しかも従者も連れない、昼夜を問わぬ往来である。まさに密書の使者であり、定家も、なぜ為家一人に限られるのか、不審がり恐れている。それは建保元年六月六日に始まる。以後年末に至る間に十七回を数えるが、翌年から承久の乱に至る間の『明月記』はほぼ全欠なので以後も続いたかどうかは不明である。

## 武具を賜る

「御書使」を続けるうちにも為家は特別な扱いを受ける。まず天皇から禁中に宿所を賜り、常時の近侍が出来るようになる。また実戦用の御剣を賜る。更に蒔絵の美麗な弓や、矢を入れて背負う胡籙《やなぐい》・箙《えびら》、顔を防御する面具も賜った。翌年二月には院が手ずから為家の衣装を着替えさせたり、蹴鞠に紫革の足袋の着用を許されたりした。院からも弓や胡籙を賜った。為家が近衛少将であるとは言え、実戦用の武具を賜るのは異常な事であろう。定家は「この尋常ならざる扱いを聞いても、ただ身の運を思うのみ」と。凶の予感の言葉であろうか。

## 承久の乱

その後の為家の動静は『明月記』がほぼ全欠で不明である。為家二十四歳秋、承久三年五月、院は北条義時追討の宣旨を下し「承久の乱」となるが、関東方にあっけなく惨敗し、後鳥羽院は隠岐へ、順徳院は佐渡へ流罪。土御門院は関与なしとされたが、両院を思い自ら望んで土佐へ流された。近臣の多くは断罪されて世は一新した。だが為家はなぜ無事であり得たのか。全く分からないのだが、承久三年という年は、為家が関東の有力武士宇都宮頼綱の娘と結婚した年である。定家が時の権勢家との婚姻を望んだ結果である。北条時政の孫娘にあたる。また以前から母の義弟西園寺公経の猶子であり、乱後の為家の出世には非常に尽力してくれた人だが、その公経は関東方の耳目となって朝廷方を監視していた人であった。院が討幕の挙兵を企てた時も先ず公経を捕らえておこうとしたが、公経は早くも関東へ密使を走らせた後であった。あるいは思慮深い定家が凶事を予感して避け得たものか。事情は不明ながら、為家を事件から遠ざける力が働く人脈があったためかも知れない。

## 乱後の為家

乱後為家は蹴鞠の記事は激減し、絶大な権勢を得た西園寺公経の庇護で昇進するのと、公経の北山邸（今の金閣寺の地）で酒に耽って、定家を嘆かせる姿が目立つ為家となる。しかし定家が熱望してもなれなかった蔵人頭には二十八歳で補せられた。公経の推挙なしでは有り得ない事と定家は歓喜の涙を拭い「至孝の子」と思う。翌年には参議、また三位に叙せられ、公卿に列する。時に二十九歳。定家が五〇歳で達した地位である。公卿の金紫の服飾と眉目に優れた姿で立つ為家を眼前に見て、定家は自らも幸運に酔う。かつての定家の心配をよそに和歌でも指導的地位を得て、『続後撰和歌集』・『続古今和歌集』を撰進することになるのだが、それは『明月記』より後の時代である。官も定家を超えて正二位権大納言に至っている。ただ定家が八〇歳で没した時、普通なら辞官して、しばらく喪に服した後は復任するのだが、為家は、まだ四十四歳の働き盛りであるのに、なぜか復任することはなかった。後鳥羽院は、定家より二年前、隠岐において帰洛が叶わないまま、六〇歳で崩御されていた。

# 19 承久の乱――「武者の世」成る

現存『明月記』は定家十九歳に始まり、五十六年を経て七十四歳で終わっている。その中で世の中が一変した程の承久三年（一二二一）の乱は、六〇歳の時に起きた最大の事件であろうが、その前後十一年間はほぼ全欠に近い状態で、甚だ残念なことである。ただ乱の前後に関わる記事はあるので、触れて見たい。

## 後鳥羽院親政の夢

定家四十五歳の九月、事の唐突さに驚く記事がある。後鳥羽院による盗賊釈放である。関東では既に七年前に源頼朝は没し、二代頼家は殺され、三代実朝の世であり、一方朝廷側では院をも操る策士源通親が四年前に没して、後鳥羽院は自由な立場にあった時代である。後鳥羽院はそれまでは群盗が競い起こっても顧みず、遊女・白拍子を召して遊興の外なかったのに、いきなり獄中の強盗十人を釈放したと言うのである。

今夜、日ゴロ搦《カラ》メ置カルル強盗十人ニ衣装ヲ賜リ追ヒ放タル。叡慮《エイリヨ》（院のお考え）ヨリ発スト。人ソノ由ヲ知ラズ。死囚四百、来タリテ獄ニ帰ルノ謂《イイ》（いわれ）カ。短慮（私の浅はかな思慮）ノ及ブ所ニアラズ。

「死囚四百……」には中国の故事がある。白楽天の「七徳舞」の一節に、唐の名君太宗は、婚期を失って悲しむ宮女三千人を許して宮城から出して自由に嫁がせたと。また死刑囚四百人を一時故郷に帰してやったが、一年後の処刑時にはみな獄に帰って来たので、太宗はそれを褒めて全員釈放したと述べている。後鳥羽院もそれに倣ったのではないか、と定家は見る。

それは承久の乱の十五年前の事であるが、その前年にはすでに「関東調伏《じょうぶく》の堂」（承久記）とされる最勝四天王院が白河に建立されていた。調伏とは仏の威力で怨敵を滅ぼす事である。その頃から討幕の機会を待つ意思があったと見てよいのだろう。その年は『新古今集』が成立を見た年であり、一方関東では畠山重忠父子が讒言によって殺されたし、将軍の廃立を謀る陰謀が露見して、平賀朝雅が京で討たれた年である。京都守護であった朝雅の末路は定家も書き留めている。討幕の時機を窺う眼には、関東の混乱は好ましい事件と映ったのではあるまいか。

院が唐の太宗に学ぼうとされていた事は、定家五十二歳の記事にも見える。院は水無瀬殿御幸中から『貞観政要《じょうがんせいよう》』を学者に読ませて聞き、要文・要句は側近に書き留めさせておられると記す。この書は太宗が群臣と政治上の得失を問答した内容を集録したもので、治道の要諦を説いた書として著名である。これは院がやがて親政する世に備えての事ではなかっただろうか。承久の乱の八年前の記事である。

院が順徳天皇を院御所に行幸させ、毎日密かに会合されていた事は前項に述べたが、それも乱の八年前である。同居されない時は、為家が「御書使」となり密書らしき物を持って頻繁に往来した事も述べた。両主から武具を賜ったのも同じ年である。院の第四親王雅成は文名の誉高かった親王なのに「上皇ノ厳訓」と称して、最近は弓馬・水練・相撲に励まれているとも記す。

### 『増鏡』の語り

乱の七年前から『明月記』はほぼ全欠の空白期間で、十一年続く。ただその欠落部分を補える物に『増鏡《ますかがみ》』がある。その著者とされる二条良基は百年余も後の人であるが、関白でかつ著名な文化人であったし、何よりも都びとの視点で承久の乱を語っているから、要点を摘記して見よう。

まず注意を引くのは、源頼朝が文治元年（一一八五）十二月に、守護・地頭の設置を朝廷から認められた時から日本国は衰え始めたと記す点である。

「この時ぞ、諸国の総追捕使《そうついぶし》（守護の別称）といふ事承りて、地頭職《じとうしき》に我が家のつはものの共を為し集めけり。この日本国の衰ふる始めはこれよりなるべし。」

歴史書によるとその具体的内容は、諸国平均に守護・地頭を設置する事と、権門勢家の荘園や公領を問わず、すべての土地に段別五升（田約一〇アールごとに九リットル）の兵糧米を割り当てるというものであった。これは土地の知行権を武士に与える事を意味するから、貴族の経済的地盤に大変化を招くものであった、と言う。端的に言えば「日本国の衰ふる」状態とは貴族が経済的にも政治的にも衰退し始めた事を言うと思われる。「鎌倉時代」は頼朝が征夷大将軍に任ぜられた一一九二年からとされるが、その七年前の守護・地頭の設置から始まったと、当時の人は認識していたと言えるかも知れない。

そして『増鏡』は、乱の二年前に実朝が鶴岡八幡宮参拝の折、女装して近づいた公暁に一瞬にして殺された事、継子がなかったので、将軍として九条道家の若君が請われて関東へ下った事、まだ二歳の幼君だったので実権は北条義時が握り、実績を上げつつあったのを見て、院は「忍びておぼし立つ事などあるべし」と続ける。近臣や北面《ほくめん》・西面《さいめん》（院中警護の武士）たちは、それを察して明け暮れ武術の鍛練に励んでいたと語る。そして承久三年を迎えた。定家は時に六〇歳であり、院勘中の身であった。

## 討幕の宣旨

院はまず順徳天皇を退位させ、四歳の仲恭天皇を立てた。上皇が三人になられたが、第二上皇の土御門院は討幕に不同意のため退位させられた方だから行動を共にされない。『増鏡』は語る。

「さても院のおぼし構ふる事、忍ぶとすれどやうやう漏れ聞こえて、東ざま（関東）にもその心遣ひすべかんめり」

関東方にも知られたので、挙兵は急を要した。まず最初に関東代官伊賀光季を討ち「先づいとめでたし」と緒戦の勝利を祝い、北条義時追討の宣旨を諸国に下された。義時はわが身の最期かと覚悟しながらも、「はかなき様にて屍を晒したくない。朝廷とは言っても院御自身のなさる事ではない。私の運命がどうなるか見届けたい」と考えて、弟時房と長男泰時に大軍を率いて上洛させた。「二度と生きて帰ろうと思うな。私は院に背いた事はないから横死するいわれはない。心を猛く持って存分に戦え」と命じた。

出陣の翌日、泰時一人が引き返して来て問うには「院がもしも先頭に立って攻めて来られた時はどうすべきでしょうか」と。義時は「大切な事によく気が付いてくれたものよ。その時は兜を脱ぎ、弓の弦を切り、ひたすら畏まって院に身をお任せせよ。院が都においでのまま、軍兵だけを向かわせられたのなら最後まで徹底して戦え」と命じた。これは院の絶対性を示す逸話であろう。だから敗戦後も、まさか院が遠島流罪になろうとは誰も思いもしなかったと伝えている。

**定家は「吾ガ事ニアラズ」**

定家は院勘中の身だからであろう、乱に加わらず、そのさ中『後撰和歌集』を書写していた。そしてちょうど乱の始まった時に「奥書」にそれを書き残している。しかも年月日・時刻まで冒頭に記して書き始めたことは、乱の緒戦時に当たり、勝敗状況がどうなるか分からない事を意識していた重要な厳密さであろうと思う。『年表　日本歴史』（筑摩書房）を引用して乱の概況を示すと、

五月　十四日　後鳥羽院、北条義時追討の兵を召集し、まず朝廷監視役の西園寺公経父子を幽閉す。

十五日　後鳥羽院、伊賀光季を誅し、北条義時追討の宣旨を諸国に下す。

（※二十一日　正午頃　定家『後撰和歌集』奥書を書く）

二十二日　幕府、時房・泰時を将とし、大軍を西上させる。
六月　五日　幕府軍、美濃国で京軍大内惟信らを破る。
六日　尾張国で京軍戦わずに敗走する。
八日　北陸道の幕府軍、越中国で京軍を破る。
同日　三上皇と天皇が比叡山、ついで東坂本梶井御所へ移る。
十日　延暦寺衆徒に防御依頼を断られ、後鳥羽院等帰京する。
十四日　瀬田・宇治・淀で京軍敗れる。
十五日　幕府軍入京。後鳥羽院、追討宣旨を撤回する。

次に示す「奥書」を書いている時点の定家の状況の複雑さは、まず自身は院勘の身であり、院の挙兵に参加出来ない籠居中という点であろう。「院勘」は本来、閉門籠居する程の重い処分で身動きの取れないものであった。『平家物語』が語る例でも、かつて伊豆の流人頼朝も、「院勘」の身では平家打倒の挙兵は出来ないと言うので、僧文覚が上洛して、密かに後白河院の許しを持ち帰った後、挙兵したと伝えている程の重さである。また身内でも、妻の弟西園寺公経と子息実氏は、七日前、関東方の監視役として捕らえられ幽閉されたばかりで、命も危ういかも知れない。院寵を受けていた為家は、院から引き離された不安定な状況にあったかも知れない。院方は伊賀光季を討って意気揚がるとは言え、定家はどちらにも加担しがたい立場にあったと推測できよう。

**承久三年五月書写『後撰和歌集』奥書**

定家は折りしも写本中であったが、この大乱で両軍共々滅亡する予感に脅えている。

承久三年五月廿一日、午時（正午頃）コレヲ書ク。時ニ天下大イニコレヲ徴ス。天子、三上皇皆同所ニオハス。白旄《ハクボウ》（白い毛の旗飾り）風ニ翻《ヒルガエ》リ、霜刃《ソウジン》（氷のように光る刀）日ニ耀ヤク。微臣《ビシン》（卑しい臣下という自分の謙称）ノゴトキハ、紅旗征戎ハ吾ガ事ニアラズト、独リ私廬（自宅）ニ臥シテ暫《シバラ》ク病身ヲ抄ス。悲シイカナ。火、崑岡《コンコウ》（西王母の住むというコンロン山の別称）ヲ炎セバ、玉石トモニ焚ク。ツラツラ残涯ヲ思ヒテタダ老涙ヲ拭フノミ。

天皇や三上皇が一所に集まられ、武士のかざす旗は風にひるがえり、刃は鋭く輝き、勢い盛んである。しかし白楽天ではないが、天子の旗を押し立てて賊徒追討に向かうのは私のする事ではないとして、わが家で臥して病身を憩っている。悲しいことよ。中国の古書に、崑崙《こんろん》山に火事が起これば玉も石もともに焼ける、つまり善も悪も区別なく共に壊滅すると言うが、両者ともに滅んでしまうのではないか。つくづくと余生を思って涙を流すのみである」。

ここにも「紅旗征戎ハ吾ガ事ニアラズ」とあるが、これは第四項で触れた白楽天の用法に似て、自分は乱に加わりようのない院勘の身だからという立場を基本とする言かと思うが、前述したように目下の定家の状況は進退窮まる複雑さがあり、むしろ「微臣」の出る幕ではなく「療養中」でもある事にかこつけて身を引いている言い方に見える。崑崙山の比喩も、まだ勝敗の分からない時点で、両者とも破滅しそうな不安を語りながら、「吾ガ事ニアラズ」と傍観せざるを得ない気持、と言えはすまいか。

## 関東圧勝し院以下を処断

京軍は宇治・瀬田の橋を引いて待ち受けた。「橋を引く」とは橋板をはぎ取って渡れなくする事で、よく用いた防御法である。寺社での御修法《みずほう》も無数に行われたもののその効験もなく、北嶺の堂衆も助力を拒否した。武者たちも兼ねては猛々しく見えていたが、その際になると慌てて色を失うばかりで頼りにならず、院も御心乱れて惑われた。結果はほとんど戦わずして敗れたなど、『増鏡』は、院への深い同情を以て詳細につづる。

後鳥羽院は直ちに出家され、著名な画家信実を召して肖像画を描かせ、生母七条院殖子に残された。現在、水無瀬神宮に伝わる国宝の御肖像という。

その時の作として伝わる歌がある。

墨染の袖に情けを懸けよかし　涙ばかりに朽ちもこそすれ　（承久記）

「出家した事で流罪は許してほしい。涙、涙で墨染の袖が今にも朽ちてしまいそうな程だ」という御心情の訴えであろう。しかし容赦はなく、七月十三日鳥羽殿を出て隠岐へ向かわれた。島根半島東端の大浜（美保関）から、海上はるか六十余キロ、雲かと見紛う島影の隠岐（今の海士《あま》）には八月五日著御されたという（吾妻鑑）。

美保の浦の月とともにや出でぬらむ　隠岐の外山に更くる雁がね

『遠島御百首』に残るこの歌は、おそらく早朝の月の出から夜に及んだ、長く遠かった船路を回想して、渡って来た雁を思いやられたものであろう。

順徳院は佐渡へ流罪、乱に関わった上達部・殿上人はすべて軽重に従って流罪や斬罪に処せられた。土御門院は咎めなしとされたが、父院が遠流されたのに都にのどかに留まれないと、自ら進んで土佐に流され、後には阿波（徳島）に移された。後鳥羽皇子雅成親王は但馬の城崎へ、同じく頼仁親王は備前の児島へ移された。

『増鏡』は隠岐の後鳥羽院をこう伝えている。

今はかく花の都をさへ立ち別れ、おのがちりぢりに（銘々離れ離れに）さすらへ、磯のとま屋に軒を並べて、……塩焼く煙のなびく方をも、わが故郷のしるべかとばかり眺め過ぐさせたまふ御住まひどもは……いと心細かるべし。……このおはします所は、人離れ、里遠き島の中なり。海づらよりは少し引き入りて、山陰に片添へて、大きやかなる巌のそばだてる（そびえ立つ）を頼りにて、松の柱に芦ふける廊など気色ばかり事そぎたり（形だけで質素である）。……水無瀬殿おぼし出づるも夢のやうになむ。はるばると見やらるる海の眺望、二千里の外も残りなき心地する、今更めきたり。潮風のいとこちたく（激しく）吹き来るを聞こし召して、

我こそは新島守《にいじまもり》よ　隠岐の海の荒き波風　心して吹け

### 七条院の思い

乱後四年目に至って『明月記』に、後鳥羽院生母七条院の思いを伝える記事がある。御所は

それまでの三条殿から洛西の太秦《うずまさ》御所に移られており、そこに群盗六十人ばかりが押し入った。警護の武士三、四人は手傷を負って散々であった。定家はお見舞に参上したが、女房たちは怖畏急難に遭って他所に移りたがるが、女院は応じられない。「これは罪科の故に起こった事なので、恐ろしいと思うにつけても恥ずかしいのだ」と。天罰はどこに移ろうとも逃れられないし、それを受ける身が恥ずかしいという心であろうか。時に御年六十九歳。「罪科」の真意は分かりかねるが、隠岐で苦しむわが子と共に、罪の償いに堪えたい思いがあったのだろう。定家も「そのお気持は誠にしかるべきものです」と、女房に告げて退出したと記している。

### 遠島両主還御の噂

遠島流罪の上皇が許されて還幸されそうだと世間が騒いだ事も二度あった。最初は乱後四年、北条政子が没した時である。流罪を命じた政子の没により流布した噂である。「兵部」と呼ばれる人は、関東や六波羅に往来するらしく関東情勢に通じており、定家とも親しかった。それに真偽を尋ねると「一カ所にまとめる事はあっても、還幸はあり得ない。そんな事になったら断罪される人が更に出るかも知れない」と語った。

定家は乱の前年に院勘を受けて籠居している身。院はお許しのないまま遠島に赴かれ、定家は院勘のまま生き残っている臣である。おそらく「お許しを得たい」という気持で、還御を待ち望んでいたであろうことは後述する。家隆や家長ら旧臣は隠岐と連絡を取っているらしいが定家はしない。隠岐からは都の情況を窺うために密かに近習清範が上京して来た。乱の五年後である。清範は歌人・能筆で定家も親しくしていたが、出家して隠岐に同行している。しかし今は定家の讒言を連々と続けているという噂を聞くので、会う気になれない。会った人の話によると「この春、院還幸の噂があると聞き悦んだが、その後何事もない。不審に堪えず京中の形勢を聞くため、母の病を見舞うためと称して入洛したのだ」と言う。去年十月、北条政子没時の噂が半年遅れて伝わったのではなかろうか。清範は半年在京した後、九月末に隠岐へ去った。その頃、但馬城崎に置かれた雅成親王が、黒衣を着て大桧笠をかぶって、姿を暗まそうとして捕らえられ、京中の警備が強まったとも聞いた。

二度目は摂政九条道家が幕府に働きかけた時である。乱後すでに十四年、道家は四代将軍頼経の父である。土御門院はすでに四年前、三十七歳で阿波（徳島）で崩御されていたが、嘉禎元年四月に道家の使者が馬を走らせて関東へ下り、後鳥羽・順徳両院の還幸を求めた。往還七日で帰られると期待されていたが、関東の評定は延びた。京では定めて関東が納受するだろうと誰も喜び待ち受けていたと言う。だが約一月後、執権泰時の書状で、家人《けにん》（将軍譜代の重臣）一同の意見として拒絶した。将軍頼経の書はなかった。将軍の父である摂政道家の願いも一蹴される程に朝廷側の権威は失われており、還幸の望みは断ち切られた。「武者の世」が確立した事を端的に印象づけている。

### 定家の出家

定家も院の還幸を強く願っていた。乱後六年、六十六歳の十月、日吉社に七日間参籠した記事に記している。

日ゴロ指シテ祈請スル旨有リ。今生ニ相待ツ事ハ貴人（後鳥羽院）ノ御事ナリ。存命ノ間ニ遂ニ見奉ルベカラズンバ、速ヤカニソノ告ゲヲ蒙リ、早ク素懐（出家）ヲ遂ゲント。七ケ日モ空シク、ソノ告ゲ無シ。欝々トシテ帰洛セリ。

出家は素より当然の願いであるが、出来ればその前にお会いしたいと言うのである。お会いしていったい何を願うのか。「院勘のお許し」ではなかろうか。院勘の嘆きは、これより三年後、勅撰集撰者の話があった時、「自分は院から『棄テ置カレテ謫居《タツキヨ》（罪せられて籠居すること）スルノ後、悲涙眼ヲ掩《オオ》ヒ、憂火肝ヲ焦ガス』状態で、和歌どころではない」と述べて断った程である。出家はこの世を捨てることだが、在俗の内に許されて、罪のない身で出家したいのだろうと推測する。しかし院の還幸があろうとは神も告げてくれなかった。結局許されないまま六年後、藻璧門院の逝去に伴い、娘二人が出家したのを追うように、定家も院への拝謁を諦めたらしく、七十二歳の十月出家した。

出家の儀は、まず戒師の命により父母・天地を拝し、また氏社・国皇を拝した後、烏帽子を取る。戒師が要文を授けて頭頂を剃り、介添の僧が左頭・右頭の順に剃る。次いで戒師から袈裟を頂いて着し、仏前に参り受戒の儀をして終わる。戒師には布施を奉り、小食を饗して送った。その後、出家した旨を九条道家等に告げておいた。法名は「明静」。その名には熟慮するものだろうが、関係のありそうな一文が、四十四歳時の四月七日条に見える。

天晴レ、月明ラカニ、風マタ静カナリ。天人合応トイフベシ。

これは、前太政大臣頼実女が、土御門天皇中宮となるべく入内するに当たり、求められて詠んだ賀歌の内容らしいが、「月明・風静」が天と人との応えあう境地であるとしている。定家自身もまた、有為転変の生涯を経て来た今、天人合応する「月明風静」の心境を願ったのではあるまいか。

あるいは別に、『摩訶止観』冒頭部にも「止観の明静《みょうじょう》なること、前代未だ聞かず」の一句があるそうで、それが重視されていた説話が、鴨長明『発心集』第二の三に見える。定家が

『摩訶止観』を書写した事は六十八歳九月記にあるから、そこに拠った可能性もあろう。

## 院勘許されるか

ところが思いがけない知らせを聞いた。前述した事だが、出家の年の歳末に、源家長が来訪し、院勘の事実上のお許しを伝えたと推測する。家長はかつて和歌所の長の役にあって、和歌については院に最も近い位置にいた人である。定家七十二歳の十二月二十七日条である。

家長朝臣来臨ス。剃除《テイジョ》（出家）以後始メテ面謁ス。自然ニ昏ニ及ブ。遠所（隠岐の院）、（定家の）出家ノ由ヲ聞カレ、スコブル驚キテ仰セラル。「ソノ志アリトイヘドモ、タチマチ許サルルノ条ハ如何（どんなものかな）」ノ由、密々ノ仰セアリト。極メテ以テ存外ノ事カ。

「許サルル」は、天皇・上皇はもちろん、定家などでも下位者に向かっては普通に用いた自尊敬語で、「許してやる」という意味である。出家なら誰の許しも必要ない事だから「出家を許す」の意味ではなく「院勘を許してやる」の意であろうと取る。「院は定家が出家したと聞かれて非常に驚かれた。院勘を許す気はあったが、出家したからと言って急に許すのもどんなものかな、と内々に仰せられた」の意であろう。出家はその功徳によって、すべてが許されるとは言うものの、院としてはそれに追随するのではなく、独自の判断で許したという権威を守りたかったのであろう。ともあれ事実上のお許しと解釈するのである。定家には諦めて出家した後の「存外」の事であった。

**後鳥羽院崩御**

その六年後の二月、院は望郷の嘆きに満ちた『遠島御百首』などを遺して崩御された。遺著の中に『定家・家隆卿撰歌合』もあった。院勘はすでに解けていたからではなかろうか。『増鏡』は、

この浦に住ませ給ひて十九年ばかりにやありけむ、延応元年といふ二月二十二日、六十にて隠れさせ給ひぬ。今一度都へ帰らむの御志深かりしかど、遂に空しくて止み給ひにし事、いとかたじけなく、哀れに情けなき世も、今さら心憂し。近き山にて例の作法（火葬）に為し奉るも、むげに人少なに、心細き御有様いとあはれになむ。御骨をば能茂と言ひし北面（警護の武士。歌人秀能の子）の、入道して御供に候ひしぞ、頚に懸け奉りて都に上りける。さて大原の法華堂とて、今（『増鏡』当時）も、昔の御庄の所々、三昧料に寄せられたるにて勤め絶えず。かの法華堂には修明門院（後鳥羽妃）の御沙汰にて、故院、わきて御心留めた

りし水無瀬殿を渡されけり。

と語る。定家は院崩御の二年後の八月、八〇歳の長寿で終わった。順徳院もその翌年、佐渡で崩御、四十六歳であった。

## 「武者の世」成る

慈円の『愚管抄』は、保元の乱以後「日本国の乱逆と云ふ事は起こりて後、武者の世になりにけるなり」という史観を語っているが、承久の乱を機に「武者の世は完成した」感がある。それは、定家の一生とほぼ重なる期間でもある。『明月記』は「武者の世」の初めから完成までの大部分を見届けた記録と言える一面を持っていよう。

# 20 文界に重きをなす——古典書写・新勅撰集

## 和歌入門者

定家が三十九歳の年「正治百首」作者に加えられて後、後鳥羽院歌壇で頭角を表し、翌年『新古今集』撰者に選ばれた過程はかつて述べた。その頃から歌の入門者が現れる。「勅撰集撰者」という名は非常に権威があった。入門者は自分の名簿《みょうぶ》を提出して師弟の契約を結ぶのである。『明月記』に見える第一号は伊勢神宮祢宜《ねぎ》（神職の位）であった。

伊勢神宮祢宜、歌ノ好士《コウシ》（文雅の人）タルニヨリ、二字（実名の別称。漢字二字の場合が多い事に由来する語）ヲ以テ来タリ入レバ、謁談シ終ハンヌ。

こうして自分の実名を書いた入門願を出して師弟となる習わしであった。続いて笛の師大神式賢が入門した。関東からも北条時政の孫時村があったが、若くして没した時、「師弟ノ約束ヲナスニ、和歌ニオイテ最モ骨ヲ得タリ。痛ミ悲シムニ足レリ」と記す。意外に広範囲の地域にわたっていた事が分かる。若い超美女の巫女《みこ》が教えを請うたのには驚いた。四十五歳の時、水無瀬殿に参仕していた夜の事であった。

石清水八幡宮若宮の筆頭巫女が来て、まげて見参に入りたいと申した。筆頭と言えば宿老の女性かと思いきや、翠蛾《すいが》（みどりの眉）の美女。中国の伝説にいう「陽台山の雲」と呼ぶ「一度は会っても二度とは出会えない超美女」のようである。述べる所は「私は随分三十一文字（和歌）を好みますが、当世の人の歌を見ると、あなた様の歌の風体が心肝に染みます。直接お会いして教訓を受けたくて参りました。最近母が亡くなり、今は神事を離れておりますが、筆頭巫女として管領する器ではなく、好みでもないので、急ぎ遁世《とんせい》（世捨人・出家）を遂げて、歌で志を養いたいと思います」

「ツラツラソノ志ヲ聞クニ、イカデ哀憐セザランヤ」と、思い入れの強い文で終わるが、以後の消息は記されていない。

## 古典書写の求め

定家書写の古典を求める人も多い。土御門院には料紙を賜り『古今集』の書写を求められた。修明門院にはある「草子」を書写献上したところ「後代の重宝」としたい旨のお言葉があった。妹愛寿御前は承明門院姫宮（土御門院皇女）の養育に当たっていたが、兄に懇望して『源氏物語』三帖を書写してもらって贈ったり、また『古今集』も書いてもらったりしたが三年後、姫宮は二十一歳で亡くなられた。愛寿は直ちに出家してしまった。九条道家からは料紙を添えて『源氏物語』桐壺一帖の書写を求められた。定家は「悪筆ではあるが精確に書く」のが取り柄だが、文字は「鬼のような字」だと思っていた。その字が「定家流」と呼ばれて称揚される時代もやって来る。

他にも『部類万葉集』二帖、『伊勢物語』、『大和物語』、『拾遺集』及び『後撰集』、『枕草子』、『土佐日記』、『更級日記』など多くの古典籍を書写した功績はまことに大きかろう。閑話ではあるが、七〇歳の八月に視力を失った記事がある。

徒然ノ余リニ、盲目ヲ以テ日ゴロ時々大和物語ヲ書キ、今日功ヲ終ヘ了ンヌ。是マタ狂事ナリ。嘲リ多カルベシ。

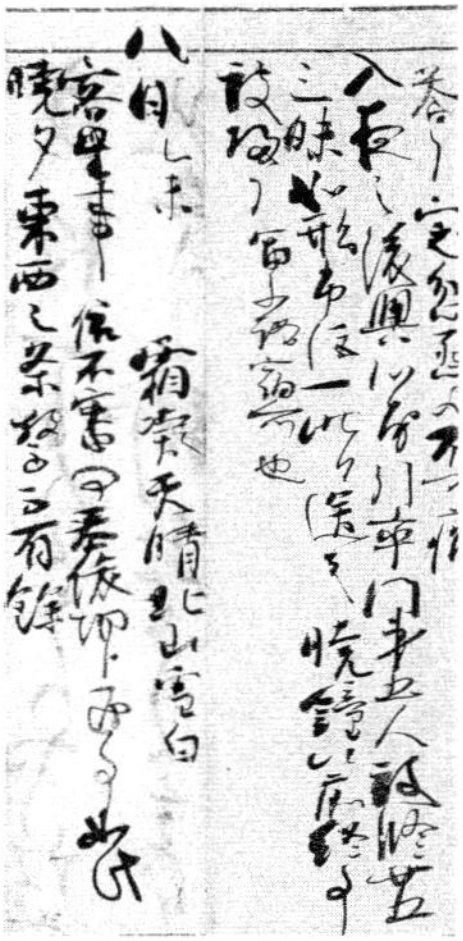

69歳時の「明月記」
朝日新聞出版『冷泉家　王朝の和歌守展』より

視力の弱さは前にも見えたが、ここは「盲目」とまで言う。左右両眼の視力に大差があると、筆写する行末が、見える側に傾くという私の経験から推すと、七〇歳ごろの『明月記』自筆本の本文行末が右に流れているのは、おそらく左眼が「盲目」で、右眼の視力に頼って書いていたのではないかと推測する。

### 『源氏物語』青表紙本

特に六十四歳の二月記に見える次の記事は、著名な『源氏物語』青表紙本の成立と見る説が多い。『源氏物語』の作者自筆本は発見されていない。しかし名作であるほど転写本は多い。自然に誤写が増えて異本も増える。現在では大別して「青表紙本」・「河内本」と「古本」とも呼ぶべき物との三系列があるとされる。みな原本に近い物を求めて、深い学識と努力を傾けて校合《きょうごう》（本文に相違のある複数の写本を照合して正す作業）を行ったものである。そうした定家の学問的成果が「青表紙本」と呼ばれるものである。嘉禄元年（一二二五）二月十六日の記事に見える。

去年十一月ヨリ家中ノ女・小女等ヲ以テ、源氏物語五十四帖ヲ書カシム。昨日表紙ヲ訖《オワ》リ、今日外題ヲ書ク。生来懈怠ニヨリテ家中ニコノ物ナシ。建久ノコロ盗マレテ失ヒ了ンヌ。証本ナキノ間、所々ニ尋ネ求メテ諸本ヲ見合ハストイヘドモ、ナホ狼藉ニシテ、未ダ不審ヲ散ゼズ。狂言綺語《キョウゲンキゴ》（道理に外れた、虚飾の言葉）トイヘドモ、鴻才《コウサイ》（大きな才知を持つ人。紫式部を指す）ノ作ル所ニシテ、コレヲ仰ゲバイヨイヨ高ク、コレヲ鑽《キ》レバ（珠を加工すれば）イヨイヨ堅ク、短慮ヲ以テイヅクンゾコレヲ弁ゼンヤ。

昨冬以来約四カ月の作業であり、「家中ノ女・小女等」も古典書写に携わる力量があったのである。証本とすべき諸本を求めて校合したのだが、「狼藉」つまり本文の乱れが多くて不審に思う事が多かった。仏教では、仏の教えは真実だが、作り物語は道理に合わぬ虚飾の言葉、すなわち「狂言綺語」と否定しており、『源氏物語』を書いた紫式部は、そのために地獄に堕ちて責め苦に遭っていると、ある人の夢に現れたので、皆が集まって追善供養をした。「源氏供養」と呼ばれて世に行われた事である。しかし定家は、宏才の作品で、読めば読むほど優れた物、自分ごときがわきまえて手を加える事など出来る物ではない、と言う。『源氏物語』伝本中で最も流布している「青表紙本」の成立は、こうした畏敬の念をもって校合された学問的業績であろう。

## 乱後の歌壇

乱後「後鳥羽院歌壇」は消滅したが、四年後の四月、定家は仁和寺御室《おむろ》から二度御書を賜り、歌について所存を申したと言い、「旧年ノコノ道ノ繁昌ノ余味、タダ彼ノ御辺ニ残ルノミ。悲慟ノ思ヒ有リ」と記しているが、仁和寺は平安中期以降、明治維新に至るまで「御室」と呼ばれる住職は代々法親王が継承され、寺域は八キロ四方を占めた大寺で、格式も高かった。『明月記』当時は、後白河皇子の守覚法親王、次いで道法法親王と続き、今は後鳥羽皇子道助法親王である。定家はそれぞれに交流を続けていた。承久の乱で和歌の全盛期は終わったが、御室に集う歌人たちが名残を留めている、と乱後の歌壇の事情を伝えている。

## 連歌の遊び

連歌《れんが》は古くからあったが、院政期頃は特に流行したもので、多人数が集まり、上句（五七五）に、おもしろい下句（七七）を付けて興じる形から始まり、五十句、百句と続けたりする遊びであった。賭物《かけもの》の賞品が付く事も多かった。『明月記』にも、後鳥羽院当時の流行を伝える記事が多いが、定家宅でも恒例の連歌会を開いて楽しんでいた。例えば六十八歳四月には、親しい人々が多く集まり、賭物は定家が禁じたのでなかったが、仁和寺法印覚寛が用意した豪華な酒膳もあり、「葵草（あふひくさ）」の五文字を下に付ける連歌を楽しんだという。ところがその会を聞き付けて嫌な奴が加わりたいとやって来た。謀書・盗犯・虚言・横惑《おうわく》（人まどわし）だけで何の取り柄もない僧で、詐称を重ねては法眼になった信定である。悪い事に西園寺公経に取り入って紹介状を持って訪ねて来た。定家は病と称して会わず、この会は来月からは中止する予定だからと言って断ったが、事実その通りにせざるを得なかった。

## 『新勅撰集』撰進

晩年の定家の経歴を飾るのは、後堀河天皇による勅撰集撰進の命であった。承久の乱後九年を経て、六十九歳の七月六日、天皇がたいそう乗り気である旨を九条道家から聞いたけれども、定家は断った。

「自分は後鳥羽院から棄て置かれて謫居《たっきょ》（罪を受け籠居する事）して後、悲涙にむせび憂火に肝を焦がす身で、和歌も忘却した思いです。自分を撰者にとはうれしいが、今行うとなると進退きわまります。後鳥羽院の御製は殊勝だから、それが充満したら、後堀河天皇の世の歌集として問題になりましょう。だからと言って省略したら人の非難を受け、家隆や秀能は隠岐の院に讒言し爪弾きするでしょう。だからしばらく時を待つがよいと思います」。

と述べて断った。それから二年後、改めて勅命が下った。貞永元年（一二三二）六月十三日、

「古・今ノ歌、撰ビタテマツラシメヨ」

と。ところが後堀河天皇はまもなく十月四日退位して、四条天皇に譲位されることになった。定家は急いで二日前に、序文・二十巻の部目録等が未完成のままながら、簡略に記した物を奏覧し、この日を完成奏覧日とする事とした。

以後、撰歌作業にあたる中、入集を望む人々の来訪が連日のごとく続く。未知の人は縁故に託して歌稿を送る。西園寺公経などは四五十首の入集を求めて来る。佐渡の順徳院からも希望が伝えられた。これに対抗されるのか隠岐の院からは家隆に『三十六人撰』作成の命があったようだ。これを後鳥羽院が対抗して命ぜられたもう一つの勅撰集であろうと定家が見ていた事は前に述べた。定家も撰を急ぎ七十三歳の六月、あと御製二首を加えて千五百首として完成させるまでに至った草稿本を奏進したが、後堀河院が病床に臥され、八月六日二十三歳で崩御された。勅撰集はまだ完成とは言えない。翌七日、定家は決然たる短文を書き付ける。

勅撰愚草廿巻、南庭ニ繰リ置キテコレヲ焼キ、スデニ灰燼《カイジン》（燃えがら）トナレリ。勅ヲ奉ジ

テ、イマダ巻軸ヲ整ヘザル以前ニカクノゴトキ事ニ遭フ。更ニ前蹤《ゼンショウ》（前例）ナシ。冥助ナク機縁ナキノ条、スデニ以テ露顕セリ。イタヅラニ誹謗《ヒボウ》（そしり）罵辱《バジョク》（恥ずかしめ）ヲ蒙ルベシ。置キテ詮ナキ物ナリ。

勅命を下した天皇が崩ぜられては奏進する相手がない。決然として焼き捨てた心情、焼き捨てるしかなかった無念さがほとばしっている。

ところが道家は、故院所持の草稿本を尋ね出し、それを元に清書本を整え、御生前の奏覧という事で『新勅撰集』が成立した。能書として著名な行能に清書させ、二十巻を蒔絵《まきえ》の箱に納めて、定家が使者を以て道家に進上すると、

コノ事スデニ果タシ遂ゲ、（道家が）悦ビ思シメス由仰セラルト。コノ事ヲ聞キ、心中殊ニ感悦ス。（嘉禎元年三月十二日条）

道家と定家との執念が結晶したような勅撰集であった事が察せられる。

## 小倉百人一首

いま一つ、定家の撰した物に『小倉百人一首』がある。これが文化史上で果たした役割は意外に大きいものと言えようが、その成立事情を伝えているかも知れない記事がある。為家の妻の父は宇都宮頼剛と言い、富裕な関東武士であった。京では小倉山に近い嵯峨中院に別荘を持ち、歌人でもあった。定家七十四歳の五月末、その別荘の障子（今のふすま）に貼る色紙形に歌を書いてほしいと定家に依頼した。定家は悪筆を恥じたが懇切さに負けて、

古来ノ人ノ歌各一首、天智天皇ヨリ以来、家隆・雅経ニ及ブ。

を書いて贈ったと記す。ただ地位や官職に配慮しながら、およそ年代順に並べた作者順の中で、かつて臣下であった定家・家隆の後に、後鳥羽・順徳両院を置いたのは異様に見える。憶測であるが、「両院は目下配流中であるから採るべきではないが、優れた歌人だから、憚りながら加えた形」を示したのではあるまいか。宇都宮頼剛に贈る私的な撰歌である故になし得たとも考えられる。かつて俊成が、平忠度の歌を、「勅勘・朝敵」の故を以て名を伏せ、「読人知らず」として『千載集』に入集させたと伝える故事（平家物語）を思うからである。

# 21 群盗横行の世──天寿を全うしがたきか

強盗・群盗の記事は朝廷・神社仏閣・民間を問わず極めて多い。昼間は官人であったり、誰かの所従であったりする者が、夜間は強盗と化す例も多い。そうした夜々を脅えながら過ごす身は、まさに明日の命も知れない思いだろう。検非違使《けびいし》（警察と裁判官を兼ねた官庁）が捕らえ、断罪しても尽きる事がないのを嘆くばかりであった。様々な例を列挙しよう。官人であれ庶民であれ、また身内であろうと、誰でも強盗に加わりかねない世であった。

三十九歳。夜中過ぎ、青侍らが知らせるには、定家の家令忠弘宅に群盗が押し入り、洗いざらい盗み取ってしまった。わずかに命だけ助かったと。信濃小路高倉の近辺は恐ろしさに堪えられない所だ。

四十一歳。近日群盗が競い起こり、毎晩殺傷事件がある。後鳥羽院女房も外出して鳥羽路で強盗に遭ったそうだ。しかし院は何の対策もなさらず遊覧の日々で、近日は神泉苑で猪狩りに興じられるのみ。猪が土を掘って食していた蛇が今では増えているという。

検非違使の一行
続日本絵巻大成１『法然上人絵伝　上』（中央公論社）より

四十四歳。夜、寝に就いた頃、南隣の家で雷のような大騒動。慌てて起きて見ると、恐ろしや強盗である。松明《たいまつ》は境界の垣根を照らし、杖で板敷を突き鳴らすような響きである。誰一人出会って防ぐ者はない様子。まもなく音が止んで立ち去ったようである。今夜初めて見たが、恐ろしさに魂も飛び去り、眠れもしなかった。家主は留守で従者だけいたそうで、強盗は思いのままに盗み去ったという。その夜はわが家の門辺にも立ち寄る者が居たそうで、南隣に盗賊の手引きをする嫌疑の女が居るとも言う。これでは怖畏の尽きる時がない。翌日強盗の張本人が捕らえられたが、主殿允《とのものじょう》（主殿寮の三等官）で、子息二人も共犯であった。

四十五歳。前述したが、日ごろ捕らえてあった強盗十人が、衣装を与えられて追放された。院の御意向だそうだが、誰もが首をかしげた。宋の名君太宗の古事を真似られたものか。

五十二歳。捕縛された強盗の中に、定家の兄兵部卿成家の家の侍・進士（官吏登用試験合格者）・雑色《ぞうしき》（召使）・小童・阿闍梨《あじゃり》（かなり高い僧位の名）など数人がいたと聞いて驚嘆した。

女たちの話によると、兄の家が捜索を受けて捕縛されたそうだ。兄夫妻は権女卿二位兼子にとりなしを頼んだが、「年来の所行でみな知られていた事だ。今更泣きつくとは何事だ。処分を受けるのは、そなた達の為にもいい事だ」と突っぱねられた。更に「小童」は妻の所縁の猶子であったが、それを離縁せず今後とも猶子として養えと、辛い命令を受けた。孔子ほどの人も妻を治められず苦しんだと言うが、成家も妻の言いなりになってこの結果を招いた。骨肉の間柄だから、定家までも世人の口に上るだろうから恥ずかしい事だと恐れをなして、院参してよいものか否かを、女房を通して伺うと、院は大笑いなさっただけで何事もなかった。成家の妻は夫没後も子どもと所領争いを続け、定家を困惑させた人である。

六十四歳。内裏の御物・御書などを納めた蘭林坊に強盗が入って守衛を縛り、孔子の霊像・天神の御影《ごえい》（画像）・礼服等皆盗み、御書は散々に踏み散らして去った。国家、朝廷も全く窮まり尽きる時が来たものか。悲しみて余りあり。

同じ頃、ある姫君が嵯峨の広隆寺からの帰りに広沢池で群盗に遭い、車中の女房たちも皆、衣装を剥ぎ取られ、供侍は殺され、牛童は手を斬られた。広隆寺は午前四時ごろに鳴らす後夜の鐘を他所より早くつくので、それに誘われて早く寺を出たためにこの災厄に遭ったと言うことだ。世間の狼藉、盗賊の横行はかくのごとしである。

同じ頃。「国王の氏寺」と呼ばれ、八角九重の塔で知られた白河の法勝寺でも盗難があった。

その寺の雑役僧の子二人が賭博に負け、高さ八十余メートルもある九重塔の塔頂に立つ九輪の金物を盗んだ。物音を聞いて兵士が塔内を探したが見つからない。父僧に喚ばせると第五重の壁中から現れたが、他の金物もほとんど盗んでいた。因みに、当時は賭博が流行していたらしく、『梁塵秘抄』にも、

わが子は二十に成りぬらん　博打してこそ歩くなれ（回ってるそうだ）
国々の博党に　さすがに子なれば憎か（憎くは）なし
負かい給ふな　王子の住吉・西の宮
（三六五番）

などと歌われている程であった。『明月記』にも定家六十五歳の二月記に、

「宰相中将信盛邸の門前や垣の辺に、京中の博徒が群れをなして集まり、座を設け双六の芸をする。邸内から制止しても聞き入れないので六波羅（幕府の政務所）に訴えると、武士が全員を搦め捕り、鼻を削り、二指を斬った」と伝える。

六十五歳。故太政大臣頼実の孫、前右中将忠嗣は所従数人と強盗していた。その一人が怖畏

に堪えず、頼実の後妻であった卿二位兼子に自白した。住居には甲冑や弓矢、かがり火の道具、強盗の具足などがあったので、卿二位は直ちに忠嗣を出家させ、高野山に送り付けた。今後も衣食の料は送るそうだ。

同年。大納言通具の土倉が群盗に穴をあけられ、雑物が盗まれた。銭三百貫（約千八百万円）、砂金一壷、美濃産桑糸六十疋《ひき》（布地二反をいう単位）、鋤《すき》・鍬《くわ》など、昨年の火災の折にもらった見舞の品が皆盗まれて、通具は大いに嘆いていた。ところが盗賊が「玄蕃允《げんばのじょう》」と仲間を呼んだのを耳にした隣家の下人がいて、犯人が捕らえられた。以前、通具に仕えていた男であったという。

同じ頃。三河権守清綱という者が、いきなり定家宅を訪れた。定家の姉八条院坊門局の孫だという。だが父は亡く、所領は詐取されて、母子の暮らしは摩滅してしまった。ついてはこの家に同宿させて頂けまいか、との事。定家は、ふびんではあるが受け入れる余裕がないと断った。その二カ月後、清綱は強盗を働いて搦め取られた。かつては権門に仕えていたが、その恩顧もなく貧に迫られたものか。これが末代の落ちぶれ行く型通りの成り行きである。

六十六歳。内蔵寮の宝蔵の壁を焼き、穴を開けて群盗が乱入し、累代の宝物を根こそぎ盗んだ。礼服は七条河原辺に捨ててあった。また法性寺五大堂の鐘も盗まれた。七条院御堂の仏具もすべて盗まれた。公私となく連夜の事で、多くは捕らえて河原で斬罪にするけれども、それで減る事はない。国家の宿運が尽きてしまったものか。それも道理であろう。

同年末。後鳥羽院時代の権女卿二位兼子は、承久の乱後の今では、山門から訴えられる程に勢威もないが、前から将来の衰微に備えて資産を貯め置く倉を中山の地に持っていた。そこに群盗が入り、悉く盗み取った上、兵士や匹夫を斬殺して去った。

六十八歳。歌仙家隆の家に群盗が入り、装束等を取った上、侍一人を斬ったそうだ。清貧に甘んじながら歌を詠んできた仲間だから嘆かわしいけれど、どうにもならない。

六十九歳。朝廷の修法道場である真言院の板敷がごっそり剥がし盗まれた。数日後に修法が迫っているが修理の財源もないので、後日必ず返却する約束をして商人から借りようとしている事を西園寺公経に伝えると、公経は自分が引き受けて、番匠（大工）百余人を集めて直ちに新調させた。だが、またすぐに盗まれてしまった。

七〇歳。近ごろ昼間に路上で盗賊に遭う話が多い。ある前大臣は鷹司河原を通る時、主従の衣装を剥ぎ取られて裸形で帰宅したという。堪えがたい恥ずかしさである。鳥羽の作り道でも、ある大納言が同じ日に遭い、供侍三人と共に衣装・馬・鞍みな剥ぎ取られた。もはや洛外の道など歩けはしない。

七十二歳。昨夜南隣の山法師の家に群盗が入り、従者の童を斬った。死には至らないが治療も出来ない深手で、叫喚するのを路人が群がり見ていたと。

近日は群盗騒ぎは毎晩の事で、その響きは遠近から聞こえて、見聞を書ききれない程である。余命はどれほどあろうか、誰しも寿命を全うできないのではなかろうか。悲しいことよ。

定家は昨年末に権中納言を辞したが、この頃は「今は老衰した身を思い、群盗の殺害と悪病による危急を逃れて、早く出家の本意を遂げたい心情だ」と記している。

七十四歳。奈良県明日香村にある天武・持統天皇合葬陵が盗掘された。天武天皇は壬申の乱に勝って一時代を画した方であり、その崩御後、皇后が即位されたのが持統天皇で、火葬して合葬された。それが盗掘されたのだが、天武天皇は白骨と白髪のみ残り、火葬にされた最初の天皇とされる持統女帝は、銀箱に納められていた御骨は路頭に捨てられ、銀箱が盗まれた。定家は「聞くごとに哀慟の思いを増す事で、塵灰といえども尋ねて収めるべきだ」と記す。

同年。為家が来て語るには、夜中過ぎ冷泉宅に帰ると、南門から群盗が押し入ろうとしているので暫く問答すると、行き先を変えて近隣の宅に入ったと言う。どんな「問答」をしたものか、甚だ奇妙な話である。続けて「わが家には女子が病んでいて、熱を出している」と言い添えているから、「問答」の内容かと推測する。その頃は疱瘡《ほうそう》（天然痘）が大流行しており、二日前にも洛中二十二社に病魔退散の奉幣使を立てられた程である。定家の孫も発症したらしく、カブレや膿で苦しんでいるが、疱瘡だと分かると医師も薬を止めたと記す。治療法がなかったのであろう。当時は、「奉幣使」の習いからも察せられるように、また「疱瘡神」という疫病神が更に後世までも信じられていたように、疱瘡が伝染病であるとは知らなかったかも知れない。でも疫病神のいる病家には近づきたくない恐れから群盗どもは立ち去ったものか。いずれにせよ天然痘は当時も非常に恐れた病気で、定家は、孫は反吐が続いて食事が出来ないとか、かぶれて化膿し終夜痛み泣くとか、家族としては見るに忍びない程の痛ましさを記している。

現代では、高熱を発し、悪寒・頭痛・腰痛を伴い、解熱後、重ければ主として顔面に痘痕(あばた)を遺すもので、感染性が強く死亡率も高い病気であると知られており、種痘によって防がれている。

こうした群盗に対して、貴族たちは数人の警備の侍を抱えていたようだが、それに対して集団を組む「群盗」では防ぎきれない世であった。

# 22　京洛の衰微——焼亡ありて造営を聞かず・豪商

京洛が衰微して行くとは『明月記』が折々漏らす感慨である。それらは早く鎌倉時代に入ってわずか十年後、「大内裏荒廃」を伝える次の記事あたりから始まるから、「武者の世」と引き替えに、政治的・経済的に弱体化した大方の貴族たちが持ち合わせた感慨であろうか。おそらく、それは貴族層だけの感慨で、武士や大商人たちはまた別であったかも知れない。

## 大内裏荒廃

衰微の象徴的な記事は大内裏の荒廃記事に始まる。もともと内裏はあっても、当時は藤原氏が提供した私邸を里内裏として使う事が多く、鎌倉時代の始め頃は、閑院と呼ばれる故藤原冬継邸が皇居とされ、二条南・西洞院にあった。それにしても中核であるべき大内裏の荒廃は財政の逼迫を物語るものであろう。定家四十一歳の夏、天皇の陪膳役のため参内すると、陽明門内は放牧地同然に牛がひしめき合い、殿舎は壊れて雨が漏り、露台は倒れていた。もはや大破していて、修理もできない程の衰退ぶりであり、悲しみて余りありと記している。使用が稀とは言え、京洛荒廃の象徴であろうか。

### 院御所焼亡

後鳥羽院御所である二条殿の焼亡はその翌年であったが、前年にも焼けて新造された御所であった。金銀で飾った殿舎も、入居後一月にもならぬのに、地を払って焼亡した。この御所は国土の衰弊をもたらす禍《わざわい》であり、天がそれを焼き払ったものかと定家の目は厳しい。「この火災で済むならまだしも安穏だ」と付言している。難を逃れられた院の騎馬姿の周囲は武士が固め、誰も近づけなかったと。貴族たちの覚えた違和感を言ったものか。女房たちは慌てて徒歩で逃げ出した。車ではなかったという事であり、女房はそれを醜態として恥じたであろう。

定家四十四歳の秋には、一年半前に宇治に建てられた院の豪華な離宮が放火により焼失した。これも天がそうさせたのであろうと記す。

### 延暦寺焼亡

その三カ月後、前にも触れたが延暦寺東塔のほとんどが、堂衆・学生の争いと放火により焼亡した。当時の人々は、大寺の焼亡に末法の世を実感した事であろう。

### 法勝寺九重塔炎上

現在の左京区の平安神宮辺一帯は、法勝寺・尊勝寺・円勝寺・最勝寺・成勝寺・延勝寺、いわゆる六勝寺という皇室の御願寺群が並んでいた。特に大規模であった法勝寺は、白河天皇の御願寺で、堂塔伽藍が四町を占め、池の中島には高さ八十メートルを越える八角九重の大塔が建っていた。それが落雷により炎上した。定家四十七歳の五月の事。午後大雨、雷鳴猛烈、忽ち煙が見えた。人が九重塔だと騒ぐ。直ちに駆けつけると、後鳥羽院は騎馬姿で見ておられ、人々が群参して立つ場所もない程である。九重塔は炎に包まれ火勢盛んで、周囲の樹木にも飛び移る。やがて心柱が南側へ焼け落ちた。

鎮護国家ノ道場、海内無双ノ宝塔モ雷火ノタメニ滅亡ス。悲シムベク怖ルベシ。

寺の上首章玄法印は火事と聞いて慌てて参入したが、もはや消せないと知って金堂の壇上に登り「命長くて不思議の事に遇ひぬ」と言って気絶し、やがて死んだ。この大塔は今までにも落雷・大風・大地震により三回破損したが、今回も西園寺公経が引き受けて、五年後に再建されたという。「国王の氏寺」と呼ばれていた威信をかけての再建であろう。

## 朱雀門焼亡

その四カ月後には大内裏南の正門、朱雀大路の北端にある朱雀門が焼けた。当時天子・上皇が鳩の優劣を競う鳩合せを好まれ、近臣たちはよい鳩を探して走り回っていた。常陸介《ひたちのすけ》朝俊は、名家の末孫でありながら、今はただ弓馬・相撲を芸とする近臣である。それが松明を持って朱雀門へ鳩取りに登り、その火で焼けた。こんな事で国家を滅するとはなんと悲しい事よ。灰と燃えさしだけ残って、周囲の人家もなかった、と定家は嘆く。

京洛ノ摩滅、モットモ奇驚スベキ事ナリ。是レマタ鳩ノ一事ノミニアラズ、タダ国家ノ衰微シタルコトカ。

その後、朱雀門は再建されたが、御禊《ごけい》の行幸が通過した直後、大風も吹かないのに転倒し、造営に当たった大工たちは検非違使庁に送られた。定家はこの門には不吉が多い、と古くからの例を列挙し、今の執政の人がその例を知らず、何も申し上げないのは恐ろしい事だと記す。

そうして定家六〇歳の時に承久の乱。以下はそれ以後の記事である。

### 白河回顧

乱後四年を経た六十四歳の春、定家は日吉参籠の帰途、白河を通りながら懐旧する。

「鶏鳴以後、日吉より帰洛の途につき、山科で日が出た。往還の間、社頭、路次、桜の花盛りである。農夫や木こりが皆花の一枝をかざして歩いている。桃や李の花も美しい。白河辺を通るとただ懐かしいばかりだ。昔、旧友と花見を楽しんだ所も、時移り事去りて、花は春ごとに咲くともなく、古木は折れ尽くし、関東調伏を祈られた最勝四天王院はもちろん、延勝寺等々の堂宇も滅亡して今はない。在るのは独り生き残った自分だけである。それも暮齢の身となり、長くは眺めておれず帰宅した。」

さながら杜甫が「春望」で歌う「国破レテ山河アリ　城春ニシテ草木深シ」をなぞったような「白河の春」である。

### 八条院旧跡

同じ年、八条院猶子であった左大臣良輔の遠忌の日、懐旧の思いにより八条殿旧跡に参って見ると、門は閉ざされ人跡もない。御所の東は民家に変わり、築垣の内は麦畑と小屋。南側の築山に古松がわずかに残るだけであった。窮老の病眼を以て見渡していると、哀慟の思いを禁じ得ない。常に参上していた御所であり、所領の多さを誇っていたのに、良輔の没後わずか七年にして、この荒廃ぶりであった。

### 最勝光院焼亡

大寺の焼亡で最も印象深いのは最勝光院である。高倉天皇生母の建春門院平滋子の御願寺として、後白河院が后のために、法住寺御所の近くに建立された寺。定家の姉健御前が出仕した女院である。定家六十五歳六月、夜更けに目覚めると南方に大きな火光、それが久しく鎮まらない。翌日、心配した通り最勝光院だと知った。建立は自分がまだ幼い頃の事であった。

幼稚ノ昔、眼前ニ彼ノ草創ノ時ヲ見ルニ、壇ヲ築キ、地ヲ引カル。未ダ出仕セズトイヘドモ、耳ニ供養厳重ノ儀ヲ聞ケリ。爾来《ジライ》（以後）、継体《ケイタイ》・守文《シュブン》（皇位を継ぎ文化を守る）ノ君、宝《ホウ》祚《ソ》（皇位）ヲ相伝ストイヘドモ、タダ権勢ノ近臣ノ、寺領ヲムサボル有リテ、一分ノ修理ナシ。仏聖ノ灯油モ断絶シ、布施ノ用途ハ滅亡ス。画堂粉閣、年ヲ逐ヒテ埃塵《アイジン》トナリ、タダ青《セイ》苔《タイ》（青いこけ）ノ砌《ミギリ》（軒下の石畳）ノ上ニ春花ノ艶ヲ施スノミ。五十四年ノ後、眼前ニ化煙ノ光ヲ見テ、悲嘆ニ胸ヲ填《ウズ》メ、独リ嗚咽《オエツ》（むせび泣き）スルノミ。土木ノ壮麗、荘厳ノ華美、天下第一ノ仏閣ナリ。惜シミテ惜シムベク、悲シミテ悲シムベシ。已《ヤ》ンヌルカナ（もはや、どうしようもない）。

この慟哭、こうした文章に接するのも『明月記』を読む楽しみである。『新勅撰集』を焼き捨てた文もそうだったが、深刻な思いを簡潔的確に吐露していて、漢籍の教養の深さと相まって、優れた文章家を見る思いがする。

この時、最勝光院は塔だけは残ったが、御本尊以下何ひとつ取り出せず、すべて焼けた。夜半頃出火した時、五、六人の男が走り去ったとの事だったが、実は窃盗した預りの僧が放火を白状したと言う。

### 大寺の衰微

大寺の衰微を伝える記事は続く。六十六歳の年には、鳥羽天皇皇后の美福門院御願寺歓喜光院が、壊れて転倒が近いとか、堀河天皇御願寺の尊勝寺は、金堂さえもなくなっていて異域のごとしと記す。尊勝寺の法師が訴えるには、

「天下に満ちていた荘園もいたずらに分割された上に、魚食の生臭法師や破戒の尼僧たちの

衣食となるばかりで、一度も修理に当てられた事はなく、堂宇は転倒して姿を留めない。末世の法、悲しみて余りあり」と。

それさえも四年後には焼亡記事がある。近所の在家が争い事により放火され、尊勝寺の、わずかに残っていた塔も飛び火して焼けた。定家は次のように締めくくる。

承暦（一〇七七）ノ比《コロ》ヨリ承安（一一七一。予ノ成人ノ始メ）ニ至ルマデ、天下ノ公私、耳ニ満チテ堂塔ヲ造ルモ、老後ニ及ビテハ、タダソノ焼失ヲ聞クノミニシテ造営ヲ聞カズ。甍《イラカ》（瓦ぶきの屋根）ヲ比《キソ》ヒテ眼ニ満チタル伽藍《ガラン》（寺院建築）・宝塔コトゴトク灰燼トナリ、ソノ跡、荒廃ノ郊原トナル。空シク割リ置キタル万戸ノ荘園、コトゴトク悪人ノ衣食トナリ、一分モ寺用ニ宛テズ。視聴スルニ付ケテ悲シミ有リ。

## 豪商の大火

こうした京洛の衰微をよそに、大繁盛している商人がいた事を語る記事がある。『明月記』も終わりに近い七十三歳秋、驚くべき火事があった。烏丸・油小路・七条坊門・八条坊門通りで囲まれた広い地域が全焼した。「黄金の中務」と呼ばれた豪商など商人充満の町で、「土倉」

の密集地帯である。「土倉《どそう》」という語の初出は、この『明月記』の記事であると、辻善之助の『日本文化史年表』に見えている事から、「土倉」の始まりの時期が窺える。担保貸付から始まった高利貸業者で、質物を火災や盗難から守るため、木造の倉に替えて堅固な土倉を構えていた所から名付けられたようである。おそらく非常に厚く塗り固めた土壁の蔵であろう。土倉の員数は数を知らず、海内の財貨はすべてここに在ると記している。果たして猛火にも耐えて残り、商家は火事の翌日から皆再建にかかり、同類が訪問すると山岳のごとく積み上げた品を前に、幔幕を張った中での飯・酒肴の大盤振舞で賑わっていたという。

同じ「時代」の中で、衰退する者と興隆する者とが隣り合って存在する姿を見せている。「時代相」の多面性を語るものと言えよう。

法然、比叡山を離れて清涼寺へ

続日本絵巻大成１『法然上人絵伝　上』（中央公論社）より

# 23 寛喜の大飢饉——路頭の死骸数を知らず

歴史家が数世紀に一度の異常気象による全国的大飢饉という災害が寛喜三年（一二三一）に起こった。定家七〇歳の年、途中に欠部はあるが、『明月記』もその惨状を伝えている。

## 前年秋の冷涼

実際には寛喜二年秋の冷害によりその年の収穫がなく、翌三年に大飢餓状態に陥ったのである。二年の六・七月頃までは慈雨順調で、民戸は豊年を期待して大喜びしていた。ところが七月半ば頃にかなり涼しい朝があり、萩の花が盛りとなり、蘭も開く。七月にはまだ見なかった事だと定家は怪しむ。夜が涼しくて盛夏の気がせず、かえって体調をくずしそうである。朝霧といい、涼気といい、仲秋のようで、萩の花はいよいよ盛んに開く。秋雨は煙が立ち込めたようで涼しく、終日小袖を着たり、九月に入ると綿衣を着る日もある。早くもススキの穂は出るし、菊はつぼみを付ける。小鳥は山を出て渡って行ったそうだ。そして寒気による凶作の報が届き始める。北陸道からは、近年にない事だが稲が立ち枯れたという飛脚があちこちに来ているそうだ。家令忠弘は四国も同じだが、近国はそれほどでもないようだと。しかし九月九日重陽の日、菊は盛んにシベまで開いているのに、冷たい雨風は連日にして止まないなど、今まで見たこともないと記す。氷の張った日もある。仁和寺では鎮西（九州）の寺領が滅亡した旨の飛脚が到来したと、僧が知らせた。延暦寺の僧も諸国の損亡はもはや視聴の及ぶ所ではないと語る。

関白も天皇の意を受けた形で「御教書《みぎょうしょ》」を寺々に下した。

「今年は豊稔とされていたが、近頃連雨頻りに降り、陰陽整わず、作物は実らない。下民は憂え、天皇も御心配なさるのみならず、天地陰陽の変、諸社の怪異、卜兆の趣などみな天子の御慎みを求めている。今後風雨穏やかに、人々の難を未然に消すよう、よく祈請せよ。」

### 庭を畑とする

家令忠弘は、所領損亡は誰しも同じだが「狭少ノ分限」ではお手上げだと語る。定家は十月半ば、家僕を使って庭の植栽を掘り捨てさせ、麦畑に変えた。

少分トイヘドモ凶年ノ飢ヱヲ支ヘンガ為ナリ。嘲ケルナカレ、貧老ニ他ノ計アランヤ。

定家は殊に庭樹を愛した人だが、飢餓には代えられなかった。関東幕府でも十月、万邦の飢饉により常膳を減じている由の噂を聞いた。食膳を簡素にしたのである。定家は自分たちは存命しがたいだろうと嘆く。

### 天文の凶兆

さきに『明月記』が記録していた天文記録を述べた際に挙げたが、「客星（超新星）」が現れたのはこの年十月末である。「西方ニ客星出ヅ。甚ダ不吉ト」に始まり、天文博士に問い合わせたり、自らも観察したり、古記録を調べたのであった。天文異変は兵乱・飢饉・国王の崩御など不祥事の予兆とされていた時代であり、それが凶作に脅えるさなかに現れたから、大きな脅威である。その時調べた古記録中に百七十六年前の「かに星雲」の大爆発の記事があったのである。

### 冬のタケノコ

十一月、麦が季節外れに色づいたが、実は不熟であり、桜の花が咲き、タケノコが生えた。

院御所や天台座主の近辺でも食料が欠如している由聞く。こんな冬季にホトトギスが鳴いている。こうした中で寛喜二年は暮れた。新年になると米の端境期《はざかいき》を迎えて、新米を必要とする時期のはずだが、『明月記』の寛喜三年一月から三月記の間は食糧欠乏の記事がなく、四月から六月の三カ月は『明月記』は全欠である。ところが急に七月から凄惨な飢餓状態を記すから、四月頃から飢えが始まっていたのだろう。

### 死骸、路頭に満つ

七月記はいきなり餓死者充満の記事から始まる。

七月二日。飢人カツハ顛仆《テンプ》（倒れ伏す）シ、死骸ノ道ニ満ツルコト逐日《チクジツ》ニ加増ス。東北院ノ内ソノ数ヲ知ラズト。

と伝える。東北院は定家の京極宅近くにあるが、平安末に焼失してからは荒廃していたらしく、庶民が相撲や祭事に利用する騒音の事を折々記している所。今そこが死骸遺棄の場となっているのである。貴族が餓死した記事はなさそうだが、例えば徳大寺家に仕える雑色長は飢えて死を覚悟し、徳大寺（現、龍安寺）の先代の殿の墓に詣でた後、倒れて死んだという。定家も年来仕えた車副《くるまぞい》の秋久が夏頃（四月以降）から飢えて衰損し、存命しがたいのでと言って出家した。多年供をしてくれた六十九歳の白髪の車副と別れるのは悲しいと記す。貴族に召し使われていても、食料の給付はなかったという事であろう。

定家の所領の伊勢小阿射賀《こあざか》も飢えて無音のまま。荘民の餓死者が六十二人にも及び、触穢により上洛する者もいないので、定家宅もいよいよ欠乏すると嘆いている。

餓死者は増える一方である。

草廬《ソウロ》（自宅）ノ西ノ小路ハ、死骸逐日ニ加増シ、臭香オモムロニ家中ニ及ブ。オヨソ日夜ヲ論ゼズ、死人ヲ抱キテ過ギ通ル者、挙ゲテ数フベカラズ。

という状態。死骸の腐臭が家屋の中まで漂って来る。しかし京中道路への死骸遺棄は止むことなく、定家宅の北西の小路や東北院内は、無数の死骸である。

七月十七日は朝から雷電猛烈、滝のような大雨が降った。鴨川の水は大いにあふれたという。記事はないが、そこの河原も古くから死骸を遺棄された場所だから、河原を埋める程の死骸を洪水が流し去ったのであろう。

五十年前の養和の飢饉を記した『方丈記』の描写は、おそらくそのまま今回にも通じるであろう。

「築地のつら、道のほとりに、飢ゑ死ぬる者のたぐひ数も知らず。取り捨つるわざも知らねば、臭き香世界に満ち満ちて、変りゆく形有り様、目も当てられぬ事多かり。いはんや、河原などには馬・車の行き交ふ道だになし。」

と、鴨川の河原が死骸に満ちていた様を書いている。仁和寺のある僧が、成仏させるために死者の額に梵字《ぼんじ》（古代インド文字）の阿字を書きながら数えると、左京だけで二カ月間に四万二千三百人あったそうだから、ましてやその前後の時期や、河原・白河・西の京・辺地を加えれば際限もなかろう。「いかに言はんや、七道諸国をや」と『方丈記』は結んでいる。

こうした悲惨極まる記事は『明月記』の場合、七月記でほぼ終わる。

だが禁中では競馬・蹴鞠が興行され、七珍万宝の賞があると言う。祇園臨時祭も行われた。九条教実は関白に任ぜられ、邸宅を新造中で、人は後鳥羽院御所を模した豪華さを褒めるが、定家は「万事言ヒテ益ナシ」と一蹴する。

# 24 定家の身辺事——病気・保養・楽しみごと

定家は少年の時から心身不快で病弱だったと言うが、八〇歳の長寿を保ったものの病気の記事は多く、かつ多様である。その病気や治療法を知ることもまた当時の世相の一端であろう。

## 病　気

定家の最初の大病の記録は、十四歳の時の赤班瘡《あかもがさ》（はしか）、次いで十六歳の皰瘡《ほうそう》（天然痘）に始まる。後年、子息為家が赤班瘡にかかった時に、「近日下民ノ中、コノ事ニヨリ終命スル者、数フルニ堪フベカラズト」と大流行して死者続出したと記し、その折、五十二年前の自分について回想する。

予、昔、安元元年（一一七五）二月ニ、赤班（はしか）、同三年三月ノ間ニ皰（天然痘）、共ニ他界ニ赴クガゴトシ。皰瘡以後、蘇生ストイヘドモ諸根多ク欠ケ、身体ナキガ如シ。ソノ後五十年、存外ノ寿考（長命）ニシテ今ニ至ルモ、尋常ノ身ニアラズ。

死線をさまよう病気であったという。今、為家も同様に病み苦しむのを見ながら「タダ軽キヲ以テ、ツトメテ望ミトナス」と願うばかりで、治療の事は見えないから、見守るしかなかったものか。

赤班瘡（はしか）は発熱と斑点様の紅色の発疹ならびに鼻・のどのカタルや結膜炎を伴う急性伝染病とされる。一方皰瘡（天然痘）の方も感染性が強く、死亡率も高い伝染病で、高熱・悪寒・頭痛・腰痛を伴い、解熱後は主に顔面に痘痕（あばた）を残す病で、現代では種痘により予防されている病である。

それの大流行の記事が定家の晩年七十四歳の時に見える。嘉禎元年（一二三五）冬の事である。京畿に皰瘡の病者が充満し、民戸の多くでは嬰児や老翁の死者が出ていると聞く。四歳の四条天皇にも発疹が出始め、公家たちにも広がり、出仕者が少なく、行事に支障が起こる程である。定家周辺では、まず孫為氏がかかった記事から始まる。医師は軽くて済むだろうと言うが定家は信じない。一面に発疹が出て、地が残らない程なのに、大事ないと言うのか、と。

それと別の子らしいが「鍾愛スル孫」にも遅れて肩辺にカブレが始まり、医師は薬を付けていたが、皰瘡と分かって療治を止めた。病状は日毎に進み、痛みが甚だしくなる。この二人は為家の冷泉宅に住む孫であるが、定家の京極宅でも少女かと推測する「女子」が病み始めた。ある早朝からむやみに吐き始め、食べさせても一日に八回も吐いた。吐く度にひどく苦しむ。発疹が出て辛苦するのを見ると身が縮む思いがする。日毎に発疹は増え、痛みに堪えられず泣くので、陰陽師に示して、人の寿命をつかさどる泰山府君《たいざんふくん》の祭をさせた。その内、瘡から膿《うみ》が出るようになり、食事も少しは取ったが、痛み泣く事は止まない、と記した所で『明月記』は終わる。

「群盗横行」の項でも述べたが、為家が押しかけた群盗と問答して去らせた話はこの十月の事で、皰瘡大流行の最中である。「ヤヤ久シク問答」したと言うのはおそらく「コノ女子ニ悩気アリ。小温気アリ」と告げたのだろうと推測する。「わが家には皰瘡を病む女の子がいて、今発熱中だぞ」と聞いて群盗は恐れて去ったという事だろう。それほどこの病気は恐れられていた。

### 伝染病の認識

定家の若かった頃は「伝染病」という認識はなかったろうと思う。流行病は「時行《じこう》」と呼んでいるが、流行はしても伝染病とは知らず、天狗や疫病神による悪疫とでも思っていたらしく見える。

「流行病」に関わる対照的な話を『明月記』は伝えている。当時最も頻繁に記される病気は、瘧《おこり》という熱病で、今言うマラリアである。蚊によって媒介されて感染し、一日おき・二日おき・三日おきなど様々だが、間欠的に高熱・震えが起きる。発症した時は「発《おこ》る」といい、治る事を「落ちる」と言った。治療には受戒とか護身、験者による祈祷が一般であった。伝染する病とは知らなかったのである。ところが定家十九歳の七月記によると、俊成がそれにかかった時、定家に「同宿するな。直ちに去れ」と命じた。定家は不審に思いつつも転居したと言う。俊成は感染症と感づいていたかも知れない記事である。ただ記述が簡単で他の事情は不明なので断定はしがたい。

一方、正反対の記事は、定家三十八歳七月、源通光は瘧を病んでいたが、あえて宗頼女と結婚した。父通親が瘧病中に結婚したところ、翌日に「落ちた」という「吉例」に従ったと言うが、今回は毎日「発る」そうだと記す。

その年は瘧病が大流行しており、定家の家でも子どもが病んだのだが、三人の子が同時にかかったのを定家は「不思議」な事と記す。感染症と気づいてはいないのだろう。疱瘡と聞いて退去したと思える群盗の話は、更に三十六年後であるが、やはりまだ気づかず「疱瘡神の側に近寄りたくない」くらいに考えていた時代かも知れない。

**瘧病の治療**

ともあれまだ炎暑の七月、蚊が多かったはずである。子どもの病悩ぶりが重いので、腹取《はらとり》（腹部をアンマする者）を呼んで治療させた。やがて定家も病んだ。急に心身不快となり、手足の関節が痛み前後不覚。夜半にようやく安堵したものの運が尽きた気がする。お湯に入って見ようと、四回出入りする内に高熱がおこり、悶絶して終夜苦しんだ。湯はよくないようだ。そこで六日後、僧聖尊に一日中、護身させると無事に落としてくれた。感謝極まりなく牛一頭を与えた。この「マラリア」による高熱と震えは当時最も広く人々を悩ませた病気で、記事は極めて多い。

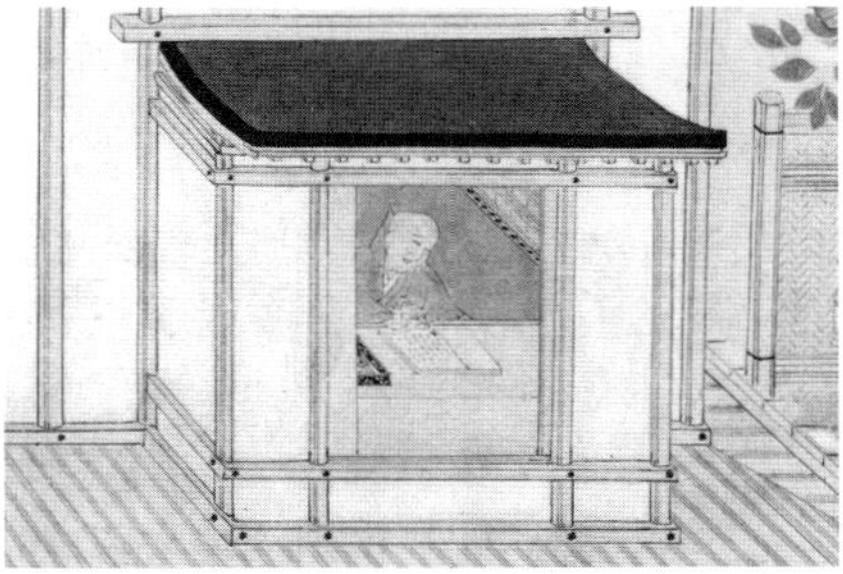
九条兼実に命じられて法然の瘧を祈禱する聖覚
続日本絵巻大成１『法然上人絵伝　上』（中央公論社）より

**定家の病歴**

定家の病気の記事は尽きる事がないが、当時の病気一般が推測できようから列挙して見る。

十四歳二月　赤班瘡。（前述）

十六歳三月　皰瘡。（前述）

三十五歳五月　脚に小瘡（できもの）が出来た。医師が悪性だと言ってメハジキという薬草を怠らずに付けよと言った。

三十七歳二月　咳病に苦しむ。定家の持病で頻繁にあるが、治療記事はない。

三十八歳五月　脚気に苦しみ歩行困難である。これも持病である。

同八月　瘧病。（前述）

三十九歳二月　腹病たちまち起こり苦痛術なし。これも持病か。記事が多い。

四十二歳三月　石痳《せきりん》病現れる。腎臓・ぼうこうの結石である。この病者は必ず幾年も経ずして死ぬと聞いている。その後にも発症した記事はあるが、詳細は不明である。

同六月　足が腫れて苦痛。治療には蛭飼《ひるかい》をする。蛭に悪血を吸わせるのである。時には口腔に入れて歯茎に付けて吸わせた。

同十二月　雑熱《ぞうねつ》（できもの）が出て、顔に針治療をする。

五十一歳二月　脚気がにわかに起こり前後不覚。終夜病悩する。

腹痛堪えがたく終日病悩。夜前わが家辺に人魂が飛んだと隣家から告げられ、招魂祭を行わせた。

同四月　腹のできものが痛む気配があるので、医博士を招き大黄《だいおう》（薬草）を付けた。

五十二歳四月　折れた歯の歯根が残り痛むので、虫歯抜きを業とする老女を召して治療させると、歯根を掘り取ろうとしても取れず、痛みをひどくしただけで終わった。

六十五歳七月　この三日間、咳病に悩乱し術なし。暁鐘に及ぶも辛苦して眠れず。
六十六歳八月　朝、左眼の赤筋が乱れ満ちて紅色をしている。医僧の診察により、蓮菊湯を眉の上に懸けた。二カ月続けているが治らない。
六十八歳四月　昨日から咳病がひどく、一晩辛苦した。これも前世の宿報か。
六十九歳五月　この半月余、老体衰損が進み、脚が折れたようで立てない。今更驚く事ではないが悲しむに足る。
　　　同八月　夜半、陰所《いんしょ》（便所）に行くと、矢を射るようなひどい下痢。変だと思う内に心身迷乱し前後不覚となり、青女らを呼びながら気絶したらしい。二三人が来て助けてくれた時に蘇生したが、反吐が続いて廊下に平臥したままであった。何とか蟻のごとく這って寝所に帰った。翌日来た医僧の話では、近日は蝿《はえ》が弱って食物中に落ちた事に気づかずに食べて、反吐をし、またその猛毒で死ぬ人が多いそうだ。その疑いがあろうか、と言う。
　　　同九月　左膝が急に折れたように痛み、踏み立てない。片足をなくしたようで、人に寄りかかって寝所に帰った。
七十二歳二月　朝、念誦していると急に腰痛が起こり、立つ事もできない。苦痛で術もなく平臥した。

七十四歳六月　目が腫れたので車前草《しゃぜんそう》（オオバコの別称）を付け、灸点を加えた。下痢や小便が頻繁で心神も異例。医僧の処方で、桃の花を煎じた下剤を飲んだところ、夜に腹が鳴り心神異例となったので、少婢を呼び、肩に寄り懸かろうとして気絶した。やがて蘇生して虫のように這って寝所に帰った。途中で反吐、物も言えぬまま夜が明けた。

湯　治

定家は養生のために有馬の湯に出かけている。淀川を下り、江口あたりで一泊して神崎（現、尼崎）から陸路。二日を要した。現存『明月記』には四回の湯治記録が残るが、毎回知人の誰彼に会うほど賑わっており、湯屋も本湯屋・湯口屋・上人法師屋・仲国屋などがあってそれを利用している。入湯のほかに近くの山や滝を遊覧したり、知友と詩歌を詠み合ったりして、十日・半月程度の保養を楽しんでいる。

嵯峨別業

また嵯峨別業も楽しんでいる。この別荘は、建久七年の政変で主家九条家が失脚して、定家も沈淪していた頃に始まるかと思う。三十八歳二月、妻等を連れて五日間滞在したのが初出である。京では通親による親幕派追放で騒いでおり、俊成猶子の女性の夫源隆保（頼朝の従兄弟）にも不穏の動きありとされ、天下狂乱していると記す。やがて隆保は流罪、妻は出家することになる。定家には不本意な時期であったと言えよう。

翌月、隆保等への弾圧が続く中、今度は妻・小児等を連れて、二十四日間の長期滞在に出かけている。別荘の整備や湯治、客との談話を楽しむ日々であった。沈淪の身は、在京してもさしたる用務もなかったのであろう。翌年秋には稲刈り風景を見にも出かけた。前に述べた高倉院小督局の最期を見舞ったのも、そうした嵯峨通いの折、元久二年（一二〇五）閏七月二十一日の記事である。

四十四歳正月記には嵯峨生活の心境を記す。出仕甚だ物憂く、ただ蟄居《ちっきょ》（家に閉じこもる事）するため、妻子を連れて出かけた。のんびりと遊んだり、高所に登ったりして過ごす。京の騒音や塵界を遠く去り、車馬のかまびすしい音を聞かない。「心神ハナハダ楽シ」である。陶淵明が官界を捨てて帰郷し「廬《ロ》（いおり）ヲ結ビテ人境ニアリ。シカモ車馬ノカマビスシキヲ聞カズ」と言うのに習った境地であろう。「車馬」は官人の乗物で、地位や権勢を求めて奔走する俗世界の騒音である。ここは知友は来ても清談して去るだけである。定家が嵯峨に求めた静寂境であろう。また兄や姉妹たちも迎えて、地蔵木像・千手画像・自筆法華経・金光明宝篋印《きょういん》等の開眼供養や修二月会《しゅにがつえ》を行うなど、京とは趣の異なる二十五日間の日々であった。

最後の滞在記事は七十四歳四・五月で、そこは家令忠弘（現在は出家して賢寂）の宅と記すから、それに与えていたかも知れない。近くに為家の妻の父宇都宮頼剛の別荘があり、そこに招かれて連歌を楽しんでもいる。そこは「中院」と呼ばれる小倉山の近くであったから、前にも触れた、頼剛に依頼された撰歌に「小倉百人一首」の名が付いたのであろう。

### 庭樹を愛す

定家は「糸竹ニ携ハラズ」と記すように、演奏に加わった記事はないが、庭樹の植栽には素人離れの技術を持っていたように見える。移植や接ぎ木の記事が多いからである。樹種も桜・八重桜・柳・梅・梨・ハゼの紅葉・つつじ・桃・山吹・みかん・りんごなど多種多様で、人と交換もしながら増やしている。仁和寺の梅、式子内親王の桜も頂いている。定家は庭樹に囲まれて新年を過ごす心境をこう記す。五十二歳正月四日の記である。

「今日は御幸始めがあると言って、車馬の人々が南北に走り回っているが、私は竹林の七賢人の一人嵇康《けいこう》（老荘思想を好み、琴・詩を楽しんだ人）にならって門戸を出ない。蘭湯《らんとう》（蘭の葉を入れた湯）に入って独り蓬屋《ほうおく》（自宅）に臥している。我ながら憐れな事と思うのだが、わずかに今日、初めて真の休息を得た気がする。」

身も心も俗塵を払った老荘的心境こそ「真の休息」と思うのであろう。

しかし、閑居していても安穏ではなかった。定家の庭木は世に知られていたらしく、定家が有馬の湯に出かけた留守中に、後鳥羽院の院宣と称して、庭の柳二本が伐り取られ、院御所の蹴鞠の壷に立てられた。定家は近臣に会って、「面目な事です」と申したものの、「末世ノ法ハ、草木モナホ以テカクノゴトシ。開元（中国の理想的政治時期の年号）ノ一株ノ柳モ長慶ノ春ヲ期シガタキカ」と腹に据えかねている。一年後にもまた勅定と称して、柳二本を掘り取られた。「近代ノ儀ハ草木モナホカクノゴトシ」である。蹴鞠のコートの四隅には桜・柳・楓・松を懸かりの木として、植えるか、伐り立てるかしたので需要が多かったが、それを民家から勝手に掘り取るのは常であった。権女卿二位兼子からも、蹴鞠用の懸かりの木を嵯峨から伐り取る旨の消息が来た。「鞠ノ懸カリニヨリ、末代ノ花樹一株モ全タカラズ。イハンヤ近辺ヲヤ」。最後は九条道家の使者が来て八重桜を掘り取り、超清法印は柳を掘り取った。権力者万能の世であった事を端的に示していよう。

### ペットを飼う

ペット類も飼われていた。六十五歳の年の記事に、去年来、宋朝の鳥獣を唐船が舶載し、豪家が競って飼育し、都に充満していると言う。それとは別の時期だろうが、定家は斑鳩《いかる》を飼っていたけれど、病気で死んだという。「ツキヒホシ」と鳴く所から三光鳥ともいうと辞書にある。妻は猫を可愛がり、掌に乗せ、懐に抱いたりしていたが、野犬に食い殺されてしまった。妻の「悲慟ノ思ヒ人倫ニ異ナラズ」と記す。

## 競　馬

「身辺事」とは言えないが、定家が競馬《くらべうま》に強い関心を持ち、その記事を丹念に書き留めているのは、非常な楽しみ事であったと分かる。競馬には馬の毛色を記録する役もあり、それを勤めた程である。競馬は賀茂神社・日吉社など諸社の神事として行われたが、当時の競馬は速さを競うだけでなく、実戦的操馬技術が見所であった。直線の走路を用い、乗尻《のりじり》（騎手）の乗る二頭が並ぶ。進行係の太鼓《たいこ》・鉦《かね》の合図で一頭が先発して途中で待ち受け、一頭がそれを追い、騎馬戦風に争う。相手の馬や乗尻を邪魔して落馬させたら勝となるが、普通には争った末に、合図により走り出して先着を競った。騎馬戦の秘術が審判で重視されたようで、定家は十番ある取り組み表や乗尻名、勝敗等を常に書き残している。

# 25　世事談拾遺——定家の説話文学

『明月記』は故事典礼の記録を主目的としているが、その外にも争乱・闘争・奇談なども多く記録している。定家が「無益な事だが」と言いながらも記す理由はよく分からないが、相互に情報交換しているのは事実だろうから、一つには交換資料を自分も持っている必要があっただろうと推測する。情報をもらうだけの一方通行では得られないと思うからである。とにもかくにも意外なまでの情報社会であって、普通には知り得ない内密情報や詳細な情報も多く入手している。それに元来、好奇心は強く、筆まめでもあったから、記事は多様である。今まで随所に触れた話は除き、残った中から少し拾って置きたい。

**和田義盛の乱**

五十二歳五月記。

（和田義盛は三浦氏の一族で、北条氏に並ぶ勢力であったが、将軍職を犯す陰謀ありとして、北条義時に討滅された人である。建保元年五月二日の事だが、その七日後に定家が書き留めた関東情報である。）

今朝聞いたが関東に奇怪な事件が起こったという。三浦党の和田義盛と横山党の両人が合謀し、二日申時（午後四時頃）、将軍実朝の幕下を急襲した。その時、将軍は警衛の備えもなく酒を飲み酔っていたが、慌てて合戦に及んだ。翌日も曙から戦い、暮れて星を見る刻になっても止まない。将軍は外舅相模守北条義時・大膳大夫大江広元等と間道を通って山に入り、辛うじて脱出した。賊も幕府の反撃を恐れて夜の内に引き去った。ただし城郭はすべて焼き払い、室屋は壊し尽くされた。和田義盛は戦場に死し、兵卒は船で海上に逃げ去ったという。賊徒の党類は在京者にも多く、追捕も近いというので騒動しているそうだ。楽しみ尽きて悲しみ来たるは、これ天罰であろうか。

### アホウドリ来集

六十四歳六月記。

延暦寺の下法師が言うには、琵琶湖畔の志賀浦に、三井寺領の境界を示す梨の木が植えてあるのだが、近ごろ梨の木のあたりに異鳥が来集している。その大きさは唐鳩《からばと》（未詳）くらいで、色は青黒く、翼は甚だ広い。引き延ばすと三尺五寸ばかり（一メートル余）で羽数が多い。四つ足を持ち、水かきがある。水上や浜にいて人を恐れない。人々は集まってこれを取っている。弱い鳥で、もてあそぶうちに死んでしまう。初め無数にいたが、人が競い取るので次第に減ったが、それを食べた者は即時に死んだそうだ。これは誰しも怪異と思うだろうが、恐るべき世の中だ。ただある人の説によると、この鳥は水鳥の一種で「隠岐ノ掾《じょう》」という鳥であると言う。それでは「いよいよ怪しむべき事か」と結んでいる。「掾」は国司の三等官を言うから「隠岐国司の三等官」という名から、隠岐の後鳥羽院と関わっているかと連想でもして奇怪な事と思ったのだろうか。辞書には「沖の尉《じょう》」として、アホウドリの異名だと記している。

## ジャコウネコ・インコを見る

六十五歳二月記。

宗清法印が生きているジャコウネコを持って来た。その姿はまるで猫に似ている。顔は細長く、尾はただ虎毛の猫と同じである。インコという鳥も居た。大きさは鴨と同じで、色は青く、毛はきわめて濃柔、くちばしは鷹のようで細い。みかん・栗・柿などを食べるそうだ。人の名を呼ぶという話だが、その時は何も言わなかった。関白家実に進上する物だが、私に一見させるために立ち寄ったのである。因みに前述もしたが、唐船の自由な往来で去年来、宋朝の鳥獣が京洛に充満し、豪家が競って飼育しているそうだが、『書経』にあるように、犬馬はその土地に産したものでなければ養うべきではなく、珍禽奇獣など無用のものである、と定家は斥けている。

## 政僧尊長法印の最期

六十六歳四月記（正しくは六月の事）。

後鳥羽院の近臣尊長法印は、源頼朝の妹婿で京都守護職であった一条能保の子であるが、北条氏の専横に反発したとかで、討幕派に加わったとされる僧である。『明月記』では、九条良経の妻が姉妹であった関係からか、当初九条家や西園寺家への出入りを伝えているから、定家も面識があっただろう。そして酷評している。「顕教・密教ともに学識に欠け、戒律は守らない。ただ縁者の態度をまねて近臣の列に加わり、黒色の袴を着て白砂の上に侍っている」と。文末の意は分かりかねるが、僧は身分が別格なのに、僧衣でもない妙な物を着て俗人同様庭上に控えている、と不見識ぶりをそしったものか。しかしその後、再三自宅へ院の御幸を受け、法勝寺執行に補せられ、熊野御幸には供奉し、備前国務となるなど、近臣中の近臣となって行く経歴を、定家はおそらく驚いて書き留めたであろう。そして承久の乱となったが、立役者であったはずの尊長は乱後姿をくらまし、幕府の探索を六年も逃れ続けた。

六年後の安貞元年、吉野の奥の戸津河（十津川）に隠れ、俗人並に烏帽子をかぶり、住人の婿になって居住しているという噂を聞いたが、戸津河は熊野川の上流にあたり、強力な山岳武士の在所として古くから知られた険岨な山地で、源義経もかつて隠れた所である。

ところが医僧心寂房が定家宅に来て、尊長を捕らえた菅十郎左衛門という武士の話を語った。安貞元年（一二二七）六月八日朝八時頃に尊長の最期を見届けた、と言い、その日の正午頃に心寂房に語った話だと言う。

尊長は年来、熊野・洛中・鎮西（九州）等を経巡り、この三年ばかりは在京していた。それと会って友となった兵衛入道が、同じく尊長の友であった伯耆房と語らって、恩賞めあてに関東に密告した。北条泰時は悦んで直ちに六波羅守護に逮捕を命じた。武士は避暑と称して二条大宮の泉に向かったが、甲冑は車に入れて運び、武士は車四両に分乗し馬に引かせて近寄った。伯耆房は尊長の家を訪ねて確かめた上で、「六波羅武士が群集していると聞いたから、見て来る」と言って門外に出て武士を招くや否や逃げた。菅十郎らの手先が押し寄せると、尊長は剣を取り、先頭で奔り込んで来た男を三カ所も突いた。替わって入った男も突いてから、自害しかけた所を捕らえて、車で六波羅の門内にまで引き込んだ。

尊長が「あそこに居る男は誰か」と聞くので、「修理亮《しゅりのすけ》北条時氏殿である。またこちらは掃部助《かもんのすけ》北条時盛殿だ」と答えると、「これは見知っている」と言い、「早く首を斬れ。もし斬らないなら、北条義時の妻が義時に食わせた毒薬を、自分にも食わせて早く殺せ」と言い放つ。この言葉には誰も驚いた。執権義時は承久の乱に勝利して、幕府権力を確立したけれども、三年前の六月十二日に突然病を発し、翌日没した人である。幕府の正史『吾妻鑑』には、脚気と霍《かく》乱《らん》（日射病等）のためと記すそうだから、誰も、後妻伊賀局に毒殺されたと聞いて仰天したのである。尊長は幕府の重職能保の子だから、内部秘密を入手し得たかも知れない。

その後、死ぬ前に尊長を菅十郎宅に移してから、共に討ち入りした小笠原と菅十郎との間で功名争いが始まった。先陣は誰であったかの質問攻めに尊長は立腹し「今死のうとする自分が、どうしてどちらかに肩入れして嘘をつく必要があろうか。始めに言った通りだ。それを繰り返し尋ねるとは希有《けう》（不思議）な事よ」と嘲った。また「京人に知人があるそうだが……」と聞くと、「何の必要あって聞くのか。全く無益な事だ。知人など一人もいない」と。そして氷を求めるので、ないと答えると、「世をわが物にして、六波羅殿と呼ばれている者が、氷ごときが無いはずはない。はなはだ不覚者よ」と辱めたので、探し出して食わせた。そして朝八時頃、いよいよ臨終と見えたので帷《かたびら》（単衣）に着せ替え、数珠を持たせると、高声に念仏しながら、坐したまま終命した。

跡に死臭はなく、武士たちは大往生だと賛嘆した。遺言により屍は河原に晒さず、首も斬らずに円明寺に葬った。後に聞くと、武士たちは相談の上、改めて首を斬ったそうだ。おそらく関東の意向を恐れたのかも知れない。

## 近代の卿相の酒肴

六十六歳十二月記。

ある者が言うには、近頃の卿相《けいしょう》（公卿）の家々では、長夜の宴会が流行していて、仲間同士が集まっては飲んでいる。酒肴には鶴や鵠《くぐい》（白鳥）が好まれている。普通の山梁《さんりょう》（キジの異名）等は、連日の群飲の座で食べられるから乏しくなったものか。亡父俊成からは、兎は青侍《せいし》（公卿に仕える、官位の低い侍）の食う物である。身分のある者の食べる物ではないと教えられていた。しかし私は壮年になって以後見るところ、然るべき宴飲の座にはみな兎が交じっていた。今、鶴や鵠の話を聞き、時代が変わったことを知り、無益の事だが記して置く。またマミ（狸の一種）も近頃の公卿・殿上人の好む肴だと言う。私が少年の時、越部庄から兎や山鳥の包み物を届けてくれたが、父は「これは皆、我々の尋常の食べ物ではない。青侍に与えよ」と命じた事があった。ところが今や左衛門佐ともあろう経長などは狸を食べているそうだ。

## 奇怪の物の夜行

七十二歳五月記。

昨夜、冷泉宅の門前に奇怪の物がいた。夜半を過ぎる頃、東の方へ通り過ぎるので、青侍二人が車宿の上に登って窺い見たのだが、二人共奇怪の物を見たと言う。その物は火光を持っているが松明《たいまつ》ではなく、巨大な脂燭《しそく》（松の木で作るローソク状の照明具）で、たいそう青い光である。万里小路《までのこうじ》を南行し、冷泉小路を西に向かった。背丈は人よりも一メートル以上高く、顔は蹴鞠の鞠のような大顔で、法師姿をしている。脂燭を掲げ持つ従者は背丈が高くないので、夜間巡視の者が屋形をかついで従っているのかと思って見ていると、左大将良実邸の門前で、人間と同じ声で以て、「下《しも》へ行くのがよかろうか」と二回言った。言い終わると、たちまち消え失せたと思ったら、すぐ二条通りに火光が見えた。そして故雅経宅の柳や桜の梢を透かして見えながら、大頭の者が高倉通りを南へ通り過ぎて行った。

あの世の物とも、この世の物とも知れない物の怖ろしさは、聞く度に肝が縮む。末代にもやはり怪奇の物は居るものか。

## 仁快僧正、怨霊となる

七十三歳八月記。

聚洛院《じゅらくいん》僧正仁快と呼ばれた人は、平安末期の関白基房の子である。基房は平清盛と争い、波乱の一生を送った人であるが、仁快僧正も僧正や天台座主の地位を争った果てに怨みを含んで死に、怨霊になったと恐れられた人である。

最初は、権僧正の時、正僧正の地位を争った。「権《ごん》」とは定員外の仮の官位を言う語で、

「正」の次に位置する。正僧正に空席が出来た時、弟の実尊が補せられたので、仁快は直ちに後堀河天皇に訴えた。「自分は天皇の御持僧を勤めて来た功績もあるのに、今、同腹の弟が正僧正に補せられ、面目を失いました。御持僧の役も権僧正の地位も辞退します」と怨んだので、天皇は納受されて正僧正に加えようとされたが、そうなると良快・良尊・道誉・親厳たちも訴え始めて収拾がつかなくなった。結局、良快・良尊・仁快の三人を昇進させる事で決着したのだが、僧位僧官の争いも貴族官人と変わる所はなく、贈収賄による昇進運動も珍しくなかったと定家は伝えている。

その二年後、今度は天台座主を争う事になった。延暦寺一門を統理する要職で、僧として最高の名誉である。寛喜元年（一二二九）四月、尊性親王が座主を辞職された後任に仁快が懇望し、後堀河天皇も承認された。ところが延暦寺の衆徒は全く承知せず、天皇が宣旨を下されようとも、来たら追い返そうと構えていた。当時は衆徒の意向に反する事には常にこうであった。「世上ノ事、実ニ以テ乱レタル糸ノゴトシ」である。結局ライバルとも言うべき良快が座主に補せられた。間もなく仁快は「恨ミヲ含ミテ終命」した。

それから五年、後堀河院が病まれたが、脚気・下痢・発熱・腹水のほか手足の腫など症状が多く、医師も治療に迷うほどで、おそらく邪気（もののけ）による病のように見えたという。雑人どもは早くから仁快僧正の崇《たたり》だと騒いでいた。院本人は物の怪ではないとおっしゃるそうだが、それが却って怪しまれて諸方一同に仁快僧正の霊だと申されていたが、翌々日、病状は急変し、崩御された。文暦元年(一二三四)八月六日、二十三歳であった。

その五日後の事である。菅良頼が書を読んでいると、前に坐っていた召使の小女が、いきなり「私は仁快である」と言った。良頼が不思議がって聞くと、「そなたは仁快と申した聚洛院僧正を知らないのか。言いたい事があってここに来たのだ」と。良頼が驚いて長押《なげし》を下りて下段に坐ると、「陰陽師範実が北野に参ろうとして前を通るから呼び入れよ。綾小路宮(尊性親王。現、天台座主)に申すべき事があるのだ」という。果たして範実が車で通りかかったので招き入れると、北野に参り、綾小路宮に参上するところだった。仁快は範実に言う、「座主に補する由、前日には内々に仰せられたので、父松殿基房に伝えると、名誉な事だと非常に悦ばれた。ところがその夜変改して良快が補せられた。この恨みにより私は九日目に乾き死にした(絶食して飢死した意味か)。後堀河院については、なお守りすべきではあったが、ならず、こんな政治をする輩をみな滅亡させるつもりだ」と。範実が「それなら座主を怨みなさるべきではないか」と言うと、答えて「私は存命中、行徳があの座主に劣っていたので、今も付け入る隙がないのだ。そこで綾小路宮に、座主に還補《かんぽ》(同じ職に再び就くこと)なさるべき由を申し上げてほしい。私は後堀河院の御命を守れなかったが、いつもこの家の庭の柳の木で羽を休めているのだ」と語った。

記事はこれで終わるが、仁快の没後、良快は三年で天台座主を辞し、綾小路宮尊性親王が還補されて現任中である。それを仁快は死後の事で知らなかったとでも考えなければ、綾小路宮への伝言内容が合理的に理解できないように思う。ともあれ世に知られた怨霊であったらしい。こうした詳細な記事が、故実・典礼を記す「日記」中に見える事に驚くが、単に定家の好奇心によるのみではなく、当時の人々が世間の事実譚を好んで聞きたがる世相の反映であろうかとも思える。説話好みはいつの時代にもあろうが、この当時は「説話文学」を代表する『宇治拾遺物語』が書かれ、定家の知友源顕兼も『古事談』を書いている。歌会や花見で何回も同席して面識があったはずの鴨長明も『発心集』を著している。『平家物語』にしても、様々な人物の武勇談や悲話など個人的説話の集成と見なす事も出来そうである。

そうした時代相にかこつけて「定家の説話文学」として見た。

# 明月記抄——定家年齢譜

1 国書刊行会本に拠り、その写本の現存状況を略記する。
2 内容は定家とその時代相関連記事を選んだ。
3 ○付き数字の月は閏月、※印は『明月記』以外を示す。

| 年齢 | 月日 | 記事 |
|---|---|---|
| 若年時（『明月記』中で後年回想した記事） | | |
| 十四歳 | 2月 | 赤斑瘡《あかもがさ》（はしか） ［六十六歳の11・11の回想］ |
| 十六歳 | 3月 | 皰瘡《ほうそう》（天然痘） ［右と同日の回想］<br>右二度とも、生死の境に立たされた。 ［前編二四の項に詳記］ |
| 十八歳 | 3・11 | 内の昇殿を許される。 ［七〇歳の3・11の回想］ |
| | 2・5 | 『明月記』の記事がこの日より始まる。 |
| | 2・14 | 俊成の五条京極亭、近火に類焼。明月片雲なく、梅の香を愛でて徘徊する深夜、たちまち焼亡する。文書等多く焼ける。時に俊成六十七歳。 ［前編一の項に詳記］ |

| | | |
|---|---|---|
| 治承四年（一一八〇）（『明月記』欠日多く一・八月は全欠）十九歳 | 4・29 | 京に大辻風吹く。樹木を抜き、人家や車等皆吹き上げる。翌日前斎宮好子の四条殿に、出仕の姉健御前を見舞う。御所の惨状甚だしく、「姫宮を抱き、存命出来るとは思えなかった」と。『方丈記』も伝える大辻風。〔前編六の項に詳記〕 |
| | 5・16 | 以仁王が平氏に謀反し挙兵、園城寺に拠る。頼政も自邸を焼き払い合流した「賊徒」。以仁王の姉前斎宮や健御前は逃げ出す。八条院御所も捜索され、猶子の以仁王子が連行されて出家する。 |
| | 5・26 | 賊徒は奈良に去ろうとして宇治で官軍と合戦、討滅される。 |
| | 5・30 | にわかに福原へ遷都の由。上下奔走周章し悲泣する外なし。 |
| | 9月 | 「世上の乱逆追討、耳に満つといへどもこれを注せず。紅旗征戎は吾が事にあらず」と著名句を記す。右少将平維盛が源頼朝追討軍を率いて近く東国に下向すると。〔前編四の項に詳記〕 |
| | 9・15 | 遷都後、寂として車馬の声を聞かず。夜半、大流星を見る。〔前編三の項に詳記〕 |
| | 11・7 | 平維盛、坂東より逃げ帰り六波羅に入る。清盛、激怒する。 |
| | 11・8 | 前斎宮好子、摂津に下向。俊成が健御前を連れ戻す。 |
| | 11・26 | 福原より還都。歓喜の涙禁じがたし。 |
| | 12・2 | 木曽義仲追討のため、平知盛ら近江に発向する。 |
| | 12・29 | 平重衡が南都を攻め、東大寺・興福寺を焼く。弾指すべし。 |
| | 1・3 | 俊成の命で初めて三条殿の式子内親王に参る。薫物高く匂う。（年賀のためで |

| | | |
|---|---|---|
| 養和元年（一一八一）（『明月記』欠日多く、七・十月は全欠）二〇歳 | | あろう）［前編一〇の項に詳記］ |
| | 1・14 | 高倉院崩御。心肝砕くるがごとし。世運尽きたるか。葬送を見送りつつ、落涙千万行なり。［前編五の項に詳記］ |
| | 2・5 | 入道前太政大臣平清盛（六十四歳）没す。臨終に動熱悶絶したと噂。 |
| | 6・12 | 平維盛、頭中将となる。俊成の命により慶賀のため維盛宅に行き、その妻（定家の姪。姉京極殿の次女）に、障子を隔てて謁して帰る。［維盛妻については前編四の項に詳記］ |
| | 9・27 | 俊成に連れられ法住寺の萱《かや》御所の式子内親王に参る。御弾箏の事ありと聞く。 |
| 寿永元年（一一八二）（『明月記』全欠）二十一歳 | | |
| 寿永二年（一一八三）（『明月記』全欠）二十二歳 | 春 | ※姉健御前、鳥羽天皇皇女八条院に出仕する。［たまきはる］ |
| | 7・25 | ※平氏一門、安徳天皇を奉じて西海に向かう。 |
| | 11・19 | ※木曽義仲、後白河院法住寺御所を襲撃、院を幽閉する。 |
| 元暦元年（一一八四）（『明月記』全 | 3・28 | ※平維盛（二十七歳）、屋島を抜け出して高野山・熊野那智に参詣した後、那智沖にて入水する。［前編四の項に詳記］ |

| | | |
|---|---|---|
| 欠）<br>二十三歳 | | |
| 文治元年<br>（一一八五）<br>（『明月記』全欠）<br>二十四歳 | 3・24 | ※平氏一門、安徳帝（八歳）と共に壇ノ浦に入水し滅亡する。 |
| | 11・22 | ※定家、源雅行と闘争、除籍される。［前編四の項に詳記］ |
| | 11・29 | ※源頼朝に守護・地頭の設置を許す。［前編一九の項に詳記］ |
| | 12・29 | ※九条兼実を内覧（摂関相当）とする。頼朝の奏請。［玉葉］ |
| 文治二年<br>（一一八六）<br>（『明月記』全欠）<br>二十五歳 | この年 | 定家、九条兼実に出仕。雑役匹夫の如しと。［寛喜二・7・12］ |
| 文治三年<br>（一一八七）<br>（『明月記』全欠）<br>二十六歳 | 8・21 | ※兼実、氏の長者として宇治平等院参り。供奉する。［玉葉］ |
| 文治四年<br>（一一八八）<br>（『明月記』四・九月の三日分のみ） | 4・22 | 俊成、『千載集』奏覧。自筆にて清書。蒔絵の箱に納める。殊に叡感あり。［関係記事、前編二の項参照］ |
| | 9・29 | 秋の末日の感懐黙止しがたく、殷富門院（亮子内親王）御所に参り、女房や、また同じく参入した公衡中将等と連歌・和歌・狂言などして一夜を遊ぶ。余韻 |

| | | |
|---|---|---|
| 二十七歳 | | さめず天明に帰る。 |
| 文治五年（一一八九）（『明月記』全欠）二十八歳 | 11・13 | ※左少将に任じられる。 |
| 建久元年（一一九〇）（『明月記』十二月の二日分のみ現存）二十九歳 | 2・16 | ※西行（七十三歳）没す。『新古今集』最多の九六首入集した歌人。俊成・定家と親交あり。歌集『山家集《さんかしゅう》』。 |
| 建久二年（一一九一）（『明月記』八月の三日分のみ現存）三〇歳 | 8・3 | 九条良経の作文《さくもん》（漢詩）・管弦・和歌の会に招かれる。良経は兼実の子、二十三歳。当時を代表する文人貴公子で、最近、源頼朝の姪を妻に迎えた。定家は以後親近する。 |
| 建久三年（一一九二）（『明月記』三 | 3・13 | 後白河院（六十六歳）崩御。御臨終に違乱なし。院寵愛の女房で、政務を左右して来た権女丹後局は出家した。 |
| | 4・28 | 式子内親王に水精（水晶）の念珠十二を進上。翌日に故父院の仏事を行われる用途であろう。 |

| | | |
|---|---|---|
| ・四月の他は二日分のみ）三十一歳 | 4・30 | 八条院、故兄院の仏事を催すも、参会の殿上人少なく、しかも平服多し。後白河院崩御後は八条院を軽視する態度があからさまになる。 |
| | 7・12 | ※源頼朝、征夷大将軍に任じられる。鎌倉時代始まる。［前編九の項に詳記］ |
| 建久四年（一一九三）（『明月記』全欠）三十二歳 | 2・13 | 定家母（七〇歳位か）没す。［天福元・2・13の回想］。定家は重病中にこの喪に遭い、悲嘆は兄弟姉妹に勝ると。 |
| 建久五年（一一九四）（『明月記』十二月の一日分のみ）三十三歳 | この年 | 実宗女（二十九歳）と結婚（後妻）。［前編八の項に詳記］ |
| 建久六年（一一九五）（『明月記』十二月の一日分のみ）三十四歳 | 8・13 | ※九条兼実女の任子（後鳥羽天皇中宮）、皇女を生む。 |
| | 11・1 | ※土御門通親養女の在子（後鳥羽天皇妃）、皇子を生む。右の男女の差が翌年の九条家失脚の一因になったとされる。 |
| | 12月 | ※任子所生の昇子内親王、八条院猶子となる。［三長記］姉健御前、昇子の養育係となり、周囲と激しく対立する。［前編六の項に詳記］ |
| | この年 | 長女（後の民部卿典侍因子）誕生。 |

| | | |
|---|---|---|
| 建久七年（一一九六）（『明月記』五・六月の他は欠日多し）三十五歳 | 6・10 | 兼実参内の供奉を、病と称して断り、従兄弟の仏事に参列。それを兼実に知られ厳しく譴責される。所詮、何をかなさんや。 |
| | 6・16 | 兼実より伊予の小所領を賜る。畏れ悦んで出仕する。 |
| | 11・25 | ※「建久の政変」起こる。関白兼実が罷免され、基通が関白・氏の長者となる。九条家一門は失脚し、臣従する定家ら関係者も沈淪の時期を迎える。源通親が「兼実に叛意あり」と上奏した策謀とされる。［三長記など］［前編七の項に詳記］ |
| 建久八年（一一九七）（『明月記』二日分のみ現存）三十六歳 | 12・5 | 仁和寺御室の守覚法親王より五十首歌を求められる。歌道・学才の誉高い方からで、沈淪中の身であるが悦んで領状する。 |
| 建久九年（一一九八）（『明月記』一・二月の他は一日分のみ）三十七歳 | 1・7 | 後鳥羽天皇退位の聞こえあり、生母七条院御所は火の消えたごとしという。通親が結構するからには、帝王以下思い通りで、皇太子は必定通親の外孫（養女在子の子で、次の土御門天皇）以外であるはずはなかろう。こうした重大事が掌を返すがごとく軽率に行われると是非に迷うだけだ。私の官職（左少将）は奪われるだろうが、それまでは出仕するだけだ。 |
| | 1・15 | 新帝・新院の昇殿を、定家兄弟は許されず。「恥だから院参して所役に従事するいわれはない」と抵抗する。 |
| | 1・18 | 九条兼実に「もはや官途の望みは絶ちました。人に超越されても全く痛まず、 |

| | |
|---|---|
| | 解官さえなければ怠らず出仕します」と申すと立派な心掛けだと感言を賜った。 |
| 1・25 | 兼実より『資房卿記』七巻（平安中期の藤原資房の日記）を貸与される。人皆秘匿して年来借り得なかった書。極めてありがたく、殊に味わい楽しみつつ書写する。 |
| 1・27 | 後鳥羽院、退位後の近日は密々に女車にて京中・辺地を日夜に御歴覧あれば、注意すべし。 |
| 2・5 | ※平維盛の嫡男六代、田越河にて斬られる。「それよりしてこそ平家の子孫は永く絶えにけれ」。［平家物語］ |
| 2・22 | 九条良経より『宇治左府御別記』（博学で著名な藤原頼長の著作）を借覧する。 |
| 2・24 | 斎院（式子内親王か）の桜を頂き、自宅に植える。 |
| 2・25 | 文覚上人、先日俊成を訪ね自称「秀歌」を申して去る。（文覚は、元武士だが誤って人妻を斬り出家。後白河院に暴言を吐いて伊豆に流され、そこで頼朝の知遇を得た。帰洛後、神護寺の再興等に尽くし、また平維盛の子六代の命乞いをして預かっていたが、結局先日斬られたなど、当時、著名な異色の僧） |
| この年 | 為家誕生する。幼名三名。 |

| | |
|---|---|
| 1・11 | 姉健御前は、八条院猶子昇子内親王（後鳥羽院皇女）の養育係を勤めているが、養育を巡って周囲と喧嘩口舌が絶えず、それの排斥を企てる者、また乳母が虚言狂乱する言語道断の事態が起こる。帰参するのも「凶女の舌端、虎口に入るがごとし」で甚だ由なき宮仕えである。［前編六の項に詳記］ |
| 1・18 | 源頼朝が五日前に没したと関東より報。「朝家の大事、何事かこれに過ぎんや。 |

| | | |
|---|---|---|
| | | 怖畏逼迫するの世か」。 |
| 正治元年（一一九九）（『明月記』十・十一月は全欠）三十八歳 | 1・20 | 源通親が頼朝没を知らなかった事にして急に除目を行い、自らを右大将に任ずる。その後逝去を知って驚嘆した由にて閉門し院中に籠り、厳重に警護させる。定家は「奇謀の至りなり」と驚嘆する。［前編七の項に詳記］ |
| | 1・30 | 嵯峨に行き宿す。（嵯峨別業の事初出。この頃成るか） |
| | 2・28 | 姉健御前、今日遂に八条院より、灸治の名目で退出する、と聞くも、なお留まる由、翌日聞く。（養育を巡り喧嘩中） |
| | 3・24 | 小児らを連れて嵯峨に行く。滞在二十四日。 |
| | 3・25 | 安芸権介兼務となる。「見捨てられていなかったのか」と思う。 |
| | 6・20 | 健御前、養育係を解かれ、八条院付きの女房として帰参する。 |
| | 6・22 | 九条良経、任左大臣。その報を待って終日兼実の許にあり。心中の欣悦例えをとるに物なし。九条家復権の始まり。定家は執事家司となる。［前編七の項に詳記］ |
| | 7・13 | 瘧《おこり》病、天下に蔓延し、わが家も小児三人が共に病むは不思議。発熱病悩する。［前編二四の項に詳記］ |
| | 7・14 | 法性寺にて盆供をして騎馬での帰途、後鳥羽院御車に出会う。速き事飛ぶがごとく、辛うじて逃隠し得た。慎み怖るべし。もし下馬できなかったらどうなったか。［前編一一の項に詳記］ |
| | 7・25 | 兼実より下総三崎庄を賜る。遠所であるが御志の至り、面目本意なり。直ちに雑色を下向させたが、地頭が従うか否か。 |
| | 8・14 | 瘧病にかかるか。手足の継ぎ目痛く、冷えて前後不覚、夜半に安堵する。去年 |

も病んだが、運が尽きたものか。湯に入るに浴槽中で発症、高熱悶絶し終夜辛苦する。僧聖尊の護身により瘧病落ちる。感悦して一牛を贈る。
［前編二四の項に詳記］

8・29 甚雨が続き、大水害。越部庄（兵庫）は洪水が山陵に及ぶ程で、日照りの害を免れた所は水損して余残もない。不運の身が乱代に遭い、何を以て余命を支えられようか。哀しみて余りあり。

9・3 水害のため貢納なく、家中、今月以後総じて頼む所なく、日夜天を仰ぐのみ。損亡を見るため家令忠弘を越部に下向させる。［前編八の項に詳記］

9・12 龍寿御前（式子内親王女房）が大炊殿御所の怪異を語る。去年七月頃、車寄せの小部屋に同形の寸分違わぬ者が六人いたのをある女房が見たが、恐れて詳細は黙秘すると。奇怪な事だ。その他にも種々の奇怪事ありと。
［前編一〇の項に詳記］

9・17 慶忠法橋、深夜、歌を語るために入来。希代の逸物にして月夜の来臨、道の面目、珍重々々。明月蒼々として心緒を述べる。

9・24 忠弘、越部庄より帰来。水損甚だしいが、二十町の得田（年貢を取れる田地）を決めて来たと。

12・2 健御前が重病危急。今朝見舞うに病状落居している。

12・4 式子内親王、病状日ごとに増す。健御前も重篤にて、死を覚悟して嵯峨に移りたがるが、辺土の居は不便なので留める。

12・6 伊勢の小阿射賀《こあざか》庄へ、貢納催促のため山法師を下向させる。

12・26 伊勢より山法師帰来。百姓等は出会ったが、地頭が恐ろしくて貢納物をまだ頂

| | | |
|---|---|---|
| | | いていないと。来年を期して空しく帰る。 |
| | 12・29 | 九条家を通して、正四位下への加階と昇殿の許しを申し入れるが成らず。私への院の御気色が不快の故という。だが実は、取次ぎの権勢者に、私が昇進運動をしないので嫌われているからだと思う。しかし私の天運は左右出来ないはずだから、今愁嘆の限りではない。〔前編七の項に詳記〕 |
| 正治二年（一二〇〇）（『明月記』四・五・六月はほぼ欠）三十九歳 | 1・6 | 卿典侍兼子が八条院の御給を奪って、自分の縁故者に与える。御給は院・女院等が持つ収入手段で、希望者に売って昇進させる売官の一種。ここは八条院の内意の人を斥け、兼子が女院の許しも得ずに勝手にすり替えたもの。（兼子は後鳥羽院乳母として政務を操った権女） |
| | 1・19 | 雪の朝、兼実に参るに、「天曙に参って雪山を造る程の風流心がないのか。愚か者よ。父祖を同じくする子孫ではないか」と叱られる。〔前編七の項に詳記〕 |
| | 2・9 | 院中の御遊、近日は鬼叩きが盛んで、源顕兼が鬼になる時は、院の御気色不快の人をよい事に大杖を以て強く張り伏せると。「世上の体ただ運なり。これを為すこと如何せん」。（院中の狂態を示す一例。顕兼は定家と親しく、『古事談』著者）〔前編一一の項に詳記〕 |
| | 2・21 | 姉五条の上（八条院三条。五十三歳。俊成卿女母）没す。兄弟姉妹の内の最初の喪。殊に哀慟する。俊成も悲哀言う限りなしと。ところが夫盛頼が、時行《じこう》（流行病）による死者は仏事をしない物だと言い出したので当惑する。真偽未詳ながら葬送する。 |
| | ②・4 | 伊勢小阿射賀荘に遣わした使者が地頭に追い返される。鎌倉に訴えるべきか。 |

| 年 | 月日 | 事項 |
|---|---|---|
| 正治二年（一二〇〇）（『明月記』四・五・六月はほぼ欠）三十九歳 | ②・10 | この頃、写経に励む。法華経・無量義経・普賢経。 |
| | ②・12 | 吉田経房（五十九歳）昨日没す。俊成の甥で妻は平維盛の旧妻。正二位権大納言。能吏として知られ、故事に通じ、日記『吉記』を残した。式子内親王の後見役として尽力して来た人。 |
| | ②・16 | 後鳥羽院乳母の範子（源通親妻。卿二位兼子の姉）、人の墓所堂跡を横領する。権女丹後局は、後鳥羽院日吉御幸に輿で随行。公卿等皆地に降りて礼容したが、公経は物陰に輿を入れて隠れた。それにより院から「無礼とは思わないのか。華族の家格を守る気があるのか」と叱責された。〔前編一一の項に詳記〕 |
| | ②・23 | 宣陽門院御所にて、武士主従が蔵人を殺害する。「未曾有不思議の事か。末代の然らしむるなり」。 |
| | 3・3 | 自宅に詩人・歌人ら九人を招き、詩講・雑遊・舞を楽しむ。〔前編四の項に詳記〕 |
| | 3・6 | 式子内親王、御乳に悪性のできものと聞く。〔式子内親王関係記事は前編一〇の項参照〕 |
| | 3・10 | 終日家に在り、『白氏文集』を愛読する。 |
| | 3・15 | 吉富荘の代官杲云《ごううん》が、庄内通過の越後検注使に狼藉、馬等を奪う。それを九条良経に責められ対応に苦しむ。 |
| | 3・27 | 寂蓮の子の七条院蔵人保季が、武士の妻を犯して夫に斬殺される。見る者市をなす。犯人は逸物の馬で逐電。武士が殿上人を殺害するとは言語道断である。〔前編四の項に詳記〕 |
| | 4・6 | 皇太后宮より歌合出詠を求められたが、六条派の季経ごときエセ歌詠みが判者では堪えがたいと申して断る。季経は激怒し、仲介した良経にも疎まれたが、 |

| | |
|---|---|
| 7・5 | 無益の事として出仕せず。［前編一一の項に詳記］<br>某人（卿二位兼子であろう）に追従として、単重ね二領・紅袴二腰・生《すずし》の小袖二領を贈る。自筆の返事あり。 |
| 7・13 | 九条良経の室（三十四歳。源頼朝の姪）、赤痢により没す。定家は所労と称して参らず。 |
| 7・18 | 後鳥羽院「正治百首」の催しに、作者は「老者に限る」として四〇歳以下を除く。季経が源通親に賄を贈って決めた、定家を除く工作である。それならば遺恨にも思わず、望みもしないと。 |
| 8・1 | 家令忠弘宅に群盗入り、雑物を皆盗む。辛うじて存命すると。信濃小路高倉辺は怖畏堪えがたい所である。 |
| 8・9 | 「正治百首」作者に加えられる。「二世の願望すでに満つ」と大いに悦ぶ。俊成が長文の「和字奏状」で院に直訴した結果加えられたもの。奏状には「作者は力量で選ぶべきで、老者に限る事など例がない不当事。季経ごとき不見識・無教養の者の策略によるのはいみじき大事です」という激しい内容があった。［前編一一の項に詳記］ |
| 8・26 | 百首歌を詠進して内の昇殿を許される。地下人の述懐を憐れまれたものか。和歌の道の面目幽玄、後代の美談であろう。 |
| 8・28 | この百首歌「殊に叡慮に叶うの由、方々より聞く。道の面目、本意何事かこれに過ぎんや」。（後鳥羽院歌壇に加わる） |
| 9・9 | 式子内親王、昨日より殊に重き御悩み。御鼻垂れ熱ありと。 |
| 9・12 | 八条院御所に近火あり。火勢盛んで、車で避難されたが、公卿一人も参らず。 |

| | |
|---|---|
| | 後白河院在世当時とは大きな隔たりである。 |
| 10・1 | 春宮《とうぐう》（皇太子。後の順徳天皇）が式子内親王の猶子となり渡御の予定と。そのため御所の修理や女房の衣装新調など大変な事になりそうだ、と女房（姉龍寿御前か）語る。 |
| 10・27 | 正四位下に叙せられる。九条家失脚以来初の加階。叡慮の趣まことにかたじけなし。女房丹後局が知らせて来た。（丹後局はかつて九条家失脚を図った政敵の一人であるが、それが知らせたのは自分の働きで加階したと定家に伝える意図があろう。院の評価を得た定家を懐柔する動きであろうか） |
| 11・8 | 通親が「老少影供歌合」を自邸で行い、無理に俊成・定家を召し出す。もてあそびにしたもので、正気ではいられなかった。（「影供《えいぐ》」は人麻呂影像を言い、それを掲げて歌会を開く事がこの年ころから流行し始めたとされる） |
| 12・1 | 昨日の七条辺大火、一宇を残さず。姉龍寿御前の七条坊門宅も焼亡する。八条院は近火であったが庁の官人も参らなかった。 |
| 12・7 | 式子内親王、近日病重し。御足大いに腫れ、御灸あるも熱くないと。極めて怖れあり。ひとえにこれ天魔のしわざである。医師は熱・風邪・脚気などと申すが信用なさらず、御祈りもなさらない。周囲の者が心配で祈念しているだけだ。 |
| 12・10 | 内親王の病状変わらず。今夜進物屋の北に宿り伺候した。 |
| 12・28 | 内親王の御腫、事の外に減ずる由医家申す。承悦極まりなし。<br>［前編一〇の項に詳記］ |
| 1・25 | ※式子内親王（五十三歳）没す。（定家の姉二人が出仕していた） |
| 3・19 | 水無瀬殿御幸に供奉する。五日間の御遊あり。二十余人の近臣が供奉。皆新調 |

| | | |
|---|---|---|
| 建仁元年（一二〇一）（『明月記』三月後半・十・十一・十二月が現存。他の月は欠日が多い。ただし十一・十二月は月日の錯乱が多い）四〇歳 | | の衣装を着る。清選された遊女・白拍子が参る。郢曲《えいきょく》（中国の俗曲）・神歌・舞・今様・碁・将棋・乗馬・乱舞等あり。［前編一一の項に詳記］ |
| | 3・29 | 「新宮撰歌合」にて院の激賞を受ける。「いづれの歌といへどもこの歌に勝るべからずと。道の面目何事かこれに過ぎんや。感涙禁じがたし」。 |
| | 7・26 | 和歌所の寄人となる。和歌所は『新古今集』撰集を掌る院御所内の役所で、寄人はその職員。十余人あった。 |
| | 8・9 | 熊野御幸の供奉を命じられる。面目過分であるが虚弱の身はどうなろうか。供人は公卿三人、殿上人七人、みな清撰の近臣である。俗骨独り交じる。自愛すべし。 |
| | 10・5 | 熊野御幸出立。熊野九十九王子では、和歌・神楽・相撲等を献じながら、十六日に本宮参詣。山川千里を過ぎて宝前に拝し、感涙禁じがたし。祈る所はただ出離生死、臨終正念である。十八日に新宮、十九日に那智参詣。そこから最大の難所雲取り越えをして二十六日に帰洛。往復二十二日、百七十里（六百八十キロ）の行程であった。［前編一二の項に詳記］ |
| | 11・3 | 『新古今集』撰進の宣下あり。撰者六人。 |
| | 12・2 | 妻の実家（実宗邸）焼亡する。 |
| | 12・6 | 日吉社に参籠七日間。終日写経しながら思うには、次の除目に恩（中将に任じられる事）に漏れたら大恥である。出仕をやめたいが、息子為家の将来を思うとそれも出来ず、心も砕ける。今度限りの祈念にしたい。［前編一三の項に詳記］ |
| | 12・28 | 源通具が妻（後の俊成卿女）を離別して、権勢の新妻を迎える事を、歌友定家 |

| | | |
|---|---|---|
| | | に告げる。「近代の法、ただ権勢を先となす。何をか為さんや」。［前編二の項に詳記］ |
| | 12・30 | 九条宅は破屋のため、正月の間は高倉宅に移る。歳暮すでに迫り、生涯空しく過ぎる。家中いよいよ欠乏してせん方なし。 |
| 建仁二年（一二〇二）（『明月記』一月から九月の外は数日分が現存）四十一歳 | 1・25 | 式子内親王一周忌仏事に参る。姉龍寿御前、旧御所にて御没後一年間の追善供養を終え、今日退下する。 |
| | 1・28 | 九条兼実、法然房を戒師として出家。妻室の七七日に遁世した例を聞かず。法師の勤めを行うのはよいが、病気になった時は看病をどうされるのか。後の嘲りとなろうか。 |
| | 2・7 | 兼実より伊賀大内東庄を賜る。近いので極めて本望である。かつて賜った三崎庄（千葉県）は地頭が不法奇怪なため去年辞退した。大内東庄はその替わりだが、翌年召し上げられる。 |
| | 3・10 | 院より競馬の勝者に与える褒美（多くは衣服）の用意を命じられる。城南寺馬場・八幡・賀茂と連々に競馬があり、不運の沈老には耐え難い事である。 |
| | 3・11 | 九条宅より冷泉高倉に移る。妻を具して入り、食事後一寝し、祭を修せしめる。（新居に入る儀式であろう） |
| | 4・1 | 伊勢神宮祢宜、歌の好士にして、今日入門する。 |
| | 5・4 | 近日、群盗競い起こる。院女房が外出して鳥羽路にて盗難に遭う。こんな悪事にも院の御沙汰はなく、ただ遊覧の外なしで、近頃はもっぱら神泉苑で猪狩り。神龍の心、恐るべきか。 |
| | 5・17 | 九条良経の若君の春日社詣に供する。故僧都（兄覚弁）宅に宿泊して尼公（定 |

| | |
|---|---|
| | 家妻の母）と数子に会う。悲哀禁じがたし。（この尼公はやがて妻の懇望により定家宅に引き取られる） |
| 5・28 | 水無瀬殿に参仕するも奉公無益を嘆く。奉公に奔走しても貧老の身には無益な事。妻子を棄て家を離れて荒屋に困臥するに、雨は寝所に漏り、終夜退屈するのみ。六月に入り大雨注ぐがごとく水無瀬河溢れるも遊女・白拍子の歓楽・歌合等続き、院には還御の御意向なし。六日、洪水は遂に御所に浸水、兵士屋が流失する程で危急となったが還御なく、参仕は半月に及ぶ。 |
| 6・14 | 大内に参るに、陽明門内は牛ひしめきて甚だ狼藉。殿舎は破壊され、露台は傾く。眼前の衰退、悲しみて余りあり。〔前編二二の項に詳記〕 |
| 6・15 | 院の御製と定家の歌を合わせて勅判あり。面目過分なり。 |
| 7・8 | 兼実より経典講説の布施を求められ、貧にして計略なき旨を申すと勘当された。「刑あれども賞なきはその本性なり」。 |
| 7・9 | 実全法印が、通親・卿三位兼子、山法師に多くの賄賂を贈り、天台座主に任じられた。末世はただこれに依るのみで、道理の通る世ではない。〔前編一三の項に詳記〕 |
| 7・13 | 「俊成卿女」が院女房として参仕する。夫通具が新妻を得て、旧妻（俊成孫女）を棄てた見返りに、歌芸による院出仕と称して、事前に「俊成卿女」という女房名（稲村仮説）と、禁色を許すという異例の待遇をして、下にも置かぬもてなしで出仕させた。〔前編二の項に詳記〕 |
| 7・20 | 寂蓮入道（六十一歳位）没す。幼少の昔より親しみ、和歌の道においては奇異の逸物であった。恨むべく悲しむべき思いが深い。 |

| | |
|---|---|
| 8・22 | 昇子内親王（八条院猶子。健御前が養育に当たった方）が眼病のため日吉社に参籠中、人々を呪咀《じゅそ》（のろう事）していると、権門の人々が騒いだ。故式子内親王も同じ噂に悩まれたが、近代の生老病死はみな呪咀によるとでも思っているのか。これみな業報のみ。末代の極み、悲しむべき世である。［前編一〇の項に詳記］ |
| 8・27 | 奈良尼公（妻の母）が健御前の案内で、九条の坤（南西）の新屋に入る。妻の懇望により新屋を造営して迎え取ったもの。 |
| 10・21 | ※源通親（五十四歳）没す。院をも操る権臣で、九条家を失脚させ、親幕派を弾圧した人。定家は昇進を妨害されたと折々記す。 |
| ⑩・21 | （反故裏。某人からの賀状への返事下書き）定家、左中将に転ぜられる。朝恩に浴し自愛極まりなし。 |
| 1・13 | 除目あり、定家が美濃介を兼ねる。「介」は国府の次官であるが、任国には赴かず、中将等が兼帯する事が多かった。この除目は院の御意向によるという。去年までは通親を憚られていたが、今は権門女房がのさばり、摂政良経の力も及ばぬ程だと言われる中での院による除目である。 |
| 1・19 | 定家乳母、長楽寺尼が重態、二十一日没。こびへつらいのなかった人。心中もっとも悲嘆する。［前編六の項に詳記］ |
| 3・1 | 為家（六歳）を相具し、院に拝謁。御製一首を賜る。感悦の余り落涙禁じがたし。 |
| 3・15 | 日吉社参詣中、石痳《せきりん》病（腎臓結石）顕現する。この病者は必ず幾年を経ずして死すと。悲しむべし。 |

建仁三年（一二〇三）（『明月記』欠なし）四十二歳

| | |
|---|---|
| 7・7 | 有馬湯に行き、四日間滞在。地形幽にして遠水を望む。また山奥の飛瀧を見る。高さ十メートル、雲涯より落つるがごとし。 |
| 8・6 | 九条の尼上（妻の母）の屋に白鷺が止まり、不吉として転居を望むも行き先なく、健御前がなだめ留まらせる。 |
| 9・8 | 夜前、頼家弟の実朝に将軍の宣旨が下った。 |
| 10・15 | この頃、山僧と武士の合戦続く。逮捕状の出ていた僧九人を武士が見つけて斬った事に端を発して激しい合戦となる。死傷者多く、引き分ける。［以下、闘争記は前編一六の項に詳記］ |
| 10・19 | 冷泉宅近火。向かいの家は焼けたが類焼を免れる。冥助なり。 |
| 10・29 | 家令文義宅焼亡。修理のため預けておいた車も焼けた。 |
| 11・22 | 明日、俊成が院より九十賀を賜る。『明月記』に当日二十三日の記事はない。『源家長日記』等によると、和歌所において、成家・定家の両息に抱えられて俊成が参上し、賜り物や和歌・管弦等で盛大に祝福された。 |
| 12・2 | 院御所の二条殿、地を払って焼亡する。一年前に造営されたばかりだが、その造営には金銀のぜいを尽くし、国土衰弊をもたらした。天がその災いを払い除けたものであろう。 |
| 12・10 | 宇治に院の新御所成る。調度品数百点を列挙する。 |
| 12・16 | 院の日吉御幸に供奉するに、十禅師の坂道にて定家は歩行させられる。足の悪い老者が雪道で滑るのを見て嘲弄するためである。すこぶる無興にして恐れあり。［前編一一の項に詳記］ |
| 12・17 | 姉朱雀尼上（五〇歳）没す。夫、故大納言宗家はかつて定家を猶子としていた |

| | | |
|---|---|---|
| | 12・22 | 人。尼上は本性甚だ廉直の人であった。<br>院御所の京極殿に放火あるも打ち消す。翌朝また放火される。 |
| 元久元年<br>（一二〇四）<br>（『明月記』九・十月は欠日が多い）<br>四十三歳 | 1・19 | 宵の刻に北・北東に赤気（彗星か）あり。その根は月の出方のようで色は白明。赤・白の筋を長く引く。奇にして恐るべし。翌々日もまた同方角に見える。山を隔てて焼亡あるがごとし。［前編三の項に詳記］ |
| | 3・14 | 卿三位兼子、去る十一日、使者を吉富荘に入れて押し取ると。権勢に無縁の者は存命の計を失うのみ。訴状を以て八条院に申し入れるも解決せず。［前編九の項に詳記］ |
| | 4・13 | 正月以来、頭中将を所望して来たが、今日の除目に許されず。今の中将は狂人・白痴の非人で採るべき者なしと評定ありと。 |
| | 7・14 | 院の宇治御幸があり、諸人を裸形にて平等院の前庭を渡らせ、また裸馬に乗って行列させられる。定家は隠れて見ながら嘆息すること夢のごとし。神仏はいったいどう見られるのか。 |
| | 8・22 | 公経（妻の弟）が言うには、近頃、源家長（和歌所次官として院に近い人）が讒言して、「定家は院が選ばれた歌をそしり、歌の善悪が分かるのは自分だけだと誇っています」と言うので、院は御不快である、と。 |
| | 8・29 | 吉富荘の山僧杲云が、日頃不当の由により遠流される。 |
| | 9・24 | 吉富荘が兼子に横領され、日を逐って逼迫、権勢に無縁の者は手立てなく散々である。どうしたらよかろう。 |
| | 11・26 | 俊成病んで重態。本人の望みにより法性寺の堂の廊に移す。荒廃して冷気も防 |

げない所である。子女たちが集まり看病するに病状一進一退。殊に雪を欲しがって喜び食し、三十日早朝、坐して法華経を唱えながら没す。九十一歳。［前編二の項に詳記］

| | |
|---|---|
| 1・5 | 旧年の珍事を聞く。源兼定が近江国務の時、源敦房八代相伝の地を収公したとして、敦房が七寸の刀を兼定の脇腹に指し当てて脅迫。兼定はわなわな震えて租税不課の文書を与えたと。 |
| 1・18 | 兄弟が会して俊成七七日仏事を営む。風雨の煩いなく、無為に遂げるのは悲しみの中の慶びである。 |
| 1・24 | 以後嵯峨に滞在二十五日間。脱俗の心境等を記す。［前編二四の項に詳記］ |
| 2・25 | 吉富の百姓が門下に来る。家令文義に下知し召し籠めさせる。（吉富が兼子の横領を免れた事を示すか） |
| 2・28 | 肖像画の名手で異父同母の兄隆信（六十四歳）昨日夜前に没す。臨終殊勝にして高声に念仏し、清衣を着し、手に五色の糸を引き、坐しながら終命した。 |
| 3・20 | 『新古今集』成立の竟宴《きょうえん》（祝宴・賜禄）に参るべき仰せだが、勅撰集に竟宴の先例はないとして参らず。 |
| 4・3 | 平賀朝雅（関東御家人・京都守護）が吉富荘預所《あずかりどころ》たる旨の謀書を示して横領を企てる。末代の法恐るべし。 |
| 5・4 | 夜、南隣に強盗。騒動は雷鳴のごとく、杖で板敷を突き鳴らす音、垣根に照り輝く松明の光に周章し恐れる。抵抗される事なく盗み尽くして去る。魂魄退散して眠れなかった。強盗首領は官人父子だったと。［前編二一の項に詳記］ |
| 6・16 | 家令文義に預けていた童（定家の子。後の定円か）を成円僧都の許に送りやる。 |

| | | |
|---|---|---|
| | | 装束を整え、侍三人に送らせる。 |
| 元久二年（一二〇五）（『明月記』欠なし）四十四歳 | 6・19 | 病気中の通資が、姪承明門院を通じて「任大臣の宣下が頂けないなら治療しない」と院に迫る。「先ずは存命する事を思え」との仰せに、それを正式に聞きたいと願ったが許されず。やがて没した。［前編一三の項に詳記］ |
| | ⑦・4 | 院の宇治新御所、放火により焼失。天の為せる業か、恐ろし。 |
| | ⑦・7 | 有馬湯に行き、湯治十四日間。 |
| | ⑦・21 | 嵯峨にて高倉院督殿（『平家物語』で名高い女房小督局）が病重篤と聞き見舞う。［前編五の項に詳記］ |
| | ⑦・26 | 京都守護平賀朝雅、将軍職を狙った謀反人として追討され、在京の武士と合戦する。京中の者怖畏。定家は九条良経の若君を避難させる。朝雅討ち取られ、首は院が御覧の後、晒される。朝雅宅を壊して雑具を持ち去る者たち数を知らず。 |
| | 8・1 | 笛師大神式賢、和歌を好むにより入門する。 |
| | 8・2 | 高陽院造営のため、二メートル余り掘り下げて河水を引き、泉を造ろうとしたが、院が驚かれたので埋め戻す。造営人の煩らいは例えようもない。 |
| | 10・2 | 延暦寺の堂衆と学生の抗争・放火により、東塔の多くを焼失。［前編一六の項に詳記］ |
| | 10・26 | 亡父俊成の服喪を終える。暁、二条大路に出て喪服を脱ぎ、浄衣を着る。近例では一周忌の前月に除服する事が多いと。 |
| | 11・17 | 実宗（妻の父）に任内大臣の仰せあり、感悦の至り。六代の間絶えていた大臣の家格が戻った。［前編一三の項に詳記］ |

| | | |
|---|---|---|
| | 12・15 | 為家（八歳）の元服の儀を行う。少年時の髪形総角《あげまき》を切り改め、冠をかぶり、衣服も童服を大人の袍《ほう》に替え、名も幼名を改める。〔前編一八の項に詳記〕 |
| 建永元年（一二〇六）（『明月記』五月以降が現存）四十五歳 | 3・7 | ※九条良経（三十八歳。後京極摂政と呼ぶ。兼実の子）急逝する。 |
| | 5・12 | 良経を懐旧して旧邸中御門殿に参る。前庭の月を見て独り襟をうるおす。慈悲の恩容を隔て、恋慕の思い堪え忍びがたし。 |
| | 5・22 | 姉健御前（五〇歳）出家。戒師良宴法印。さしたる理由はないが、五〇歳を期に本意を遂げる。 |
| | 6・4 | 石清水八幡宮若宮の第一巫女《みこ》（神がかりして神意を人に伝える女）が来訪する。絶世の超美女。定家の和歌が心肝に染みるので教えを受けて遁世し、歌で志を養いたいと語る。どうして哀憐しないでおれようか。〔前編二〇の項に詳記〕 |
| | 6・27 | 兼実に参るに、殊に弱々しい声で亡き良経を語り続ける。落涙禁じがたし。瓜を食して退出する。〔前編七の項に詳記〕 |
| | 7・3 | 院が、川上にて、水練未熟の者二十余人を一度に川に落として興じられたと。網代（漁具の一種）さながらである。定家は不参にて嘲弄の人数に漏れた。何たる朝恩であろう。〔前編一一の項に詳記〕 |
| | 7・10 | 吉富の苦境を院に訴えるに、いとおしくおぼして、早く御教書を遣わすべき仰せ言あり。悦び謝するところを知らず。 |
| | 7・17 | 院に出仕し始めた女子（後の因子）に「民部卿」の女房名を賜る。父子共に沈淪して家跡もない程の身に、高祖父長家の職名を頂く。過分の恩、悦びの至りである。 |
| | 9・17 | ※妻の兄公定が佐渡遠流となる。嵯峨に住む女の許に「我は上皇なり」と詐称 |

| | |
|---|---|
| | して通う男が、公定子息の実基だったとされた事をめぐって公定に累が及び、流罪にされた事件。〔三長記〕<br>定家ら縁者は嘆き見送った。〔前編八の項に詳記〕 |
| 9・25 | 延暦寺堂衆、三井寺と闘争し、死傷者多し。 |
| 9・29 | 捕らえた強盗十人に衣装を与えて追放される。唐の名君太宗の例に倣われたものか。〔前編一九の項に詳記〕 |
| 11・5 | 吉富の地頭・代官等、ひそかに逐電し、その職を去る。三度の院宣による事、誠にかたじけなし。 |
| 11・7 | 吉富にまた謀書があり、公覚（山の悪僧か）が使者を吉富に入れて横領を強行する。訴えにより院の御教書を以て公覚を召し出すと。承り悦ぶ事極まりなき由申す。 |
| 11・27 | 妻の父実宗（五十八歳）出家。戒師法然房。流罪中の公定の父。 |
| 1・24 | 専修念仏の輩を停止すべき旨、重ねて宣下される。先ごろある事件があったらしいが、子細を知らないので書かないと記す。（その「事件」とは、院の熊野御幸の留守中に、愛妾伊賀局が念仏会に結縁し外泊した事件）〔前編一七の項に詳記〕 |
| 2・2 | 八条院の御堂供養にあたり、女房装束等の所課を命ぜられる。貧乏の身には無理で、叱られている外ない。 |
| 2・9 | 近日は専修念仏の噂話が専らで、搦め捕らえて拷問されていると言い、筆端の及ぶ所ではない。（「承元の法難」と呼ぶ） |

| | | |
|---|---|---|
| 承元元年（一二〇七）（『明月記』欠なし）四十六歳 | 2・10 | 入道兼実、使者に専修僧をつれて院に参らせ、弾圧の不法を進言させる。君主に直言する剛直な本性は直らない。 |
| | 2・16 | 有雅が蔵人頭の内定を急に覆されて顔色青ざめて退出したと。実宣が宅地を権女兼子に贈賄して任じられたからである。 |
| | 4・5 | 九条兼実（五十九歳）没す。すぐ弔問すべきであるが、院参の多い身は触穢を恐れるので訪ねない。まことに木石のごとしと思う。 |
| | 4・21 | 白河の最勝四天王院に造営中の新御堂御所の障子の名所絵を選ぶ。〔その名所（歌枕）は前編一一の項参照〕 |
| | 5・19 | 卿三位兼子の五輪塔百基建立供養に、聖覚僧都が説法し、群衆も聴聞した。聖覚は著名な能説の僧。〔前編一七の項に詳記〕 |
| | 7・4 | 妻が一昨年より飼っていた猫が野良犬に食い殺された。人を亡くしたのと同じ哀しみようである。〔前編二四の項に詳記〕 |
| | 8・27 | 院、水無瀬殿に御滞在。近習以外は参上を禁じられる中で、為家（一〇歳）が近習に加えられる。殊に歓喜する。 |
| | 10・1 | 「俊成卿女」宅焼亡。簾もない車で逃げて来た。ふびんなので定家自ら簾を懸けてやる。 |
| | 11・8 | 仰せにより『新古今集』撰歌の入れ替えが、掌を反すがごとくに続き際限なし。身にとって一分の面目もない。 |
| | 11・25 | 吉富の元預り代官杲云が使者を吉富に入れて狼藉を働く。院に訴えると追却使を下された。更に力者法師も遣わされる由、面目極まりなし。白髪の私が奉公するのもこの恩顧の為である。 |

| | | |
|---|---|---|
| 承元二年（一二〇八）（『明月記』各月とも欠日が多い）四十七歳 | 4・13 | 院の蹴鞠の負態《まけわざ》（負組が勝組に供応・贈り物をする事）が、太政大臣頼実邸であった。風流のぜいたくは言葉にならない程で、みな金銀錦繍でない物はない。 |
| | 4・26 | 少将実時が、夏衣の今、冬の束帯を着て陪膳を勤める。理由を召し問われたが弁明せず、除籍された。（貧窮の者が多い） |
| | ④・15 | 流人公定（妻の兄）が佐渡より帰洛。兄弟等再会を悦ぶ。同日深夜、大火あり。火は北小路東洞院より出て、強風により七条・六条・五条方面に広がり、貴賤上下の家無数を焼く。公卿邸も多く焼けた中に、妻の父実宗邸もあった。 |
| | 5・15 | 法勝寺の九重塔、落雷により炎上する。正午頃、大雨雷鳴あり塔に煙が立つ。勢い盛んで心柱が南に焼け落ちた。「鎮護国家の道場、海内無双の宝塔も雷火のために滅亡す。悲しむべく怖るべし」。［前編二二の項に詳記］ |
| | 9・27 | 夜半に朱雀門焼亡する。大内裏南面中央にあり、朱雀大路の北端の大門である。近年、天子・上皇が鳩合わせを好まれ、ために近臣は鳩を探してこの門に登り、松明の不始末により焼亡。これは鳩の一事に止まらず、国家の衰微を現すもの。末代の滅亡、慟哭して余りあり。［前編二二の項に詳記］ |
| 承元三年（一二〇九）（『明月記』全欠）四十八歳 | | |
| 承元四年 | 1・14 | ※讃岐権介を兼ねる。 |

| | | |
|---|---|---|
| （一二一〇）（『明月記』全欠）四十九歳 | | |
| 建暦元年（一二一一）（『明月記』一～六月は全欠。以後は現存するが欠日あり）五〇歳 | 6・26 | ※八条院暲子（七十五歳）没す。姉中納言局（健御前）が出仕中で、御最期の奉仕をする。吉富荘の領家。定家も近侍して来た。 |
| | 8・1 | 八条院五七日仏事に為家を参らせたが、人数甚だ少なしと。 |
| | 9・6 | 姉健御前を介して、「頭中将」の所望を卿二位兼子に伝えたが許されず。ただ一日本望を遂げれば翌日辞してもよいから、とまで願ったが返答なし。［前編一三の項に詳記］ |
| | 9・7 | 従三位に叙せられ、侍従に任じられる。本望は失ったが、思いがけず公卿に列する事となり、これまた面目にあらずや。 |
| | 10・2 | 公卿に至ったので、家に政所《まんどころ》（荘園事務や家政を掌る所）を始め、家司《けいし》（家務を掌る職員）・家令を置き、また侍屋を造る。 |
| | 10・16 | 大嘗会の用途として米三十石を吉富に課せられる。天を仰ぐも所詮は勅定なれば遁れられず、領状する。 |
| | 11・7 | 春華門院昇子（十七歳）の病重篤に及ぶも、人々は物の怪と言い続けるのみ。健御前が悲嘆して訴え続ける内に御気絶。夜半には御所より人魂飛び去ると言う。 |
| | 11・8 | 暁鐘後、昇子は院御所から九条良輔の四条殿に移され、故八条院の物の怪が恨みのしる中で没する。［前編六の項に詳記］ |

| | |
|---|---|
| 11・16 | 春華門院の御葬送あり。以後、中陰の間、定家ら関係者は旧院に籠り追善供養を行った。その間は『明月記』が仮名文で書かれている。十二月二十七日まで。 |
| 11・27 | 昨夜、健御前の局に盗人が入り、衣装をはぎ取られた。まことにふびんな事だ。この旧院は今や盗人の遊び所である。 |
| 12・23 | 故春華門院女房で、健御前の養女であった右金吾（二十五歳）が密かに出家した。心情を思い悲涙禁じがたし。 |
| 1・21 | 有馬の湯に滞在、九日間。詩歌を楽しみ、知人と語り、道中の情景を記す。 |
| 1・25 | 専修念仏の法然房（八〇歳）没す。 |
| 2・2 | 有馬の湯に出かけた留守中に、院宣により庭の柳二本を切り取られる。面目の由を申すも、末世は草木もかくのごとし。 |
| 2・26 | 腹痛堪えがたく、石痳《せきりん》（腎臓結石）起こるか。夜前、人魂が飛んだと聞き、延命の祭を修す。こうした腹痛の記事は四月まで続く。 |
| 4・24 | 仏師を召して、九寸（二十七センチ高）の愛染明王像を造らせる。（八月十七日出来る。美麗感悦。夏用の直衣を与える） |
| 6・12 | 任大臣の宣下が近い今、入道実房は過去の任大臣の横謀例を一巻に認めて奏覧し、申すには、子息公房を大臣に任じて頂けないなら、私は三悪道（地獄・餓鬼・畜生道）に堕ちて、たたりをするでしょうと院を脅迫した。 ［前編一三の項に詳記］ |
| 8・7 | 健御前、七月二十日頃より瘧病（高熱と震えが間欠的におこる病）にかかり、水一滴も飲まず。本人の望みにより、今日嵯峨に移す。末期を覚悟して遺領処分を決める。翌日、臨終の気色に見えた時、「これで死ねるのはうれしい。悲 |

| | | |
|---|---|---|
| 建暦二年（一二一二）（『明月記』三月は全欠。他は一部欠）五十一歳 | | しんで泣くような者は去れ」と見舞いの人々を追い出した。その翌日から快復に向かい、周囲も本人も驚奇した。（この間の定家の介護ぶりや遺領問題との関わり方から見て、定家は猶子であったかと思える程に関係が深い。）［前編六の項に詳記］ |
| | 9・28 | 家令能直（七十六歳）先月没す。卑賤の老翁ではあるが漢字が書けて、文書数百巻を書写してくれた恩を思えば悲泣するに足る。 |
| | 10・3 | 三日月が今夜忽然として木星に近寄る。これ程近付く例はいまだ聞かずと天文博士も驚く。 |
| | 10・5 | 家令忠弘の下人が吉富宿の傀儡《くぐつ》（操り人形や奇術をして各地を回る芸人）と闘争喧嘩して面倒を起こす。後日定家宅に来て訴えるので、闘争した下人を検非違使庁に下した。傀儡には子細を含めて下向させた。 |
| | 10・24 | 女房因子に五節への参仕を命ぜられる。清貧の身には出費重畳で堪えがたい。晴の出仕は名誉でもなく、無益の費えである。 |
| | 11・5 | 為家が、大嘗会の悠紀《ゆき》を担当する近江介に補せられる。「心中、天の音楽を聞くがごとし」。［前編一八の項に詳記］ |
| | 12・8 | 実宗（六十四歳。妻の父）没す。 |
| | 1・4 | 御幸始めで車馬の音しきりだが、門戸を出ず、蘭湯（蘭の葉を入れた湯船）に浴して独り自宅で臥す。憐れな事に、太初以来初めて今日、真の休息を得た思いである。 |
| | 1・19 | 健御前の細河荘を知行していた成時法師が没した。健御前が昨年の大病時に、 |

| 年 | 月日 | 事項 |
|---|---|---|
| | | この荘を卿二位兼子に譲ると言っていたが、不慮に存命したので、成時法師は最期まで知行できた。もし健御前が亡くなったら、翌日にも成時は職を失っただろう。幸いにも強運であった。 |
| 建保元年（一二一三）（『明月記』二月後半と三月は全欠）五十二歳 | 1・29 | 勅定と称して柳二本掘り取られる。草木もなおかくのごとし。 |
| | 2・2 | 順徳天皇の近習ほとんどが職を解かれ、知長・為家二人のみ残る（後日、二人を追加）。この頃から為家は殊寵を受ける。喜悦すると共に恐れをいだく。今後どうなる事か。　［前編一八の項に詳記］ |
| | 4・11 | 天皇が院御所に行幸して御滞在。為家ら二人だけが参宿する（一人は畏れて参宿を辞退した）。前例を見ない事で、斥けられた女房は不本意の様子。定家は、必ず讒言を招く事になるだろうと危ぶむ。 |
| | 4・12 | 為家、院御所の蹴鞠に加えられる。定家、周章して祈らせる。 |
| | 4・21 | 院御所（高陽院）の内に内裏を造り、両主同居が始まる。もはや「禁中」は閑院内裏に限らない。「上皇は禁中に入られてはならない」事を今の古老は諫言しないのか。嘆かわしい事だ。 |
| | 4・28 | 為家語る。両主は毎日御対面。女房のみの御供で密々の渡御。百官随行せずと。これはどう考えるべきであろうか。 |
| | 4・29 | この行幸には、院の御意向で后宮の行啓なし。事すこぶる尋常にあらず。定めて事故《ことゆえ》（理由）あらんか。 |
| | 同日 | 院の牛童薬王丸、吉富の預所の相伝文書なる物を示す。問答して返すも、近代は理非が通ぜず、横領の恐れなきにあらず。 |
| | 5・9 | 関東で和田義盛の乱が起こる。在京する賊徒の党類枝葉も多く京中騒動する。 |

義盛の三浦党と横山党が合謀して、将軍実朝を急襲したが、実朝は逃げ延び、義盛は戦死した。楽しみ尽きて悲しみ来たるは、これ天罰か。
〔前編二五の項に詳記〕

5・14　大納言通具宅が放火された。嫌疑の雑人を捕らえた所、その主人が徒党を集めて抜刀して通具宅の堂上に上がり、宿直男を捕らえて去った。その主人は検非違使に送られたが、権勢の家人の所行はこういうものである。

5・16　為家は日夜、蹴鞠に余念がない。鞠好みの両主の近臣となり、褒められて深入りするばかりだ。楚の王が柳腰の女性を好んだために、女性は食を減じ餓死したと言うのに、両主の好みにふけり、一巻の書も読まず、歌も詠まない。歌の家の滅亡が眼に見える。悲泣の余りに記しておく。
〔前編一八の項に詳記〕

6・6　為家、院の御書を天皇に届ける。必ず為家を御書使とするよう仰せ事あり。(以後、両主間を往復する御書使は、年内に十七回を数える)

6・9　権門の使者が吉富の麦を勝手に刈り取った。ここは権門の所領に隣接する凶所で、四面の敵を受ける宿運あるのみ。

6・14　院の側近清範を通して任参議の所望を申し上げると「あはれ、宰相や」(ああ、定家は参議を望んでいるのか)と嘆息なさったという。運命の拙さを知り、慟哭して余りあることだ。

7・2　院より為家に、「奉公の者である」として装束を賜る。

7・3　院、儒学者に『貞観政要』を読ませられる。唐の太宗が説いた治道の要諦を記した著名な書。
〔前編一九の項に詳記〕

7・11　院が終日『貞観政要』を読ませて聞かれる。仰せにより側近が一文、また一句

建保元年（一二一三）
（『明月記』二月後半と三月は全欠）
五十二歳

を抜き書きし加点している。

7・11 兄成家の家侍が強盗をして捕えられる。家が捜索され、侍・雑人・童・法師などが搦められた。成家夫妻は卿二位に弁解したが、「年来の悪事で評判になっていた事だ。今更泣きつくとは何だ」と突き放された。肉親の醜態だから、定家自身も話の種になろう。
［前編二一の項に詳記］

7・18 左中将伊時の妻が出家したが、念仏宗の法師どもの仕業であろうか。天下の婬女が競って屋形を借りて、狂僧に付きまとうのが近ごろの流例になっている。

7・22 兄の家の法師は赦免されたが、その恩を謝して成家妻は五十貫（今の約三百万円）を卿二位に贈った。兄も悪女を妻として身を滅ぼすもので、父祖のために悲しむべきことだ。この権女が賄賂を贈られると、臨時の除目があるのが常である。

8・3 山僧が清水寺焼き打ちを図る。長楽寺に拠った山僧は官軍に攻められ死傷者多し。後日、山僧は流涕しつつ離山したので、院は官軍の武士を成敗して和解された。
［前編一六の項に詳記］

9・3 卿二位に、軽微ながら衣装を贈る。自筆の返書あり。「泰山ハ土壌ヲ譲ラズ」で、軽微な物でもみな納受する。

⑨・4 為家の蹴鞠は天下第一の体骨と諸人が称賛し、院は、定家がそれを喜ばないのかとの仰せ。どうしようもないが、蹴鞠など何の益もなく、不祥不運の至りで家の摩滅、悲しむべき事だ。だが見参に入れるため、冷泉宅にも蹴鞠のコートを作った。

10・14 夜、歌人家隆が来訪。清談して鶏鳴に及んだ。寒月は白く輝き千載一遇の夜で

| | | |
|---|---|---|
| | | あった。 |
| | 10・15 | 大火起こる。西洞院より出火、南西の強風により三条・四条間を焼いて白河にまで至る。公卿等の邸宅も多く焼けた。 |
| | 11・8 | 中将雅経（妻は大江広元女）より、将軍実朝が和歌文書を求めている事を聞き、相伝秘蔵の『万葉集』を託す。広元からは、定家に愁訴する事があれば承る由だったので、伊勢の小阿射賀の地頭不法の事を訴えた。 ［前編九の項に詳記］ |
| | 11・29 | 光家（前妻の子）が宇佐使《うさづかい》となり出立。これは、天皇即位とか国家異変の時、宇佐八幡宮（大分県）に奉告祈願の奉幣のため遣わされる勅使である。数十人の従者や馬を引き具しての長い旅程である。 ［前編八の項に詳記］ |
| | 12・21 | 為家、天皇より武の剣（実戦用の剣）を賜る。また弓矢の具・面具も賜る。 |
| 建保二年（一二一四）（『明月記』四～七月・九・十一月は全欠。他の月も欠日が多い）五十三歳 | 2・8 | 院、御手ずから為家の衣装を着替えさせ、蹴鞠には紫革白地の足袋の着用を許し、更に弓具を賜った。この尋常ならざる御扱いを見るにつけても、定家は、ただ身の運を思うのみである。 |
| | 3・1 | 参議に任じられる。実全僧正が語るには、定家の伯父快修僧正が病んだ時、後白河法皇の臨幸を得た。快修は「今生の所望は弟俊成が参議に任じられる事です」と願い、法皇も約束されたが空しかった。ために俊成は遁世したと。定家はそれを思うにつけても朝恩の深さを知ると。 ［前編一三の項に詳記］ |
| 建保三年（一二一五） | | |

| | | |
|---|---|---|
| （『明月記』一月と八月以降に各数日分が残るのみ）五十四歳 | | |
| 建保四年（一二一六）（『明月記』一・五・七・十一・十二月に各数日分が残るのみ）五十五歳 | 1・13 | ※参議に兼ねて治部卿に任じられる。 |
| | 7・9 | 卿二位兼子の消息あり。嵯峨より鞠の懸かりの木を切り取る由なり。末代の花樹は一株も全たからず。 |
| | 12・12 | 正三位への加階の所望を歌に託して奏し、翌日許される。 |
| 建保五年（一二一七）（『明月記』一〜四・六・七月に各数日分が残るのみ）五十六歳 | 2・7 | 土御門上皇より去年春賜っていた御草紙に、ようやくこの数日『古今集』を書く。 |
| | 2・8 | 院の水無瀬殿の山上に新御所が造営されている。眺望のための御所で、西園寺公経が担当し、土木に海内の財力を尽くし、白砂は北白河から運んでいる。 |
| | 2・10 | ある草子を書写して、修明門院（順徳天皇生母）に進上した。「後代の重宝とする」との由で、はなはだ恐れ多い。 |
| | 3・29 | 空阿弥陀仏という念仏僧が党類を結び、九条に道場を持ち、多くの貴賤が競って結縁している。山門の衆徒がそこを襲うと聞いた矢先に行幸の松明をみて、山門の衆徒と勘違い、仏像を抱いて、黒衣は懐に隠し、叫びながら逃げ惑った |

| | | |
|---|---|---|
| | | そうだ。 |
| 建保六年（一二一八）（『明月記』一・七・八・十一月に各数日分が残るのみ）五十七歳 | 7・9 | 治部卿を止め、民部卿に移る。この職は高祖父長家が兼帯したもので、娘因子も女房名として頂いた。家にとって名誉の職、「朝恩の至り、謝する所を知らず」と悦ぶ。 |
| 承久元年（一二一九）（『明月記』閏二月の二日分のみ残る）五十八歳 | 1・27 | ※三代将軍実朝（二十八歳）、鶴岡八幡宮にて甥公暁に暗殺される。 |
| | 3・3 | ※姉健御前の『たまきはる』奥書の「書了」の日付。 |
| | 6・3 | ※九条道家の子頼経（二歳）、将軍後継者として関東へ下向。 |
| | 12・24 | 姉健御前（六十三歳）おそらく没するか。 |
| 承久二年（一二二〇）（『明月記』全欠）五十九歳 | 1・22 | ※播磨権守を兼ねる。 |
| | 2・13 | ※順徳天皇内裏歌会に詠んだ次の歌により院勘を蒙り、籠居。「道のべの野原の柳したもえぬ　あはれなげきの煙くらべに」［前編一一の項に詳記］ |
| | 6・4 | ※兄成家（六十六歳）没す。 |
| | この年 | ※妻の母、高倉院新中納言局没するか。（子、国通が服喪） |
| | 5・15 | ※北条義時追討の院宣を諸国に下す。「承久の乱」起こる。［承久の乱は前編一九の項に詳記］ |

| | | |
|---|---|---|
| 承久三年（一二二一）『明月記』全欠）六〇歳 | 5・21 | ※定家、『後撰和歌集』奥書に承久の乱について記す。 |
| | 6・15 | ※幕府軍入京。院、追討宣旨を撤回される。 |
| | 6・25 | ※妻の兄公定（五十九歳）没す。 |
| | 7・8 | ※後鳥羽院（四十二歳）出家。この頃、加担者が断罪される。 |
| | 7・13 | ※院、鳥羽殿を出発し、隠岐へ遷される。 |
| | 7・21 | ※順徳院を佐渡へ遷す。 |
| | ⑩・10 | ※土御門院を土佐へ遷す。 |
| | この年 | 為家、宇都宮頼綱女（北条時政孫）と結婚する。 |
| 貞応元年（一二二二）『明月記』全欠）六十一歳 | 8・16 | ※参議を辞し、従二位に叙せられる。 |
| 六十二歳 貞応二年（一二二三）『明月記』全欠） | | |
| 元仁元年（一二二四）『明月記』全 | | |

欠）

六十三歳

1・14　公経の北山別業（西園寺）を見る。今の金閣寺の地に造営したもの。勝地の景趣を見て、新仏の尊容を拝す。四十五尺（十三メートル余）の滝、るり色の池、泉石の清澄など比類ない。（公経は承久の乱後、勢威や財力をますます高めた記事が多いが、別業造営はその象徴。以後「西園寺家」を名乗る）

2・6　妻（六〇歳）を「禅尼」と呼んだ記事が初出。

2・13　為家が語るには、陰陽大允《たいじょう》と称する者の妻は好色で、美女を集めて美服を着せ、大炊御門・万里小路に家を買い取り、そこに内裏の近習や殿上人が入り臥していると。

2・16　『源氏物語』（青表紙本）が成るか。去年十一月より諸本の校合を始め、今日外題を書く。仏教では狂言綺語とそしるが、まことに優れた宏才の著作であり、短慮を以て手を加えられるものではない。　［前編二〇の項に詳記］

2・29　日吉参籠の帰途、白河を通るに懐旧の思いが深い。花盛りではあるが、古木は折れ尽くし、堂宇は滅亡している。時移り、事去りて今残るのは自分独りである。　［前編二二の項に詳記］

3・4　宮中の御物を納めた蘭林坊に強盗が入り、守護男を縛り、孔子の霊像や礼服等すべて盗んだ。朝廷も窮まり尽きるか。　［以下、盗賊の例は前編二一の項に詳記］

3・15　ある姫君が今暁、広隆寺からの帰り、広沢池で群盗に逢い、供侍・牛童は斬られ、車中の女房装束をはぎ取られた。

嘉禄元年（一二二五）
（『明月記』七・八・九月記は一見全欠であるが、一部は二年後の四月記中に錯入している。錯入と分かる記事は復元して今年に移す）
六十四歳

4・25 仁和寺御室道助法親王より御書面を頂き、歌につき所存を申し上げたが、往年の歌道繁盛の余韻は今やここに残るだけだ。

5・4 専修念仏僧の空阿弥陀仏は関外に追放されていたが、入道太政大臣頼実の招きで入洛した。ところが流行病を病み往生が近いと皆騒動し、天下の貴賎尼女が珍膳を捧げて供養しており、病も減じているそうだ。［前編一七の項に詳記］

5・27 法勝寺の法師の童二人が博打に負け、八十メートルの塔頂にある九輪の金物を盗んだ。物音に気づいた兵士が塔内を捜索しても見つからない。父法師が呼ぶと第五層の壁中から出現したが、他の金物もみな取っていたそうだ。［前編二一の項に詳記］

6・7 関東の北条政子が危篤との報があり、諸人が馳せ下る。

6・13 山僧が言うには、志賀浦（琵琶湖畔）に近日異鳥が集来している。羽を延ばすと一メートル余、四つ足で人を恐れない。食べた者は即時に死んだ。隠岐の掾《じょう》という鳥だそうだ。（アホウドリの異名と言う）［前編二五の項に詳記］

6・14 関東の大江広元入道（七十八歳）没す（没は十日）。学問・法律に通じ、頼朝に招かれて鎌倉に下り、常に幕政の中枢にあった人。

6・15 昨日の祇園会に三条大路に見物人なし。老衆と若衆が石つぶてで合戦する噂があり、人々恐れをなすと。初めての事である。

6・28 北条政子重病により流罪の三帝二王の禁固を重くせよと、関東より下知あり。巷では政子が終命すれば還幸があろうと言う。

7・19 北条政子（六十九歳）没す（没は十一日）。為家妻の母よりの書状。

9・25 慈円（七十一歳）没す。九条兼実の弟で定家とも親しい。後鳥羽院の帰依厚く、

| | | |
|---|---|---|
| | | 四回も天台座主に任じられた。独自の歴史観を持ち、『愚管抄』を著した。 |
| | 10・4 | 七条院太秦御所に群盗六十人が入り、大番武士数人に手傷を負わせ、散々に盗み取った。女房たちは恐れて移居を望むが、償うべき罪科として移られず。〔前編一九の項に詳記〕 |
| | 10・17 | 近日巷に、流罪の貴人御帰洛の噂がある事について、幕府に近い者が言うには、一カ所にまとめる事はあっても、御帰洛はあり得ないと。 |
| | 10・24 | 娘民部卿（元後鳥羽院女房）が安嘉門院（十七歳。後高倉院王女、後堀河天皇准母）に出仕。無人により強いて召されたため。 |
| | 11・5 | 道家より『長秋納言記』（平安後期の源師時の日記）を貸与される。 |
| | 11・11 | 八条院猶子、故良輔の遠忌にあたり、懐旧により八条殿旧跡を訪ねる。門は閉ざされ人跡なく、築垣の内は麦畑や小屋となりて、ただ古松を留めるのみ。窮老の病眼で眺めては、哀慟の思い禁じがたし。〔前編二二の項に詳記〕 |
| | 12・7 | 北条時房子息次郎入道（時村）、二日に没すと。歌の門弟で、最も骨を得た者であったが、悼み哀しむに足る。 |
| | 12・22 | 為家、蔵人頭に補せられる。公経の推挙がなければ、どうしてこの望みを遂げられようか。深恩実に筆端の及ぶ所にあらず。（蔵人頭は天皇に近侍して日常一切を仕切る、昇進の登竜門。定家がどんなに望んでもなれなかった職） |
| | 1・1 | 頭中将為家、随身四人・滝口二人を従えて年賀に来臨する。新年の面目身に余れり。その光華に眼を養う。至孝の子なり。 |
| | 1・27 | 道家子、頼経（九歳）に征夷大将軍の宣下。四代将軍となる。 |
| | 1・29 | 参議公賢が突然出家し姿をくらませた。父実宣はあらゆる手段を使って出世し |

| | | |
|---|---|---|
| | | た人で、公賢にも強要して今の妻妾を捨て権門富有の新妻を迎えさせようとしたが、拒否して出家した。妻妾もそれを追った。賢慮の余りである。［前編一三の項に詳記］ |
| 嘉禄二年（一二二六）（『明月記』欠なし）六十五歳 | 2・6 | 妹愛寿御前の娘（二十六歳）は押小路宮女房であったが、これが公賢の妾であったと。そして出家してしまったと。 |
| | 2・7 | 宗清法印が生きているジャコウネコとインコを見せてくれた。関白家実に進上すると言う。［前編二五の項に詳記］ |
| | 2・14 | 近日、信盛卿の家の門辺で、京中の博奕《ばくち》の狂者が群集し、座を設け双六の芸をして騒ぐ。六波羅武士が一人残らず捕らえて、鼻を削り、二指を斬り落としたという。 |
| | 3・10 | 暁鐘の程に北隣の家が火災。北東の風で危うかったが、幸いに火が滅した。冥助と言うべし。 |
| | 3・14 | 吉富荘の元代官、法橋杲云が八日に死去した。八〇歳。初め謀書を以て吉富荘を妨害したが、父俊成の時、非理非道ながら庄務に関わる事になった。元久元年（一二〇四）、院により流罪にされて停廃した。濫悪の心は止まなかったが、長命にも限りがあった。往年相馴れた者であり、また哀憐すべき事である。［前編九の項に詳記］ |
| | 3・28 | 院に同行して隠岐へ行っている清範が入洛した。旧好忘れがたいが、隠岐で定家の讒言連々の由を聞くので、会わない。後日聞く所では、この春、還幸の噂が届いて悦んだが、その後何事もなく不審により、京中の形勢を聞くため入洛したと。［前編一九の項に詳記］ |

4・19　為家、参議兼侍従に任じられる。朝恩極めてかたじけなく、未だ三十に及ばずして参議に加わる。実に言語道断の事か。

5・16　去年今年、宋朝の鳥獣が京洛に充満する。唐船が舶載するのを豪家が競って飼育している。その土地で産した物でなければ飼育すべきものではないと『書経』にあるではないか。

5・26　妹愛寿御前の懇望により、養育する承明門院姫宮のために『源氏物語』三帖（紅葉賀・未通女・藤裏葉）を書写して進上する。

〔同類の記事は前編二〇の項に詳記〕

6・3　近々、前大納言実宣が権勢の男を婿に取るという。実宣は自身がこれまで権勢の転変に応じて五人も妻を取り替えて出世した人で、天下第一の賢慮と言うべきである。自分もそれに倣って同様の事をした（為家の妻に、関東の有力者宇都宮頼綱女を迎えた事を言うのであろう）。

〔前編一三の項に詳記〕

6・5　昨夜、南方に火事があり久しく消えなかった。案じた通り最勝光院の焼亡であった。自分は、幼稚の頃その草創を見、供養厳重の儀を聞いたが、その後権勢の近臣も用途を私物化するばかりで修理に当てず、衰微に任せて五十四年後焼けてしまった。土木の壮麗、荘厳の華美、天下第一の仏閣であった。悲嘆に胸を埋め、独り嗚咽《おえつ》（むせび泣き）するのみである。発火後、五六人の男が走り去ったとの事であったが、実は預りの法師が盗みを隠そうと放火したのであった。

〔前編二二の項に詳記〕

6・23　右中将忠嗣（太政大臣頼実の孫）は年来、所従と群盗を働いていた。青侍が恐ろしくなって、頼実後家の卿二位兼子に自白すると、兼子は直ちに忠嗣を出家

| | | |
|---|---|---|
| | | させて高野山に送り込んだ。 |
| | 同日 | 六条朱雀に頚を斬られた男と二人の女の死骸が晒されていた。侍従親行とその姉妹の三人で、悪行により父雅行によって斬殺されたもの。いかに悪逆の所行とは言え、官位ある殿上人を、武士でもない者が斬罪にしてよかろうか。老後の不祥また狂気か。宿運悲しむべき事だ。〔前編四の項に詳記〕 |
| | 7・15 | 延暦寺の東塔と横川とが所領の境界の事で争論し、朝廷による成敗を不当として、本堂を焼き払って逐電すると脅迫する。まさに仏法破滅の期である。 |
| 嘉禄二年（一二二六）（『明月記』欠なし）六十五歳 | 8・10 | 去る七日、高野山の堂塔三百余宇の扉を閉じ、僧侶三千七百余人が離山して京に入るという。一宗の滅亡あらんか。一方、年初に高野側に蔵王堂を焼かれた吉野側も、公家の沙汰の不当を訴えて、神輿を奉じて宇治まで来ていると。末代の事、厭いて厭うべし。僧徒の所行は聖天子ありとしても治めがたい事か。〔前編一六の項に詳記〕 |
| | 8・13 | 天文博士が言うには、去る十一日夜、木星と土星が相犯して同じ度にあった。月は木星を去ること一尺四寸の所、月は土星を去ること二尺四寸の所、木星は土星を去ること一尺六寸の所にあった。甚だ不快の変であると。恐るべく嘆くべし。 |
| | 8・27 | 昨夜、太政官庁の西文庫が焼亡した。博打の凶徒が群盗となり雑物を盗んで放火したという。国家の滅亡悲しみて余りあり。 |
| | 10・6 | 通具卿の土倉に窃盗が入り、銭三百貫（約千八百万円）・砂金一壷などを盗んだが、仲間が呼びあう名を聞いた者がいたことから犯人が知れて捕らえられた。〔前編二一の項に詳記〕 |

| | |
|---|---|
| 10・11 | 後鳥羽皇子雅成親王が配流地城崎より、黒衣に大桧笠姿で逃げようとして捕らえられた。よって京中の黒衣法師を停止した。 |
| 10・24 | 二カ月前に小婢が生んだ女児（定家の子）を、仁和寺僧覚寛法眼に養女として送る。天児《あまがつ》（お守りの人形）・打蒔《うちまき》（悪霊除けにまく米）・人形・細長《ほそなが》（幼児服）・産衣《うぶぎぬ》を持たせた。丁重に迎えの車や供人をよこした。喜び極まりない。 |
| 11・3 | 家令忠弘宅に小童（出家後の覚源か。定家の子であろうが母未詳）を呼び寄せ、定家自ら正装の衣装を着せてやり、尊性親王（後高倉院皇子。のち天台座主となる）に参らせた。 |
| 12・18 | 娘民部卿が、北白河院陳子（安嘉門院生母）より禁色を許される。因みに定家の姉妹十一人みな禁色を許されたとして、その宮仕の功労ぶりを列挙。これは祖父俊忠のお陰とも記す。 |
| 12・21 | 京極の新屋に妻や女子と共に初めて宿る。三間四面で五間。両端は連子窓の壁。第二間に妻戸。車寄は唐棟。第三・四・五間は弘庇の内で筋違縁。西端の西面二間に格子、上簾して客座とし、北面を以て居所とする。（ここが最後の居宅の京極亭） |
| 12・29 | 夜に入り、比叡山最高峰の四明岳の篠原に光が照り輝くのを見る。光明は広範囲でまだ見た事もないもの。（オーロラか）［前編三の項に詳記］ |
| 1・9 | 定家の甥の子、参河権守清綱が強盗をして捕らえられる。去年困窮して定家に同居を頼んだが断った男。家柄もよく、権勢の人に仕えていたが恩顧もなく、貧に迫られたもの。これが末代の世の形通りの成り行きである。 |
| 1・29 | 京極宅の東隣の地券を五十三貫（約三百二十万円）で買う。二戸主余の四十丈 |

| | | |
|---|---|---|
| | 2・29 | ばかりの地である。<br>近江国造が日吉社所用米として百四十余石を直ちに完納せよと家令忠弘を責める。一庄滅亡の期である。別の官使の計らいで免れた。 |
| | ③・3 | 先日、内蔵寮の宝蔵を焼いて群盗が入り、累代の宝物をすべて盗んだ。礼服は七条河原に棄ててあった。犯人は搦められた。法性寺五大堂の鐘も盗み取られた。<br>七条院（後鳥羽院生母）御堂の仏具もことごとく取られた。盗賊の多くは搦めて斬罪にするのだが、それで減る事はない。これはただ国の宿運が尽きたためなのか。道理であろう。 |
| 安貞元年（一二二七）（『明月記』五・六月は全欠。四月には二年前の記事が錯入している）六十六歳 | ③・6 | 西園寺公経姫君の死穢の詳細記事。〔前編一五の項に詳記〕 |
| | ③・12 | 妹愛寿御前の頼みにより、承明門院姫宮のため『古今集』を書写。御誕生より付き奉り、懇切の志により老筆を染める。 |
| | ③・22 | 為家、信濃国務を三百貫（約千八百万円）で買う。売官制度による。公経の力で五百貫を値切ったが、妻の父頼剛は、信濃は鎌倉近習の有力武士が多く居住していて厄介な所とか、関東に消息して協力を得る事など示唆した。 |
| | 4・22 | 内裏火災あり、ほとんど焼亡する。大臣・公卿以下、朝家の大事に馳せ参ずる人なし。天魔が滅し、宿運の尽きる時か。（以後再建される事はなかった）〔前編九の項に詳記〕 |
| | 6・8 | 承久の乱にあたり後鳥羽院方の主要人物であった政僧尊長が、六年後にして捕らえられ自害した。〔前編二五の項に詳記〕 |
| | 6・24 | 延暦寺僧徒が専修念仏を妨げるために法然房の墓をあばき、墓堂を破壊した。 |

| | |
|---|---|
| | それを武家が制止した事から紛争・騒動が起きた。 |
| 7・4 | 近日、山門の小法師らが、路頭で念仏者を見かけると黒衣を破却し、笠を切ると。また念仏僧を養う家に追却を迫ると。 |
| 7・6 | 山門の強訴により念仏僧の隆寛・空阿弥陀仏・成覚等を流罪にすると聞く。［前編一七の項に詳記］ |
| 8・15 | 仏師を召し文殊菩薩像を造らせる。細河庄の到来物が届いたので、昨年来の企てを思い立った。 |
| 9・7 | 通具（新古今集撰者。「俊成卿女」の旧夫）没し、葬送の列は院の御幸のごとく、過分にも数百人が供奉する。土用により棺を葬らず、木上に置く。水漏れて烏集まる。定家は歌人として親交があったが、撰集作業には誤りが多い事を嘆いている。土用の間は土を動かすと土公《つちぎみ》の祟りがあるとされて、その間は埋葬しない習慣があった。 |
| 9・23 | 公経の妻のための阿弥陀像供養に、関東より莫大な布施が贈られる。僧の富有、末代に比類なきか。［前編一六の項に詳記］ |
| 9・24 | 白河を見るに、歓喜光院は荒廃し、尊勝寺は金堂もなく面影なし。多くの所領も魚食法師や破戒尼の衣食となりて、一分の修造もなし。ただ高陽院御堂のみは入道関白基房が管領して整然としている。この善業により政を執られたものか。 |
| 9・25 | 信濃の国情検分に遣わした法師が帰来して、温潤の豊かな地であるが、猛将の輩が在庁していて国司の指揮には従わないだろうと報告した。［前編九の項に詳記］ |

| | | |
|---|---|---|
| | 10・21 | 日吉に参籠し祈請したのは、在俗中に後鳥羽院にお会いしたいが、出来ないならば、そのお告げを蒙り出家したいという事であったが、空しくもお告げなし。鬱々として帰洛した。 |
| | 10・22 | 正二位に叙せられる。正二位は人臣の極位であり、承久の乱世に逢わなければ成れなかったもの。希代の珍事である。（承久の乱に加担した公卿・殿上人等の多くが処断された） |
| | 11・18 | 前妻の娘、定修妹が病にかかり重態で、非人の身分でありながら雑人に世話され仕えられている。［前編八の項に詳記］ |
| | 12・7 | 卿二位兼子が生活衰微の時に備えて、権勢時の資材を蓄えた倉を持っていた。群盗がそこに入り、盗み尽くした上に兵士等を斬殺して去った。 |
| | 12・10 | 酒肴として近代の卿相は、ウサギはもちろん、ツル・ハクチョウ・タヌキを食して宴会していると。［前編二五の項に詳記］ |
| | 12・21 | 信濃から運上物が到来。桑が櫃《ひつ》二合・梨一果・銭五貫（約三十万円）だけで、他の物なし。 |
| 安貞二年（一二二八）（『明月記』全欠）六十七歳 | 1・15 | ※念仏僧、空阿弥陀仏（七十四歳）没す。 |
| | 3・6 | 歓喜光院（鳥羽后、美福門院の御願寺）を見るに往年の花樹一株も残らず、堂宇傾き大破の仏閣となる。悲痛極まりなし。 |

| 年 | 月日 | 記事 |
|---|---|---|
| 寛喜元年（一二二九）（『明月記』一・二月は全欠）六十八歳 | 3・13 | 故中御門大納言宗家が、治承二年（一一七八）、姉八条院按察と結婚する時、定家は宗家の猶子となった。俊成は実子同然に同宿せよと言ったが、思う所あって名目だけに止めた。所縁十二年にして宗家は没した。（往時の回想） |
| | 4・2 | 道家の一条室町殿は鬼が住むと評判の所。そこに為家が居住を命じられた。鬼と相撲を取らせる気なのか。二十六日条によると翌日から住むそうだが、上下諸人は逃げ去り、一人で居住する事になる、と。（主家九条家から命じられる様々な難題の一例） |
| | 4・13 | 定家宅で恒例の連歌会。七・八人が会し酒膳もある。この日は「葵草（あふひくさ）」の五字を下に巡らす題で六十句を楽しむ。（この当時は連歌が流行）〔前編二〇の項に詳記〕 |
| | 5・15 | 妻禅尼・女子等が栂尾高山寺の明恵房に参り、授戒に会う。天下の道俗が群集したと。〔前編一七の項に詳記〕 |
| | 6・2 | 山の碩学《せきがく》（優れた学者）が相次いで亡くなる。仏法摩滅の時至るか。今や妻子を帯し、出挙《すいこ》（春に種もみを強制的に貸し付け、秋に十割程度の利子を取る営利事業）を営む山僧が充満する世である。 |
| | 6・27 | 歌人家隆宅に群盗が入り、装束等を取り、侍一人を斬ったと。孔子の弟子原憲のように、お互い清貧の中で道に励んでいる者同士だが、どうにもならない事だ。 |
| | 7・21 | 法眼信定が、公経の紹介状を持って来宅、毎月の連歌会に加えて欲しいと。この法師は謀書・盗犯・虚言・横惑《おうわく》（人惑わし）ばかりで取り柄のない者。偽名を使って出世し、盲目の僧正を相手に、カンニングして問答に勝つなどした者 |

| | |
|---|---|
| | だから対面せず、会は解散の予定と断る。［前編二〇の項に詳記］ |
| 8・16 | 卿二位兼子（七十五歳）没す。（後鳥羽院乳母で天下を牛耳った著名な権女。女院の所領や権利でも横領するほどの力があった） |
| 11・10 | 娘民部卿、安嘉門院より出仕替えして、今日藻壁門院に参る。威儀を整え、十余人の供を従えて一条室町殿に参る。藻壁門院は後堀河天皇中宮として入内する人で、父は九条道家、母は西園寺公経女。よって両家から所領や衣装、道具類の援助を受けての参上となった。 |

| | |
|---|---|
| 1・7 | 歳末に、宣旨を持って東大寺に遣わされた侍が、衆徒により斬り殺された。末代の法師は朝敵・謀反・武勇の外なきか。 |
| 1・30 | 昨年九月、能登（為家国務の地か）検注に出かけた家令忠弘より書札到来。忠綱（後鳥羽院近臣として横暴であった者）が、知行を造営用途と称して、土地調査を妨げる。下向した甲斐もなく後悔百千。雪が多くて三月にならないと道も通じないと。 |
| 3・27 | 道家より料紙を賜り『源氏物語』（桐壺）書写の命あり。 |
| 4・5 | 娘民部卿の出仕について、季節の変わるごとに衣装新調の計が立たない事を道家室に訴える。 |
| 5・5 | 中宮（藻壁門院）より、民部卿が召し使う雑仕用の装束を賜ったと聞く。物ごとに賜るのは貧家の恥である。 |
| 5・24 | 嘉陽門院（後鳥羽皇女）御所焼亡。透渡殿《すきわたどの》を設けた立派な御所もこれで断絶か。京中の運も尽きた故か。新年にも御簾も改められぬほどの困窮ぶりだったから、遷御される所もない。栄華の遺跡も滅亡の時か。 |

寛喜二年（一二三〇）（『明月記』欠なし）六十九歳

| | |
|---|---|
| 5・26 | 脚の衰損がひどく、折れたようで立てない。もう驚かないとは言え悲しむに足る。［類似の記事は前編二五の項に詳記］ |
| 7・6 | 勅撰集撰者の仰せあるも断る。院勘中の身である上に、院の秀歌で充満させても、省略しても世の非難を受けるから、時機を待つべきであると断った。［前編二〇の項に詳記］ |
| 7・14 | 道家より『部類万葉集』（蓮華王院御物）二帖の書写を命じられる。（『万葉集』を歌体や題材により分類した書） |
| 8・12 | 今暁、園城寺の南院が中院・北院の衆徒のため全焼する。南院もまた中院・北院を焼いて合戦し、互いに殺害しあったので、武士が馳せ向かうと退散した。 |
| 8・27 | 夜半激しく下痢をして心神迷乱し気絶した。翌日医僧が言うには、近ごろ、弱った蝿が食物中に落ち、腹中に入って、その毒で頓死する者が多いと。［前編二四の項に詳記］ |
| 9・3 | 北陸道は寒気のため損亡多く、稲は立ちながらにして枯れる由各家々に飛脚が報ずると。（寛喜の大飢饉の初出記事） |
| 9・6 | 異常気候が続き不作に付き、諸寺に祈請を命じる御教書を下されたと聞く。［前編二三の項に詳記］ |
| 9・7 | 承明門院姫宮（二十一歳。土御門院皇女）没す。御誕生以来養育して来た妹愛寿御前は直ちに出家。体貌閑麗、心操廉直の姫宮で、恋慕の思いに堪え忍べなかったと。悲しむに足れり。もはや姫宮には確かな後見人もない状態であった。 |
| 9・10 | 仁和寺僧言う、鎮西（九州の所領）は、すでに不作にして滅亡した旨の飛脚が到来したと。 |

| 年 | 月日 | 記事 |
| --- | --- | --- |
| | 9・27 | 宿願により、吉富庄に往来する旅人のため、大道の辺に小堂を建て千体地蔵を奉安する。無仏世界でも引導すると聞く地蔵に冥途の伴侶となって欲しいと願う。［前編一七の項に詳記］ |
| | 10・13 | 北庭の樹木を掘り捨て、麦畑とする。わずかでも凶年の飢えを支えるためである。あざけるなかれ、貧老に他の計あらんや。 |
| | 10・16 | 全国飢饉により、関東では権勢の人以下食膳を減らしているとの噂である。貧しい我らは存命出来ないか。 |
| | 10・20 | 妻禅尼を日吉社に参らせ、任中納言を祈請させる。老屈微運の身であるが、年来の余執により参詣させる。この頃、為家や娘民部卿が関白道家・右大臣教実に接触しては、除目情報を定家に伝え、別に僧侶二人にも祈念を依頼するなど懸命である。 |
| 寛喜二年（一二三〇）（『明月記』欠なし）六十九歳 | 11・4 | 夜、奇星を見る。おぼろで光は薄いが勢いが強い。天文博士安倍泰俊は注意すべき客星（超新星）だと言う。今年は飢饉が予想されるので凶兆として恐れた。そこで定家が調べた古記録中に、一七六年前の「カニ星雲」の爆発記録が含まれていて、後年世界の天文学者を驚かせた。［前編三の項に詳記］ |
| | 11・21 | 近日、諸国所々に麦が穂を出すが不熟の由。桜も花が咲き、タケノコが生えて人が食べている。ホトトギスも鳴くと。 |
| | 12・16 | 承久合戦後、逃げ隠れていた大夫尉惟信が、法師姿で日吉で捕らえられた。十年の逃亡、奇謀と言うべし。その同類三人も後日召し捕られ、密告した法師も召し籠められた。 |
| | 12・30 | 『白氏文集』に「人生七十稀なり」と言うが先祖多くは六十を過ぎず。わが氏 |

| | |
|---|---|
| | の公卿の中、七十に及んだ者は始祖以来四十六人、もっとも稀と言うべし。その名と年齢を列挙（略）。自分は官途では沈憂の身であったが、清貧の比類なさにより延齢の冥助となったものか。 |
| 1・17 | 任中納言の所望をいよいよ切実に道家に訴える。「七十歳では余命も知りがたく、今後を待っておれません」と。他に三人の競望者があり激しく争う。〔前編一三の項に詳記〕 |
| 1・24 | 医僧心寂房、昨夕没す。最も信頼して来た医師であり、老病危急の身は今後何を以て余命を助けられようか。 |
| 1・29 | 清水寺で僧徒間の闘乱が起こり、塔の下で夜明けに合戦、十余人が殺害され流血の戦場となった。近日諸寺悉く闘乱する。 |
| 2・25 | 前大臣某が侍一人を具して鷹司河原を通る時、盗のために主従の衣装を身ぐるみ剥がれて、裸形で帰宅したと。鳥羽の造り道でも某大納言が供侍三人と共に衣装や馬・鞍みな取られたと。今や洛外は歩けたものではない。 |
| 3・11 | 娘民部卿が典侍（天皇渡御の時に神鏡を捧持する役）に補せられるため、父の履歴書を求められる。その折に懐旧して、初めて内の殿上人になったのは、治承三年三月十一日、十八歳の時であったと記す。典侍の決定は二十九日。『古今集』作者で典侍藤原因香に因み、「因子」の名に改めて出仕する。〔前編八の項に詳記〕 |
| 7・2 | 「食に飢えて道に倒れる者、捨てられた死骸は日ごとに増え、東北院内はその数を知らず」から始まって、寛喜の大飢饉の記事が七月を中心に続く。〔前編二三の項に詳記〕 |

| | | |
|---|---|---|
| 寛喜三年（一二三一）（『明月記』一・二・三・七・八・九月のみ現存）七〇歳 | 7・15 | 伊勢の所領小阿射賀の庄民、六月二十日以降近日までに死去した者六十二人、触穢により上洛する者なし。 |
| | 7・17 | 夜明けに滝のような大雨、雷電猛烈。鴨川の水大いに溢れる。（これにより河原に捨てられた死骸は流されたものか） |
| | 8・1 | 尊勝寺の塔焼亡。私が成人の始め頃は、天下の公私、堂塔建立の話が耳に満ちていたが、老後はただ焼失を聞いて造営を聞かない。伽藍宝塔は悉く灰燼となり、荒廃の野原となる。荘園は悪人の衣食となりて寺用に当てず。［前編二二の項に詳記］ |
| | 8・7 | 徒然の余りに『伊勢物語』を書写する。その字は鬼のごとし。また「盲目」を以て『大和物語』を写す。これまた狂事なり。平生書く所の物、落字なきを以て悪筆の一徳となすに、耄老心により脱落あるは恥となす。［盲目の事、前編二〇の項参照］ |
| | 8・19 | 任中納言の所望成らず官途すでに絶望、在世の計も思い切る。最後に氏社を拝せんため春日詣に出立する。長途ただ往時を懐旧し、母の没時を想って落涙する。稲荷・深草・宇治・般若路・春日社・東大寺・佐保川・平等院などを経て帰宅する。 |
| | 8・23 | 年来、車副として仕えてくれた秋久が、飢饉により夏頃から衰損し、存命しがたく出家する。六十九歳の白髪、悲しむべし。 |
| | 9・3 | 関白教実が、後鳥羽院御所さながらの豪邸を造る。万事言いて益なし。（飢饉に苦しむ世を思わぬ事への非難） |
| | 9・23 | 道家が興福寺維摩会に飾る幡《ばん》（仏具の旗）二流の調進を命じてきた。定家は、 |

| | | |
|---|---|---|
| | | 病臥中の無官の老翁に命じた例はないと断り、見本の旗も送り返した。［前編七の項に詳記］ |
| | 9・24 | 民部卿典侍因子の妹香は、姉の局女房として仕えているが、今後頼む所もない身なので、閑寂無人の僻地ではあるが、方丈の地を買い与えた。 |
| | 10・11 | ※土御門院（三十七歳）が配所の阿波（徳島）で崩御。 |
| 貞永元年（一二三二）（『明月記』六・七月に各一日分のみ）七十一歳 | 1・19 | ※高山寺の明恵（六〇歳）没す。法然房の専修念仏に反対した僧。 |
| | 1・30 | ※定家、権中納言に任じられる。本人は諦めていたが、道家が当初の約束を果たしてくれたもの。定家は中納言の家格を得て満足したのか、年末十二月十五日に職を辞する。 |
| | 6・13 | 後堀河天皇より「古・今の歌、撰びたてまつらしめよ」と勅命を受ける。（『新勅撰集』撰進の宣下） |
| | 10・2 | 天皇譲位が迫り、未完成ながら『新勅撰集』を奏上し、この日を奏覧日とする。 |
| | 1・8 | 近日、尊卑の家々では猿楽《さるがく》を楽しみ、鼓の音が遠近の堂舎から聞こえる。引出物を山と積んでいるそうだ。私は琴・詩・酒の友もなく、早梅を見て楽しむだけである。 |
| | 1・29 | 昨夜、南隣の山法師宅に群盗が入り、従者法師や童を斬った。死にはしないが治療も出来ない痛手を負い、叫喚するので通行人が市をなした。 |
| | 2・3 | 近日は群盗が毎夜騒動し、その響きがあちこちから聞こえて来る。急難の至りで見聞も書き切れない。余命はいつまでか。天寿を以て終わるのは出来ない事か。 |

| 年 | 月日 | 事項 |
|---|---|---|
| 天福元年（一二三三）（『明月記』欠なし）七十二歳 | 2・13 | 今日は母の命日。私は建久四年（三十二歳の年）、長病の最中にこの喪に遭ったので、悲嘆の思いは兄弟たちよりも強い。図らずも存命して四十年の遠忌を迎えた。懇志は切実でも貧家の無力ではどれ程の仏事も出来ない。悲しいことよ。 |
| | 2・20 | 延暦寺東塔の無動寺と南谷とが闘争し、死傷者が多く出た。天台座主尊性親王が兵事を好む方だから、山門破滅の時が来たと世間では思っている。［前編一六の項に詳記］ |
| | 2・28 | 道家の使が来て、庭の八重桜を掘り取った。超清法印も柳の木を掘り取った。 |
| | 3・20 | この頃、中宮（藻壁門院）御所で物語絵に興じられ、『源氏・狭衣《さごろも》・夜の寝《ね》覚《ざめ》・御津の浜松・心の高《たけ》・東宮宣旨・左右の袖湿・朝倉・御河に開《さ》ける・取り替へばや・末葉の露・海人《あま》の苅る藻に遊ぶ』などの物語、また日記絵が描かれる。その折、民部卿典侍が幼少の時、故式子内親王から賜った月次《つきなみ》の絵を中宮に進上し、珍重がられた。［前編一〇の項に詳記］ |
| | 3・22 | この頃、勅撰集入集を望む人々が連日来訪する。 |
| | 5・7 | 昨夜、門前を異形の者どもが通る。冥顕《みょうげん》（あの世とこの世）の怖れは聞くごとに肝をつぶす。末代にもなお怪奇の物はいるものか。［前編二五の項に詳記］ |
| | 5・27 | 『千載集』正本二十巻は、俊成が後白河院に奏進し蓮華王院に納められた物だが、流出して関東武士が持っていたと。［前編二の項に詳記］ |
| | 7・28 | 家隆が隠岐の院の命により『三十六人撰』を撰ぶと聞く。定家の「勅撰集」に嫉妬対抗されるものか。定家の院勘も嫉妬されての事であった。 |

| | |
|---|---|
| 8・2 | 南京（奈良）から来た小童が言うには、南京では猫又という獣が出て、一夜に七八人に食らいつき死んだ者が多い。目は猫、体は犬ほどの大きさだと言う。自分が少年の頃にも、猫又が京に現れ諸人が猫又病で苦しんだ。今度も京中に来たら極めて恐るべき事か。［前編一一の項に詳記］ |
| 9・18 | 後堀河中宮藻壁門院（二十五歳）難産により没す。定家女因子（三十九歳）・次女香（三十八歳）は出家する。［前編一五の項に詳記］後堀河院は、兄の天台座主や母女院が参られても、ただ泣き声を漏らされるばかりで、慰めようもない様子である。 |
| 9・21 | 山僧静俊言う、去る十五日夜午前二時（現代なら十六日の日付になる）大原で見たが、大星（火星か）が三尺ばかり離れていた月を追っかけて中に入り、月の西に出たが欠けてしまって見えなくなったと（星食現象）。［前編三の項に詳記］ |
| 10・11 | 定家出家する。父母・天地・氏社・国皇を拝して後、戒師興心房らが髪を剃る。袈裟を賜り着して仏前に参り、受戒する。法名明静。［前編一九の項に詳記］ |
| 11・26 | 寛賢律師が使者を吉富に入れ横領を企てる。西園寺公経発行と称する文書が謀書と分かり安堵する。［前編九の項に詳記］ |
| 12・27 | 家長が来宅し、隠岐の院が定家の出家を聞き、すこぶる驚かれて、院勘の事実上のお許しと思われる事を仰せられた由を伝える。極めて以て存外の事か。［前編一九の項に詳記］ |
| 同日 | 関東の女が多く入洛すると聞き、公卿殿上人らが、妻を離別したり出家させた |

| | | |
|---|---|---|
| | | りして待ち受けていると。およそ近日の壮年の人々の所存はみな同じだそうだ。 |
| 文暦元年（一二三四）（『明月記』二・三月分はすべて同一文が翌年にもあり、今年への錯入と見て、取らない。五・六月は各一日分のみ。七・八・九月は欠なし。以下の月は全欠）七十三歳 | 6・3 | 『新勅撰集』の料紙、自筆の表紙、紐、巻軸を添えて、所載歌数一四九八首を奏進。これに御製二首を賜り一五〇〇首としたい旨を奏す。（これが後堀河院崩御後の十月下旬、道家が見つけ出して復活させた「旧院の草本」の状態か） |
| | 7・16 | 後堀河院重病。諸病競い起こる。これ邪気によるか。定家驚嘆し、寝食を忘れ、手足を置く所も知らず、御祈りあるべき事を願う。 |
| | 7・19 | 院の病悩は仁快僧正の怨霊によると人々騒ぐ。当時著名であったと思われる怨霊。［前編二五の項に詳記］ |
| | 8・2 | 二代将軍頼経室（竹御前。三十二歳）没の報を聞く。今においては源家の貴種は尽きたか。（四人の子はみな自害あるいは誅殺されて亡い）平家の子孫を嬰児に至るまで殺した報いであろう。 |
| | 8・5 | 一昨日、烏丸西・油小路東・七条坊門南・八条坊門北の地が皆焼亡し、「土倉《どそう》」と呼ばれる金融業者の焼失は数を知らず。商家が充満し、海内の財貨はここにあると称される所である。翌日から再建が始まり、同類が訪ねて来ると、酒肴で接待し大盤振る舞いをするそうだ。［前編二二の項に詳記］ |
| | 8・6 | 後堀河院（二十三歳）崩御。容体急変し上下周章し東西を失す。 |
| | 8・7 | 『新勅撰集』二十巻を南庭で焼き捨てる。奏上すべき院の崩御に遭い、遺しても詮ない物となった。［前編二〇の項に詳記］ |
| | 9・18 | 藻壁門院一周忌仏事。旧院で追善供養していた女房ら皆退出する。定家は御持仏の釈迦三尊を賜り自宅の持仏堂に奉安する。 |

| | | |
|---|---|---|
| 嘉禎元年（一二三五）（『明月記』七・八・九月は全欠）七十四歳 | 1・1 | 関東の北条泰時より仮名書状届く。勅撰集作者に入り感悦した旨の礼状である。（『新勅撰集』は昨年八月、定家が草稿本を焼却したはずで、それが今は旧院に遣されていた草本を見つけた道家によって完成作業が進みつつある時期かと推測される。しかし泰時が勅撰作者と知り得た事情は未詳。記事錯乱か） |
| | 1・17 | 日吉詣の途で見るに、路頭で憂き目を見る事が多いためか、往来する者は下女に至るまで皆、弓矢を持つ武士を連れている。 |
| | 2・21 | 安居院《あぐい》（東塔竹林院の里房）に病臥する聖覚（六十九歳）を見舞う。濁世《じょくせ》の富楼那《ふるな》（釈迦十大弟子の一人で、雄弁説法第一の人）が、もし亡くなったら、実に道の滅亡である。碩学《せきがく》・能説《のうぜつ》今や断絶するか。（その後三月五日に没記事がある）［前編一七の項に詳記］ |
| | 3・12 | 『新勅撰集』を能書行能朝臣に清書させ、二十巻を蒔絵の箱に納め、草本と共に道家に進上する。「この事を遂に果たし終えて悦ばしく思う」との由で定家も感悦した。（後堀河院の御生前には完成しなかったが、草本を奏上していた事を理由に、それに拠って「勅撰」とし、完成させた事を悦びあった記事）［前編二〇の項に詳記］ |
| | 4・6 | 後鳥羽・順徳両院の還幸を求めて、道家の使者が関東に馳せ下る。定めて幕府は承知するだろうと、諸家は期待する。［前編一九の項に詳記］ |
| | 4・22 | 天武天皇の大内山陵が盗掘される。白骨と白髪が残されていたと。6・6日条には、合葬されていた持統天皇陵からは銀製の箱が盗まれたとある。［前編二一の項に詳記］ |
| | 5・14 | 関白道家が関東に遣わした使者が帰洛。「家人《けにん》たちは皆、両院の還幸を許すべ |

| | | |
|---|---|---|
| | | きではないと申すので認めない」とする泰時の書状が届いた。道家子の将軍頼経の消息はなし。これにより還幸の望みは断たれた。［前編一九の項に詳記］ |
| | 5・27 | 為家妻の父頼剛の懇望により、嵯峨中院の障子（ふすま）の色紙形の歌（百人一首か）を書く。［前編二〇の項に詳記］ |
| | 6・22 | 先妻の子定修は関東に下り、将軍家に出入りし、修法に加わっていると聞いていたが、死去したという伝々の話を聞いた。 |
| | 10・17 | 深夜、脇息につまずき転倒し、腰を損じて立てず。老身を嘆き悲しむ。［類似の記事はまとめて前編二四の項に詳記］ |
| | 10・27 | 為家、深夜に冷泉に押し入ろうとする群盗と久しく問答して去らしめる。疱瘡の子がいたためか。［前編二一の項に詳記］ |
| | 11・6 | 大嘗会近づくが、疱瘡（天然痘）流行等により障り事が次々と起こり、果たして天下の大礼は遂げられるものか。摂政道家の器が冥慮に背く事が露顕したのではないか。 |
| 嘉禎二年（一二三六）（『明月記』以後現存せず）七十五歳 | | |
| 嘉禎三年（一二三七）（『明月記』な | 4・9 | ※歌人家隆（八〇歳）没す。 |

| | | |
|---|---|---|
| し）七十六歳 | | |
| 暦仁元年（一二三八）（『明月記』なし）七十七歳 | | |
| 延応元年（一二三九）（『明月記』なし）七十八歳 | 2・22 | ※後鳥羽院（六〇歳）隠岐にて崩御。『時代不同歌合』・『定家・家隆両卿撰歌合』・『隠岐本新古今和歌集』・『後鳥羽院御口伝』等が遺る。〔前編一九の項に詳記〕 |
| 仁治元年（一二四〇）（『明月記』なし）七十九歳 | | |
| 仁治二年（一二四一）（『明月記』なし）八〇歳 | 2・1<br>8・20 | ※為家、権大納言に任じられる。父を越える。<br>※定家、没す。為家は服解《ぶくげ》（父母の喪により、一時、官を解かれる事）して後、服喪を終えても復任しなかった。まだ四十四歳であった。 |

# 参考文献

『吾妻鑑』田邑二枝著『隠岐の後鳥羽院抄』（隠岐、海士町役場発行、一九八二）
『遠島御百首注釈』小原幹雄著（隠岐神社奉賛会、一九八三）
『鎌倉・室町人名事典』安田元久編（新人物往来社、一九九〇）
『新訂 官職要解』和田英松著（講談社、一九九二）
『京都事典』村井康彦編（東京堂出版、一九七九）
『九条殿御遺誡』（群書類従、巻四七五）
『熊野古道』小山靖憲著（岩波書店、二〇〇二）
『熊野詣』神坂次郎監修（講談社、一九九三）
『訓注 明月記』稲村榮一著（今井書店、二〇〇二）国書刊行会本による
『源氏物語絵巻』角川書店編（日本絵巻物全集、一九五八）
『後鳥羽院御口伝』（群書類従、巻二九二）
『承久記』田邑二枝著『隠岐の後鳥羽院抄』（隠岐、海士町役場発行、一九八二）
『新古今和歌集』（岩波書店、日本古典文学大系28、一九五八）
『たまきはる全注釈』小原幹雄ほか（笠間書院、一九八三）

『中世社会と現代』五味文彦著（山川出版社、日本史リブレット、二〇〇四）
『中世の日記の世界』尾上陽介著（山川出版社、日本史リブレット、二〇〇三）
『堂上家系譜大成』太田亮著（創元社、一九四一）
『日本文化史年表』辻善之助編（春秋社、一九五六）
『日本歴史大辞典』（河出書房新社、一九八六）
『年表日本歴史』（筑摩書房、一九八一）
『藤原定家』村山修一著（吉川弘文館、人物叢書、一九八二）
『藤原定家の時代』五味文彦著（岩波書店、一九九一）
『平家物語』（岩波書店、日本古典文学大系29、一九五九）
『方丈記』山田孝雄著（岩波書店、一九五〇）
『方丈記　発心集』三木紀人著（新潮社、日本古典集成、一九七六）
『星の古記録』斉藤国治著（岩波書店、一九八二）
『増鏡通解』和田英松著（明治書院、一九三八）
『明月記研究提要』明月記研究会編（八木書店、二〇〇六）
「『明月記』と『宋書』の記述から、平安・鎌倉時代における連続巨大磁気嵐の発生パターンを解明」国立極地研究所ほか（二〇一七年五月）
『梁塵秘抄』（岩波書店、一九四八）
『冷泉家　王朝の和歌守展』藤本孝一監修（朝日新聞社、二〇〇九）

# あとがき

『明月記』の訓読・注釈を志してから四十年が近い。浅学を思い知らされる歳月であったが駄目で元々のつもりが意外にも稿成ったものの、四千ページの漢文書の刊行は至難の事であった。だが幸にも松江・今井書店の田江泰彦社長の格別の御尽力、また参加を許された、東京における月例の「明月記研究会」で五味文彦先生・兼築信行先生などの御支援を得て陽の目を見たのが『訓注明月記』全八巻であった。更に『修訂版（データベース）』まで出して頂いた望外の幸せもあった。あらためて今も御芳情を思い返す次第である。

ただ私が『明月記』に取り付かれて長年を過ごせたのは、中世の時代相を、定家が的確な文章で語るのを読む楽しみがあったからである。それを類別してまとめて見る独りの楽しみ事を続けていたが、再び御縁を頂いて刊行できることになった。今井書店の田江社長の御紹介を得て、ミネルヴァ書房の別格の御厚情を賜り、直接には堀川健太郎氏の御尽力によるものであり言葉に尽くせぬ感謝を以て御礼を申し上げる次第である。

さらに一言。本文四の項に「定家が比叡山で見た光はオーロラではないか」という憶測を述べていたが、本書の校正時に至って、ミネルヴァ書房編集部より、日本でオーロラが見えていたと確認されたという、昨年発表の論文資料を教示された（四項末に「追記」）。『明月記』は超新星の誕生記録に止まらず、日本最古のオーロラ観察記録でもあった、という名誉も持ち合わせていたのであった。本書に花を添えて頂いたと喜んだ次第である。

平成三十年七月

稲村榮一

# 人名索引

## あ 行



## か 行



## さ 行



## た・な行

## は　行



## ま　行



## や・ら・わ行

# 事項索引

## あ 行



## か 行

## さ　行



## た　行

《著者紹介》
稲村榮一（いなむら・えいいち）
1929年　島根県生まれ。
1958年　島根大学教育学部卒業。
主　著　「山部赤人の『叙景歌』私見」『万葉二十九号』1958年，
（有精堂　日本文学研究資料叢書『万葉集　1』に再掲，
1969年。
『たまきはる全注釈』（共著）笠間書院，1983年。
『訓注明月記』全八巻，松江・今井書店，2002年。
『修訂　訓注明月記』データベース版，松江・今井書店，
2013年。

定家『明月記』の物語
――書き留められた中世――

2019年11月30日　初版第１刷発行　〈検印省略〉

定価はカバーに
表示しています

著者　稲村榮一
発行者　杉田啓三
印刷者　坂本喜杏

発行所　株式会社　ミネルヴァ書房
607-8494　京都市山科区日ノ岡堤谷町１
電話代表　(075)581-5191
振替口座　01020-0-8076


冨山房インターナショナル・新生製本

ISBN 978-4-623-08327-5
Printed in Japan